KB132209

현기증. 감정들

Schwindel. Gefühle.
By W. G. Sebald

이 도서의 국립중앙도서관 출판시도서목록(CIP)은 서지정보유통지원시스템 홈페이지(http://seoju.nl.go.kr)와
국가자료공동목록시스템(http://www.nl.go.kr/kolisnet)에서 이용하실 수 있습니다.
(CIP제어번호: CIP2014028965)

세계문학전집
1 2 3

W. G. Sebald : Schwindel. Gefühle.

현기증. 감정들

W. G. 제발트 장편소설

배수아 옮김

문학동네

일러두기

1. 주석은 모두 옮긴이주이다.
2. 원서에서 이탤릭체로 강조한 독일어, 이탈리아어, 프랑스어는 고딕체로 바꾸었다.

차례 ▮

벨, 또는 사랑에 대한 기묘한 사실

    1800년 5월의 한가운데, 나폴레옹은 삼만 육천 명 병력의 군대를 이끌고 그랑 생베르나르 고개를 통과했다. 당시로서는 불가능에 가깝다고 여겨지던 대모험이었다. 열나흘 가까이 사람, 가축, 전쟁장비 들이 끝이 보이지 않는 장대한 행렬을 지어, 마르티니에서 출발하여 오르시에르를 거쳐 앙트르몽의 계곡을 지나, 영원히 계속될 것만 같은 꼬불꼬불한 산길을 오르고 또 올라 해발 2500미터의 산마루에 도달했다. 그러는 동안 부대의 육중한 포신들은 속이 빈 나무둥치에 넣어 눈과 얼음 위로, 경우에 따라서는 눈이 녹아버리고 없는 반들반들한 바위 위로 밀어서 끌어올려야 했다.

    이 전설적인 알프스 원정에 참가했던 사람들 중에서 우리에게 이름이 알려진 인물은 극히 소수인데, 그중 한 사람이 앙리 벨*이다. 당시

열일곱 살이던 그는 스스로 한없이 증오했던 자신의

유년 시절과 　　　　　　소년 시절이

끝나는 것을 목격하고 감격에 겨운 나머지 군복무 체험을 통해 인생의
새로운 궤도를 찾기로 결심했다. 그리고 우리도 알다시피 이후 그 궤도
는 그를 유럽의 먼 곳곳으로 떠돌게 만든다. 벨이 그의 나이 쉰셋에—
항구도시 치비타베키아에 머무르며—기록해놓은 메모들에서는, 알프
스 원정 시절의 혹독한 경험을 기억 속에서 되살리려고 애쓰는 모습이
엿보이지만, 그럼에도 기억해낸다는 행위의 여러 가지 어려움 또한 집
요하게 드러나 있다. 그가 그려내는 과거의 기억이라는 것이 어느 부분
에서는 회색빛 들판으로 이루어진 황량함이 전부다가, 또다른 부분에
서는 장면들이 갑자기 그 스스로도 믿기 힘들 만큼 매우 이례적인 선
명함을 띠고 떠오르는 것이다. 예를 들면 마르몽 장군과 관련된 장면이
그러한데, 벨은 마르티니에서 수행원들과 함께 장군의 왼편 행렬에 합
류해갈 때 담청색 또는 밝은 감청색 국사원 관복을 걸친 장군을 보았
다고 믿으며, 그가 장담하는 바로는 지금도 눈을 감으면 그 장면이 머

---

* 프랑스 작가 스탕달의 본명.

릿속에 선명하게 떠오른다는 것이다. 마르몽 장군이 당시, 벨 자신도 잘 알고 있었던 것처럼, 결코 파란색 관복이 아닌 군복을 착용하고 있었을 것이 분명한데도 말이다.

벨은 주장하기를, 그 당시 자신은 오직 시민계급적 능력 계발에만 초점을 맞춘 완전히 잘못된 교육 탓으로 열네 살 소녀의 내면을 지니고 있었다고 한다. 그는 또 길가에 수도 없이 널브러져 있는 죽은 말들과 군대가 휩쓸고 지나가면서 남긴 흔적, 그런 전쟁쓰레기들을 보면서 너무나 경악한 나머지, 사물을 정확히 이해하는 것이 불가능해지고 말았노라고 쓰고 있다. 눈에 들어온 실제의 인상이 너무나 압도적이어서 추상적 이해력이 무너져내린 것 같다는 것이다. 아래의 스케치는 벨이 속해 있던 부대가 포화에 휩싸인 바르 요새와 마을 인근을 지나갈 당시를 생생하게 되살려 그린 것으로, 그는 이 그림으로 현실감각을 되찾

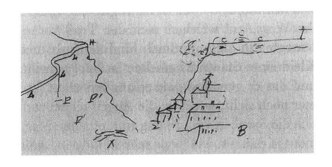

고자 했던 것 같다. B가 가리키는 것은 바르 마을이다. 오른편 언덕 위세 개의 C는 바르 요새의 대포로, 가파른 비탈 P 위로 뻗어 있는 길 L L L을 겨냥중이다. 깊은 계곡 아래 지점 X에 쓰러져 있는 것은 무시무시

한 공포에 질려 손쓸 새 없이 계곡 아래로 곤두박질쳐서 죽은 말들이며, H는 이 광경의 묘사자인 앙리 자신이 원래 있던 위치를 가리킨다. 물론 그 지점에 있었다면 벨은 이 장면을 실제로 관찰할 수 없었을 것이다. 우리가 알다시피, 사실과 기억은 전혀 다르다.

벨 스스로도, 설사 직접 체험한 일에 대한 생생한 기억의 장면이라할지라도 그 신뢰도는 현저히 낮을 수밖에 없다고 썼다. 알프스를 오르기 전 마르티니에서 마르몽 장군이 그토록 위엄 있게 보인 것과 마찬가지로, 원정의 가장 어려운 고비를 넘기고 산을 내려오자마자 아침 햇살 아래 생베르나르 고개가 그 자신을 향해 영원히 잊을 수 없는 아름다운 자태를 드러냈다는 것이다. 그 인상이 너무나 강렬하여 그는 도저히 눈길을 돌릴 수가 없었으며, 바로 하루 전에 그가 묵었던 숙소에서 한 신부에게 배운 최초의 이탈리아어─이브레아까지 이렇게 멀다니 그리고 나쁜 여인─가 머릿속에 떠올라 사라지지 않았다고도 썼다. 벨은 쓰기를, 오랫동안 자신은 그날 말 위에서 보았던 광경을 세밀한 것 하나하나 그대로 다 기억한다고 믿고 있었노라고 했다. 특히 점점 희미해지는 빛 속에서 멀리 도시 이브레아가 약 1킬로미터 거리 밖에서 최초로 윤곽을 드러내던 광경이 생생하다고 말이다. 그 도시는 계곡이 서서히 넓어지면서 시작되는 평원의 약간 오른편에 있었고, 왼쪽 저 먼 곳에 치솟아 있던 산들은, 나중에 그의 인생에서 중요한 의미를 차지하게 될 레코의 레세고네 산, 그리고 가장 뒤편으로 보이는 봉우리는 분명 몬테로사 산이었을 것이다.

벨은 몇 년 전 오래된 서류들을 뒤지다가 우연히 이브레아 풍경이라는 제목이 붙은 동판화와 마주치게 되었을 때 엄청난 실망감을 맛보았다고 썼다. 자신의 기억 속에 각인된, 저물어가는 저녁빛 속에 고즈넉이 잠긴 도시 이브레아의 풍경이 다름아닌 그 그림 속 도시 풍경과 판박이처럼 똑같았기 때문이다. 그래서 벨은 여행지에서 본 아름다운 풍경을 모사한 그림들을 사지 말라고 충고한다. 그런 그림들은 우리가 무엇인가에 대해서 지니고 있는 고유한 인상과 기억을 순식간에 장악해버릴 뿐 아니라, 심지어 완전히 파괴한다고 할 수 있기 때문이다. 예를 들면 그가 드레스덴에서 보았던 〈시스티나 성당의 성모마리아〉, 그는 아무리 애써도 그 그림을 뮐러 상점에서 파는 기념품 그림과 조금이라도 다르게 기억해낼 수 없었다고 한다. 그런가 하면 같은 미술관에서 보았던 멩스의 보잘것없는 파스텔화는 어떤 모방품의 인상으로도 오염되지 않았기 때문에 시간이 흘러도 눈앞에 또렷하게 떠오른다고 썼다.

벨은 부대의 뷔렐비예 대위와 함께 말을 타고 모든 집과 공공기관이 숙영지로 몰수된 이브레아에 입성했다. 그곳에서 그들은 한 염색공장의 창고 안, 독특한 산냄새가 떠도는 섬유와 구리단지 사이에 잠자리를 잡는 데 성공했다. 하지만 그나마도 지켜내려면 말에서 내리자마자 걸인과 부랑인 무리와 맞서 싸워야 했다. 그들이 창고의 창문과 문짝을 떼어내서 마당 한가운데에 모닥불을 피우려 했기 때문이다. 꼭 이 일뿐만이 아니더라도 요 며칠 동안 겪은 일로 벨은 스스로 어른이 되었다는 감정에 사로잡혔고, 그래서 어떤 일이든 해치울 수 있다는 격한 자신감에 차서 굶주림과 피로, 그리고 대위의 제지에도 불구하고, 시내에 걸려 있는 몇몇 광고판에서 본 대로 그날 밤 치마로사의 오페라 〈비밀결혼〉을 공연하는 엠포레움 극장으로 갔다.

모든 일상을 장악한 사나운 혼돈으로 이미 충분히 동요하고 있던 벨의 환상은 치마로사의 음악 덕분에 더욱 격렬하게 불타올랐다. 제1막에서 비밀결혼을 마치고 나온 파올리노와 카롤리네가 함께 겁에 질린 목소리로 듀엣 〈연인이여, 의심하지 마요. 하늘이 잔인하지 않다면 우리를 불쌍히 여기실 거예요〉를 부르기 시작할 때, 이미 그는 자신이 그 허름한 판자 무대 위에 서 있는 당사자일 뿐 아니라, 심지어 귀가 어두운 볼로냐 상인의 저택에서 상인의 막내딸을 실제로 품에 안고 서 있다고 믿었던 것이다. 그 믿음이 얼마나 가슴을 옥죄어왔던지 오페라가 진행되는 동안 마음을 졸이던 그의 두 눈에는 자꾸만 눈물이 가득 고였고, 엠포레움 극장을 떠날 즈음에는 카롤리네 역을 맡은 여배우가 공연중 그에게 한 번 이상 의미심장한 눈길을 보냈으며 음악을 통해 그에게 약속했던 그런 환희를 실제로 베풀어주리라고 굳게 믿게 되었다. 그 소프라노가 난이도 높은 콜로라투라*를 부르느라 열중할 때 왼쪽 눈동자가 사시 증세를 보인다는 사실은 그에게 아무 문제가 되지 않았으며, 그녀의 오른쪽 위 송곳니 하나가 없다는 점도 마찬가지였다. 도리어 그런 결함은 이미 황홀경에 사로잡힌 그의 감정을 더욱 격렬하게 부채질했다. 이제 그는 자신의 행운이 깃든 장소가 어디인지 알았다. 그르노블에 살 때 상상하곤 했던 파리도 아니고, 파리에 있을 때 한없이 그리워한 도피네의 산악지대도 아닌, 바로 이곳 이탈리아, 이런 음악과 이런 여배우가 있는 곳이다. 그의 이러한 확신은, 다음날 아침 이브레아를 뒤로하고 밀라노를 향해 말을 달리면서 대위가 그를 놀리느라 들려준

---

* 18세기와 19세기 오페라의 아리아 등에 즐겨 쓰인 기교적인 선율 또는 그 양식.

이야기, 극장 여배우들의 수상쩍은 행실에 관한 외설적인 농담에도 조금도 흔들리지 않았다. 벨은 자신의 심장이 초여름의 자연풍경 저 너머를 향해, 사방에 우거진 짙푸른 초목이 자신에게 인사를 건네는 싱그러운 들판 너머로 요동치는 것을 느낄 뿐이었다.

1800년 9월 23일, 밀라노에 도착한 지 약 석 달 후, 그때까지 카사 보바라 자치체 당국의 프랑스 대사관에서 서기로 근무하던 앙리 벨은 제6경기병 연대의 소위로 임명된다. 격식에 어울리는 복장을 구입하느라 갑자기 돈이 든다. 사슴가죽 바지, 목덜미부터 정수리까지 손질한 말털로 덮인 헬멧, 군화, 박차, 버클 달린 혁대, 가슴띠, 견장, 단추와 계급장을 마련하는 비용은 생계유지비를 훌쩍 뛰어넘는다. 물론 이제 벨은 거울 앞에서 자신의 모습을 눈여겨보면서, 스스로 생각하기에 확 탈바꿈한 자신의 외모가 밀라노 여인들의 시선을 사로잡을 것이라고 믿는다. 타고난 땅딸막한 체격에서 탈피하는 데 마침내 성공한 것만 같고, 고상하게 수놓은 스탠드칼라가 그의 짧은 목을 실제로 늘려준 것 같다. 멀찍이 떨어져 있는 두 눈, 유감스럽게도 종종 중국인Le Chinois이라고 불렀

던 그의 두 눈조차 돌연 상상 속에 존재하는 세계의 중심을 대담하게 응시하는 듯 비범해 보인다. 제복을 차려입은 열일곱 살 반의 이 경기병은 발기된 성기로 며칠을 돌아다니다가, 파리 시절부터 간직해온 그의 동정을 마침내 버리게 된다. 그 일의 조력자였던 나쁜 여인, 그녀의

얼굴이나 이름을 그는 기억하지 못한다. 압도적인 느낌이, 그 행위와 관련된 다른 모든 세부적인 기억을 지워버리고 말았다, 라고 그는 썼다. 이후 몇 주 동안 벨이 그 수업에 너무도 몰두하였으므로, 나중에 돌아보니 세상을 향한 그의 진출이라는 것은 그 도시의 유곽에서 보낸 시간과 함께 흐지부지해진 셈이었고, 더구나 그해가 가기도 전에 감염으로 인한 통증 때문에 그는 수은 치료와 요오드칼륨 치료를 받게 된다. 하지만 육체적인 질병이 같은 시기에 그가 훨씬 더 관념적인 열정을 습득하는 것을 막지는 못한다. 그가 숭배하는 욕망의 대상인 안젤라 피에트라그루아는 그의 동료 루이 주앵빌의 정부로, 못생긴 경기병 벨

에게도 아주 가끔 아이러니한 동정심을 품은 눈길을 선사해주는 여인이다.

그로부터 십일 년 후, 벨이 밀라노와 잊을 수 없는 여인 안젤라를 아주 오랜 시간이 흐른 다음 다시 방문하게 되었을 때, 그제야 그는 자신

을 잘 알아보지도 못하는 여인 안젤라에게 드높은 감정을 토로할 용기를 얻는다. 안젤라는 이 기이한 숭배자의 열정을 수상쩍어하지만, 어색하고 긴장된 분위기를 풀어보려고 시모네타로, 한 번 총성이 울리면 쉰 번까지 되받아 울리는 메아리로 유명한 그 빌라 시모네타로 나들이를 가자고 제안한다. 하지만 그녀의 이런 지연작전은 아무런 효과가 없었다. 레이디 시모네타는, 벨은 그 나들이 이후 안젤라 피에트라그루아를 이렇게 부르는데, 벨이 그녀에게 쏟아놓는, 그녀로서는 정신이 나갔다고밖에 할 수 없는 열변 앞에 항복하고 말았다. 하여튼 그에게 한 가지 약속, 그가 열망하는 그 총애를 베풀어주면 주저 없이 당장 밀라노를 떠나겠다는 약속은 받아낼 수 있었다. 벨은 아무 이의 없이 이 조건을 받아들인다. 그리고 바로 그날, 정복한 날짜와 시간, 9월 21일 오전 열한시 삼십분을 바지 멜빵에 기록해두는 것을 잊지 않고, 그토록 오랫동안 그리워하던 밀라노를 뒤로하고 떠난다. 어딘가를 끝없이 떠돌며 여행하는 자인 그는 또다시 마차에 앉아 아름다운 풍광이 스쳐지나가는 것을 보면서, 방금 쟁취한 것과 같은 승리의 환희는 그 어떤 다른 일에서도 얻을 수 없으리라는 생각에 잠긴다. 밤이 다가오자 어느새 그에게 친숙해진 감정인 우울, 죄책감과 열등감과 흡사한 형태의 우울이 그를 사로잡는다. 1800년 말 처음 찾아와 그를 줄곧 괴롭혀왔던 바로 그 감정이다. 그 여름 내내 그는 마렝고 전투의 승리로 인한 황홀경으로 날아갈 듯한 기분에 들떠 있었다. 그는 식자들을 대상으로 한 신문에 실린 북이탈리아 정치 캠페인 연재기사들을 굉장히 매혹당한 채 읽었다. 야외공연, 무도회, 점등축제가 열렸다. 그러다 처음으로 군복을 걸치게 되어서야, 그는 자신의 삶이 확고하게 완성된, 혹은 완성을 추구하는 체계 안으로 영구히 편입되었다는 느낌을, 그리고 그 체계 내에서는 아름다움과 공포가 정확히 서로 짝을 이루는 관계라는 인상을 받았다. 늦가을이 되자 음울이 다가왔다. 주둔지에서의 근무는 점점 그를 견딜 수 없게 옥죄어왔고, 안젤라는 그에게 눈길 한번 보내주지 않았다. 병에 걸리는 바람에 그는 틈만 나면 거울 앞에서 입천장과 인후 깊숙한 곳

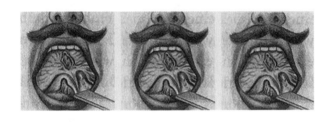

에 생긴 염증과 궤양을 점검했고 허벅지 안쪽에 돋아난 얼룩덜룩한 발진을 살폈다.

한 세기가 시작되는 것을 기념하여 벨은 스칼라 극장에서 다시 한번 〈비밀결혼〉을 보았으나, 무대장치의 완벽함과 카롤리네 역을 맡은 여배우의 뛰어난 미모에도 불구하고, 과거 이브레아에서 그랬던 것처럼 자신을 주인공들과 동일시할 정도의 깊은 감동은 얻지 못했다. 동일시하기는커녕 이번에는 음악이 도리어 그의 심장을 말 그대로 부서뜨린다고 생각될 정도로 공연이 낯설고 멀게 느껴졌다. 그리고 오페라가 끝난 후 극장을 가득채우며 터져나온 박수 소리는 마치 파괴의 완결편인 듯 거대한 화재로 건물이 무너지는 굉음처럼 들렸으므로, 그는 한동안 마비되어 꼼짝도 않은 채 타오르는 불길이 자신의 몸마저 집어삼켜주기를 기다리고 있었다. 가장 늦게 겉옷 보관소를 빠져나오던 그는, 곁눈

으로 슬쩍 거울에 비친 자신의 모습에 시선을 주었는데, 이때 최초로 스스로에게 던진 질문—작가는 무엇으로 몰락하는가?—이 이후 수십 년 동안 고통스럽게 그를 따라다니게 된다. 그 의미심장한 저녁이 있었 던 며칠 후 한 대중신문에서 발견한 기사는 그래서 더더욱 심오한 예감 을 주었다. 기사의 내용은, 그달 11일 치마로사가 베네치아에서 새 오페 라 〈아르테미시아〉를 쓰던 중 갑작스럽게 사망했다는 소식이었다. 〈아르 테미시아〉는 1월 17일 테아트로 라 페니체 극장에서 초연되었다. 공연은 엄청난 성공을 거두었다. 그런데 이후에 이상한 소문이 돌기 시작했다. 들리는 말로는 나폴리에서 혁명운동에 가담한 경력이 있는 치마로사 가 카롤린 왕비의 명령으로 독살되었다는 것이다. 치마로사가 나폴리 감옥에 투옥되었을 당시 고문을 받았고 그 후유증으로 죽은 것이라는 추측도 있었다. 이런 소문들은 벨을 연이은 악몽에 시달리게 했다. 지 난 여러 달 동안의 체험이 공포와 혼돈의 영상이 되어 그의 꿈으로 나 타났다. 소문은 매우 집요하고 끈질겨서, 교황의 주치의가 나서서 치마 로사를 부검한 뒤 그의 사인이 괴저라고 밝힌 이후에도 꺼져들 줄을 몰랐다.

한참 시간이 흐른 다음에야 벨은 이 사건의 충격에서 어느 정도 벗 어날 수가 있었다. 그해 봄 내내 그는 열병과 위경련에 시달렸고, 증상 에 따라서 키나 또는 토근, 그리고 탄산칼륨과 안티몬을 혼합한 연고로 치료를 받는데, 약물 부작용이 너무 심해 최소한 한 번 이상 죽음이 눈앞에 닥쳐왔다고 믿기까지 했다. 여름이 시작될 무렵에야 두려움이 서서히 사라졌고, 열과 지독한 위경련도 잦아들었다. 어느 정도 건강이 회복되자 벨은 곧장 길을 떠났다. 바르 요새에서 포화세례를 받은 것을 제외하면 단 한 번도 직접 전투에 나서본 적이 없는 입장이지만, 지난 수년간의 대규모 격전지들을 직접 눈으로 살펴보기로 결심했던 것이다. 이미 마음을 사로잡혀버린 롬바르디아 평원을 가로지를 때, 평원 저 멀리서 회색빛과 파란빛 띠가 점점 더 정교하게 서로 분리되다가 마침내 지평선에서 일종의 흐릿한 색의 아지랑이가 되어 꺼져가고 있었다.

그렇게 벨은 1801년 9월 27일 이른 아침 토르토나를 출발해 드넓고 고요한 평원 위에 섰다—귀에 들리는 것은 오직 하늘 높이 오르는 종달새 한 마리의 노랫소리뿐이었다. 바로 그곳에서 지난해 혁명력으로 프레리알* 25일, 즉 그가 기록한 시점부터 정확히 열다섯 달하고도 열닷새 전에, 마렝고 전투가 벌어졌던 것이다. 그 전투에서 대전환점이 된 것은 켈러만 기병대의 폭풍기습이었는데, 패색이 완연했던 시점에 저물어가는 석양빛 속에서 오스트리아 주력부대의 측면을 돌파해낸 것이 결정적이었다고, 벨은 수없이 다양한 버전으로 듣고 또 들었으며 그 자신도 직접 여러 가지 형체와 색으로 그 장면을 떠올려보고는 했다. 그런데 지금 과거의 전장에 직접 서 있는 그의 눈에 들어오는 것이라고는 여기저기에 삐죽이 솟아 있는 죽은 나무 몇 그루, 그 전투에서 목숨을 잃은 일만 육천 명의 군인과 사천 마리 말 백골이 밤이슬에 젖은 채 번들거리며 평원 여기저기에 흩어져 뒹구는 광경뿐이었다. 머릿속에 그려보았던 전장의 풍경과 실제로 그 전투가 있었음을 확인하기 위해 직접 눈으로 목격한 전장 풍경의 차이가 너무나 컸으므로, 예전에

---

* 1793년 프랑스혁명중 국민공회가 개정한 달력의 아홉번째 달로, 그레고리력으로 5월 20일부터 6월 16일에 해당한다. '풀의 달'이라는 뜻이다.

한 번도 느껴보지 못했던 모종의 현기증, 어떤 광적인 감정이 그를 엄습했다. 아마도 바로 이런 이유로, 전장에 서 있는 기념비가 극단적으로 조그맣게 보였을 것이라고 그는 썼다. 초라하고 흐릿한 기념비는 마렝고 전투를 상상할 때마다 그를 장악했던 요동치는 광폭함과도, 마치 멸망으로 침몰하고 있는 한 인간처럼 홀로 서 있는 이 끝없는 시체 들판의 광막함과도 어울리지 않았다.

세월이 흐른 뒤 그해 9월의 마렝고 들판을 회상할 때마다 벨은, 그때 그 들판에서 이미 앞으로 다가올 날들, 모든 출정과 재앙의 시기, 심지어 나폴레옹의 몰락과 유배까지 예견했으며, 자신은 절대 군복무에서 행복을 찾지 못하리라는 사실도 분명히 깨달았다는 느낌이 들곤 했다. 어쨌든 위대한 작가가 되겠다고 결심을 굳힌 것이 바로 그해 가을의 일이었다. 하지만 정작 그 원대한 소망을 이루기 위해 결정적인 행동에 들어간 것은 제국이 분열의 조짐을 나타내기 시작한 이후의 일이며, 작가로서 성공의 발판을 마련한 것은 1820년 초에 쓴, 희망에 차 있었지만 동시에 비극적이기도 했던 지나간 시절의 체험을 일종의 단상 형식으로 서술한 책 『사랑에 대하여』를 발표한 이후의 일이다.

그 시절 벨은 여전히 프랑스와 이탈리아 두 나라를 번갈아 방문하며 살고 있었는데, 1818년 3월 밀라노 사람의 살롱에서 메틸데 뎀보프스키 비스콘티니를 알게 되었다. 당시 스물여덟 살인 메틸데는 나이가 거의 서른 살이나 많은 폴란드 장교와 결혼한 상태였으며 멜랑콜리에 가득찬 눈부신 미모의 여인이었다. 약 일 년 동안 피아차 델레 갈리네 광장과 피아차 벨조이오소 광장 저택의 주기적인 방문자였던 벨은 과묵한 신중함을 갖춘 열정으로 그녀에게 다가간 덕분에 메틸데의 총애를 쟁취할 시점에 이르게 되었지만, 도저히 돌이킬 수 없는, 이라고 시인할 수밖에 없는 어느 일순간의 부주의한 실수 탓에 모든 가능성을 날려버리고 말았다.

메틸데는 산미켈레 수도원 기숙사에 있는 두 아들을 만나기 위해 볼테라로 갔고, 메틸데를 보지 않고는 단 며칠도 도저히 견딜 수가 없었던 벨은 이름을 바꾼 후 몰래 그녀의 뒤를 따랐다. 메틸데가 밀라노를 떠나기 전날 저녁 그는 그녀의 눈길에 나타난 어떤 빛을 재빨리 훔쳐 보았고, 도저히 감각에서 떨쳐버릴 수 없었기 때문이다. 작별인사를 나누면서 그녀는 신발끈을 바로 하기 위해 허리를 구부렸는데, 바로 그때 그는 자신 주변의 모든 세계가 갑자기 침몰해버리고, 그녀의 뒤편 암흑의 한가운데서, 마치 한줄기 검은 연기 사이에서 솟아난 듯, 모습을 드러내는 붉은 황무지를 목격했다. 이 환영은 그를 즉시 트랜스 상태로 몰아갔으며, 취한 듯 몽롱한 가운데 그는 신분을 감추고 변장하기로 마음먹었다. 노란색 새 웃옷과 짙은 파란색 바지, 광택을 낸 검정 구두, 챙이 높다란 벨루어 모자, 초록색 안경. 이런 차림으로 그는 볼테라를 돌아다니면서, 가능하다면 좀 떨어진 거리에서라도 메틸데를 한번 보려고 애썼다. 처음에 벨은 자신의 변장이 정말로 그럴듯해 아무도 그를 몰라본다고 흡족해했고, 곧 메틸데가 그에게 보내는 오묘한 눈길을 알아차리고 더욱 흐뭇한 기분이 들었다. 작전이 보기 좋게 성공했다고 믿은 그는 매우 만족하여 어딘지 모르게 특별히 독창적이라고 생각되는 가사 "나는 비밀스럽고도 친밀한 동행자"에 직접 만든 멜로디를 붙여 하루종일 서툰 솜씨로 흥얼거리고 다녔다. 하지만 쉽게 상상할 수 있듯이 메틸데의 반응은 조금 달랐다. 그가 벌이는 행동들이 점잖지 못하다고 생각한 그녀는 설명할 수 없는 그의 기괴한 도발을 견딜 수 없어한 나머지 그에게 매우 냉정한 답변을 담은 짧은 편지를 건네주고 말았다. 그 편지로 인해 언젠가 그녀의 연인이 되리라는 그의 기대는 순식간에 종말을 맞게 되었다.

벨의 슬픔은 말로 표현할 수 없었다. 몇 달 동안 자책에 파묻혀 지내던 그는 이루지 못한 지독한 열정을 사랑의 회고록으로 기록하자는 결심을 하고 나서야 영혼의 균형을 되찾는다. 그의 책상 위에는 메틸데를 추억하기 위한 기념물로 그녀의 왼손 석고 모형이 놓여 있는데, 그것은

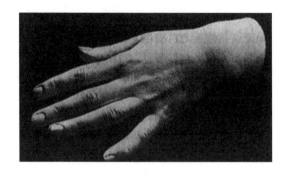

글을 쓰면서 그가 몇 번이고 참으로 다행이라고 생각했듯이, 그들의 관계가 깨어지기 얼마 전에 운좋게 만들어두었던 것이다. 그에게 이 손은 예전의 메틸데와 거의 동격의 의미를 품은 대상이 된다. 특히 살짝 구부러진 약지는, 그가 이제껏 단 한 번도 체험해보지 못했던 격렬한 감정의 소용돌이를 불러일으킨다.

『사랑에 대하여』는 저자가 마담 게라르디라는―저자는 라 기타라고 부르는―여인과 함께 볼로냐를 출발하여 여행을 떠났다는 이야기로 시작한다. 기타는 이후에도 벨의 다른 작품에 몇 번 더 등장하는데, 정체를 알 수 없는 신비스러운 인물이다. 벨이 그때까지 사귀었던 여러 여성의 이름 철자를 따서―아델 르뷔펠, 안젤린 브레테, 그리고 메틸데 뎀보프스키까지―조합한 이름의 주인공, 벨이 자신의 글에서 묘사했듯이 소설 같은 인생을 살아왔다는 마담 게라르디가, 벨의 글 여러 군데에서 등장하고 있음에도 실제로는 존재한 적이 없는 여인이라는

추측은 신빙성이 있다. 벨은 그런 유령 인물에게 수십 년간 연모를 바쳐왔던 것이다. 더구나 벨이 정말로 마담 게라르디와 여행을 했다면 정확히 언제였는지, 그 시점도 불분명하다. 하지만 책의 처음부터 자주 등장하는 배경이 가르다 호수인 것으로 보아, 벨이 1813년 9월 요양차 북이탈리아의 호수지방에서 체류했던 당시의 체험이 마담 게라르디와 함께한 여행기에 상당 부분 녹아들어갔으리라고 짐작된다.

벨은 1813년 가을, 지속되는 애수에 잠겨 있었다. 전해 겨울 그는 비참한 상태로 러시아에서 돌아왔고, 그후 관청의 일을 맡아 한동안 슐레지엔*의 자간에서 머물렀는데, 한여름 그곳에서 심각한 병에 걸리고 말았으며, 병이 지속되는 동안 대화재의 불길에 휩싸인 모스크바 광경, 그리고 열병에 걸리기 직전에 계획해두었던 슈네코프 산 등반이 자꾸만 머릿속에 떠올라 정신이 혼란스러워졌다. 산 정상에 서 있는 자신의 모습이 여러 차례 반복해서 나타났으며, 세상과의 연결고리를 모두 잃어버린 채 사방에는 오직 거센 바람과 수평으로 휘몰아치는 사나운 눈송이들, 그리고 집들의 지붕을 뚫고 활활 솟아오르는 화염의 혓바닥이 눈앞에 보이는 것이었다.

그러다 몸이 어느 정도 회복된 후 북이탈리아에서 했던 요양생활은 분명 나약함과 온화함이라는 감정으로 그를 가득채웠을 것이다. 그 감정 상태는 그에게 주변 자연환경은 물론 그를 지속적으로 동요케 했던 사랑에 대한 그리움조차 완전히 새로운 색채로 바라보게 하기에 충분한 것이었다. 무엇이라고 설명하기 어려운 독특한, 예전에는 느껴보지

---

* 폴란드와 체코 국경에 걸쳐 있는 오데르 강 상류·중류 지역. 1813년 당시에는 프로이센의 지배를 받았다.

못한 가벼움이 그를 장악했다. 그로부터 칠 년 뒤 그가 쓴, 추측건대 상상의 여인과 함께 떠난 상상의 여행기는 그 가벼움에 대한 추억의 보고서라고 부를 수 있다.

　책은 볼로냐에서 시작한다. 여전히 연도가 정확히 명시되지 않은 7월 초 어느 날, 지독한 폭염이 계속되자 벨과 마담 게라르디는 신선한 공기를 마시기 위해 몇 주 동안 산으로 여행을 떠나기로 한다. 낮에는 쉬고 밤에는 여행하면서 그들은 에밀리아로마냐의 언덕을 넘고 유황 증기가 자욱한 만토바의 습지대를 통과한 후 사흘째 되던 날 아침 가르다 호수 근처의 데센차노에 도착한다. 호수의 아름다움과 고적함에 그토록 깊이 감동해보기는 평생 처음이었다고, 벨은 썼다. 찌는 듯한 더위 때문에 그와 마담 게라르디는 저녁이 되면 호수 위에 띄운 작은 배에 올랐고, 어둠이 덮이며 사물의 색채가 단계별로 희미해지는 기이한 어스름의 순간을 보았으며, 잊을 수 없는 고요한 시간을 체험했다. 그런 어느 날 저녁, 그들은 행복에 대해서 이야기를 나누게 되었다고, 벨은 썼다. 그때 마담 게라르디는, 사랑은 다른 종류의 많은 문명의 혜택과 마찬가지로, 우리가 본성에서 멀어지면 멀어질수록 더욱더 간절하게 갈망할 수밖에 없는 키마이라라고 주장했다. 그런데 우리가 오직 타인의 육신에서 본성을 찾으려 하면 할수록 결국 그것과 멀어지게 될 뿐인데, 왜냐하면 사랑은 스스로 만들어낸 통화에 의해서만 부채 상환이 가능한 열정, 즉 다행스럽게도 인간에게 반드시 필요하지는 않은 허상의 거래이기 때문이다. 마치 벨이 모데나에서 구입한 깃펜깎이처럼 말이다. 그녀는 이어서, 고작 커피를 마시지 못했다는 이유로 페트라르카가 불행했다고 생각하느냐고, 그렇게 벨에게 물었다고, 그는 썼다.*

며칠 후 벨과 마담 게라르디는 다시 여행길에 올랐다. 가르다 호수 상공의 바람은 한밤중에 북에서 남으로 불다가 해가 뜨기 몇 시간 전부터는 다시 남에서 북으로 불었기에, 그들은 처음에 물가를 따라 가르냐노를 향해 호수를 절반쯤 거슬러올라갔다가, 그곳에서 배를 한 척 빌려 타고 해가 뜰 무렵 리바의 작은 항구로 들어갔다. 리바의 부둣가에는 이른 시간임에도 두 소년이 벌써 나와 앉아서 주사위놀이를 하고 있었다. 벨은 마담 게라르디에게 육중한 낡은 배 한 척을 가리켜 보였다. 돛대는 위에서 삼분의 일 정도 지점에서 부서졌으며 누렇게 변색된 돛은 다 찢어져 너덜거렸다. 그 배는 아마도 방금 부두에 도착한 듯이 보였는데, 은색 단추가 달린 검은 옷차림의 두 남자가 들것 하나를 배에서 육지로 운반해내는 중이었다. 들것은 보풀이 인 커다란 꽃무늬 비단천으로 덮여 있었고, 그 아래에는 사람이 누워 있는 것이 확실했다. 그 장면을 목격한 마담 게라르디는 기분이 좋지 않아 그 자리에서 당장 리바를 떠나자고 말했다.

그들이 산속 깊은 곳으로 들어가면 갈수록 공기는 더욱 시원해지고 주변의 초록은 짙어졌다. 고향의 먼지투성이 여름을 항상 괴로워하던 마담 게라르디는 그 덕분에 완전히 매혹당한 기색이었다. 떠오를 때마다 마음에 어두운 그늘을 드리우던 리바 항구에서의 음산한 마주침을 완전히 잊은 그녀는 순전히 기분이 들뜬다는 이유로 인스브루크에서

---

* 페트라르카는 12세기 초기 인문주의자이자, 단테 알리기에리에 이어 출현한 이탈리아 최고 시인이다. 제발트는 스탕달의 책 『사랑에 대하여』에 나온 다음 문장을 염두에 두었던 듯하다. "새로 발명된 깃펜깎이를 오늘 오전에 샀어요. 깃펜을 깎을 때 번거롭지 않아서 정말 기쁘더군요. 하지만 그 물건의 존재를 몰랐을 때도 나는 불행하지 않았어요. 페트라르카가 고작 커피를 못 마셔봤다는 것 때문에 불행했겠어요?"

호퍼*의 출정을 묘사한 기록화에 나오는 것과 같은 티롤식 모자를 하나 사기도 했다. 원래 벨은 이 지점에서 돌아갈 계획이었지만 생각을 바꾸어 그녀와 함께 인 강의 협곡을 따라 내려가 슈바츠와 쿠프슈타인을 지나 잘츠부르크까지 가기로 했다. 잘츠부르크에서 며칠 동안 머물면서 그들은 유명한 할라인 암염광산의 지하 갤러리를 둘러보는 것을 잊지 않았다. 마담 게라르디는 그곳에서 한 광부에게, 이미 죽어버리기는 했지만 도리어 그 덕분에 수천 조각의 크리스털로 뒤덮인 나뭇가지 하나를 선물로 받았다. 그들이 숙소로 되돌아왔을 때, 가지 위에 내리쬐인 햇빛이 결정체의 표면에서 수천 갈래의 영롱한 파편으로 쪼개졌고, 그것은 무도회장 조명의 환한 빛이 신사들의 손을 잡고 빙글빙글 도는 숙녀들의 다이아몬드 장신구 위로 부서질 때만 나올 수 있는 그런 찬란함이라고 벨은 썼다.

죽은 나뭇가지를 기적의 예술품으로 만드는 그 오랜 결정화 과정은, 우리 영혼의 암염광산에서 성장해가는 사랑의 알레고리처럼 느껴졌다고 벨은 묘사했다. 그는 이 비유와 관련하여 마담 게라르디를 설득하기 위해 오랜 설명을 했다. 그러나 마담 게라르디는 그날 자신을 황홀하게 만든 어린아이의 환희를 벗어던질 생각이, 그녀의 냉소적인 표현에 따르자면 의심의 여지 없이 너무나 아름다울 것이 분명한 그 심오한 의미에 관해서 벨과 토론을 벌일 생각이 없었다. 벨은 이 상황을, 자신의 세계관과 일치하는 여인을 찾아헤매면서 그가 예외 없이 불쑥 마주치곤 했던 어려움 중 하나로 받아들였다. 그는 기록하기를, 그의 입장에

---

* 나폴레옹 세력에 맞서 티롤 지방의 독립운동을 이끈 민중지도자.

서 아무리 훌륭한 계기를 조성한다 해도 그런 어려움을 완전히 제거할
수는 없음을 그때 깨달았노라고 했다. 그 깨달음이 제공한 주제로 그는
몇 년 동안 글쓰기에 매달렸다. 1826년경―그의 나이도 이미 마흔이
다 되었던 때―알바노 호수 위쪽에 있는 프란체스코회 수도원의 정원,
두 그루 멋진 나무가 드리우는 쾌적한 그늘 아래 나지막한 담장으로
둘러싸인 벤치에 앉은 그는 최근에 항상 지니고 다니는 지팡이로 한때

사랑했던 여인들의 이니셜을, 비밀에 싸인 그의 인생을 불가해한 룬문
자로 기록하듯, 땅바닥에 느릿느릿 쓴다. 이니셜이 가리키는 이름은 비

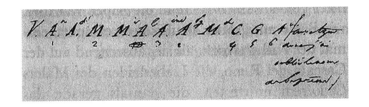

르지니 쿠블리, 안젤라 피에트라그루아, 아델 르뷔펠, 멜라니 길베르,
미나 드 그리스하임, 알렉상드린 프티, 앙젤린 (내가 결코 사랑하지 않았

던) 베레테, 메틸데 뎀보프스키, 클레망틴, 줄리아, 그리고 마담 아줘르
인데, 그녀의 성 말고 이름은 기억나지 않는다. 그가 묘사하기를 이제
그에게 낯선 별이 되어버린 이 이름들을 더는 알지 못하는 것과 마찬
가지로, 자신의 책 『사랑에 대하여』를 쓰는 동안 왜 마담 게라르디가
끝내, 그가 사랑의 가능성에 대해 그녀를 설득하려고 애쓸 때마다 어느
정도 멜랑콜리한 회피 혹은 신랄한 독설로만 반응했는지 납득하지 못
한다고 설명했다. 특히 벨이 상처를 받은 것은, 그런 일은 종종 일어났
는데, 그가 이미 포기하는 심정으로 그녀의 철학적 근거를 받아들이던
즈음, 마담 게라르디가 소금의 결정화를 통해 유발된 사랑의 환상을 현
실적 가치에 대입해서 말했을 때였다. 그 순간 그는 스스로 한참 부족
하다는 갑작스러운 깨달음과 더불어 그동안 자신이 너무나 아둔했음
을 알아차리고 경악했다. 그해 가을 그들이 함께 알프스로 여행을 떠났
을 때였다. 그가 선명하게 기억하기를, 그들은 라인 폭포에서 말을 타
고 나오면서 당시 시내에서 한참 화제가 되고 있던 화가 올도프레디의
연애 사건에 대해 토론을 벌였는데, 그때 바로 결정적인 그 일이 일어
났다. 아직 벨은 그의 명민하고 지적인 대화를 좋아하던 마담 게라르디
에 대한 희망을 포기하지 않고 있었다. 그런데 갑자기 그녀가, 그의 입
장에서는 너무나 일방적이게도, 신과 함께하는 행복에 대해서 말하기
시작하면서 삶의 어떤 것도 그 행복과 비교할 수 없다고 주장하자, 그
는 그만 소름끼치는 충격에 휩싸여버렸다. 그 말을 들으면서 벨은 올도
프레디가 아닌 바로 그 자신을, 가난한 외국인인 올도프레디가 아니라
자기 자신을 생각하게 되었다고 썼다. 그 대화 후 그는 자신의 말을, 이
미 말했듯이 오직 그의 상상 속에만 존재했을 여인 마담 게라르디의

말과 거리를 두고 몰았고, 그 상태로 그들은 볼로냐를 5킬로미터 밖으로 벗어날 때까지 단 한 마디의 대화도 나누지 않았다.

1829년부터 1842년 사이 벨은 대표작이 될 소설들을 썼고 또다시 찾아온 매독 증상으로 큰 고생을 하고 있었다. 특히 음식을 삼키기 힘들었고 겨드랑이에 부풀어오른 종기와 쪼그라드는 고환의 아픔이 그를 기진맥진하게 만들었다. 나이가 들면서 그는 점차 주도면밀한 관찰자로 변했고, 따라서 자신의 병세와 건강 상태를 꼼꼼하게 기록한 결

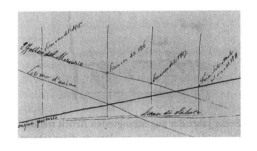

과, 그의 불면과 현기증, 이명, 불규칙적인 맥박, 나이프와 포크를 제대로 다루지 못할 정도의 극심한 경련 등은 그가 앓고 있는 질병 자체보다 수년간 지속적으로 복용하고 있는 독성이 강한 약물의 영향이 더 크다는 결론을 내리게 되었다. 수은과 요오드칼륨 복용을 끊고 나자 그의 상태는 차츰 호전되기 시작했지만, 그는 자신의 심장이 서서히 작동 불능 상태를 향해 다가가고 있음을 감지할 수 있었다. 이미 한참 전부터 생긴 습관이지만 최근 들어 그는 점점 더 자주 모종의 암호문 형태로 그의 연령을 셈해보고는 했는데, 악필로 그린 불길한 추상화처럼 보이는 그 기록은 마치 죽음의 통지문과도 같다. 이런 난해한 숫자를 남

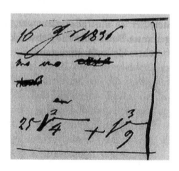

기게 한 힘들었던 시기, 육 년간의 혼신을 다한 작업 덕분에 그의 죽음
은 그만큼 유보될 수 있었다. 이른 봄의 기운이 대기 중에 느껴지던
1842년 3월 22일 저녁, 뇌졸중 발작이 일어난 그는 뤼 뇌브데카푸쳉
거리 위에 쓰러진다. 사람들이 그를 지금의 뤼 다니엘 카사노바 거리에
있는 그의 집으로 데리고 온다. 다음날 이른 아침, 영영 의식을 되찾지
못한 채, 그의 등불은 꺼진다.

외국에서

1980년 10월, 나는 거의 이십오 년 동안 살고 있던, 항상 짙은 회색 구름으로 덮여 있는 영국의 한 지방을 떠나 빈으로 갔다. 삶의 장소를 바꿈으로써 인생의 불운한 시기를 극복해보려는 희망 때문이었다. 하지만 빈에 도착하자마자, 그동안 너무나 오랜 세월 동안 글쓰기와 정원 가꾸기에만 몰두하면서 살아온 나머지 그런 일상의 습관에서 갑자기 풀려나버리면 당장 무슨 일을 하며 하루하루를 보내야 할지 전혀 알지 못한다는 것을 깨달았다. 매일 아침 이른 시간에 일어난 나는 레오폴트슈타트와 요제프슈타트*를 비롯하여 이름 모를 작은 거리들을 목적도 방향도 모른 채 한없이 돌아다녔다. 그런데 나중에 지도에서 확인하고

---

* 레오폴트슈타트는 스물세 구로 나눈 빈 행정구역 중 중심부에 있는 제2구로, 유대인들이 많이 모여 산다. 요제프슈타트는 빈 중심부에 있는 제8구다.

놀란 일이지만, 정처 없는 산책중에 내 발길은 특정한 지역 테두리 안에만 머물러, 프라터슈테른* 뒤편의 베네디거 아우 공원과 알저그룬트 종합병원을 기점으로 하는 초승달 내지 반달 모양 구역에서 단 한 발짝도 벗어나지 않았다. 만약 그때 내가 돌아다녔던 경로를 종이 위에 그려본다면, 이성과 상상력, 그리고 의지력의 경계에 가서 부딪힌 다음 반대 방향으로 되돌아오기를 반복하는 무수한 삼각과 사각, 그리고 대각선들을 그어놓았다는 인상을 풍길 것이다. 몇 시간 동안 계속해서 도시를 종으로 횡으로 가로지르던 방랑은 나도 모르는 사이 그렇게 명백한 경계를 긋고 있었다. 그때의 행동에서 스스로도 잘 이해할 수 없는 두 가지는, 한없이 걷기만 했다는 것, 그리고 나중에야 알게 된 사실이지만 그러면서도 완전히 임의로 정한 보이지 않는 경계선을 조금도 침범하지 못했다는 것이다. 내 머릿속에 남아 있는 유일하고도 희미한 기억에 의하면, 그때 나는 대중교통에 올라탄다는 생각 자체를 아예 하지 못했다. 예를 들면 41번 버스를 타면 곧장 푀츨라인스도르프로 갈 수 있고 58번을 타면 쇤브룬 궁전으로 가는데, 그러면 간단하게 시내를 벗어나 내가 즐겨하던 대로 푀츨라인스도르프 공원이나 도로테어발트 숲, 또는 파잔가르텐 정원에서 온종일 산책을 즐길 수도 있었는데 말이다. 그와는 대조적으로 카페나 식당에 들어서는 건 조금도 힘들지 않았다. 그나마 다행이었던 것이 그렇게 휴식을 취해 기운을 차리고 나면 일시적으로나마 평소의 기분을 되찾았고, 그리하여 회복된 자신감으로 한껏 고무된 상태가 되어 지난 며칠 동안 이어져온 침묵의 시간을

---

* 레오폴트슈타트에 있는 로터리. 이곳을 중심으로 일곱 갈래의 길이 뻗어 있다.

마침내 전화 한 통으로 마감할 수 있으리라고 기대할 수 있었다. 하지만 내가 전화로 대화를 나눌 수 있을 만한 서너 명의 사람은 하나같이 모두 집에 없거나, 오랫동안 벨소리가 울려도 전화를 받지 않았다. 외국 도시에서 지인들에게 헛되이 통화를 시도하는 행위는 참으로 큰 공허함을 자아냈다. 아무도 전화를 받지 않을 때의 감정은 단순한 실망을 넘어섰고, 다이얼을 돌리는 이 행위가 마치 삶과 죽음을 결정하는 도박인 듯이 느껴졌다. 그러므로 전화기에서 다시 튕겨나온 동전을 집어든 내가 할 수 있는 일이라고는, 아무런 계획 없이 밤이 될 때까지 다시 거리를 헤매고 돌아다니는 것뿐이었다. 아마도 그러느라 너무 지친 탓인지, 나는 내가 아는 누군가가 방금 곁을 스쳐지나간다는 느낌에 수시로 빠져들었다. 그런데 이런—다른 명칭을 붙일 수 없는—환각 속에 등장하는 사람들은 모두 예외 없이 내가 수년 동안 한 번도 떠올린 적이 없는 사람들, 말하자면 이미 죽은 사람들뿐이었다. 또는 죽었을 것이 확실한 사람들, 이를테면 마틸트 젤로스와 외팔이 마을 서기 퓌르구트를 나는 보았다. 한번은 곤자가가세 골목에서, 다시 귀향할 경우 화형에 처한다는 선고를 받고 고향 도시에서 추방된 시인 단테를 보았다고 믿어버리기도 했다. 그는 한없이 걷고 있었다. 다른 행인들보다 몇 뼘 정도 더 키가 컸지만 사람들 속에 파묻혀 눈에 띄지 않은 채, 그 유명한 두건을 뒤집어쓰고 나보다 약간 앞서 가고 있었다. 하지만 내가 따라잡기 위해 걸음을 빨리하자 그는 하인리히스가세 골목으로 꺾어들었고, 내가 골목 모퉁이에 도착했을 때는 이미 보이지 않았다. 그런 돌연한 환각을 몇 번 겪고 나자 내 마음속에는 울렁거림과 현기증으로 묘사할 수 있는 희미한 우려가 싹트기 시작했다. 확실하게 붙잡고자 하는 장면들의 테두리는 점점 희미해졌고, 머릿속에 피어나는 모종의 생각들은 내가 채 인식하기도 전에 와해되었다. 담벼락 바로 앞까지 가서 다시 돌아서거나, 심지어 무심코 어느 집으로 들어서려다가 정신을 차리고 다시 발길을 돌리는 일이 잦아지자 나는 두뇌의 질병이나 어떤 마비 증상이 시작되는 건 아닌지 두려웠지만, 밤늦게까지 걷고 또 걸음으로써 몸을 혹사하는 것 말고 그런 질병에 대항할 다른 방도는 떠오르지 않았다. 빈에 머무르던 약 열흘 동안 나는 아무것도 보러다니지 않았고, 카페와 식당 말고는 그 어느 곳에도 들어가지 않았으며, 웨이터와 웨이트리스 말고는 그 누구와도 말을 나누지 않았다. 단지 그럴 만한 여유가 되면 시청 앞 광장의 갈까마귀들에게, 그리고 갈까마귀들과 어울려 내가 건네주는 포도송이를 향해 다가오는 흰머리지빠귀들—내가 '제나의 새'*라고 불렀던 새들—에게 몇 마디 이야기를 건넨 것이 전부였다. 공원 벤치에 하염없이 앉아 있기, 목적 없이 도시를 마냥 돌아다니기, 가능하면 식당에 들어가지 않고 서서 먹는 간이식당에서 간단히 식사를 해결하기, 혹은 아예 종이봉투에 담긴 빵으로 끼니를 때우기, 그 모든 일은 스스로도 설명이 불가능한 채로 나를 변화시키고 있었다. 나 자신도 알아차릴 정도로 역력해진 남루함의 징후에는, 점점 더 마음에 들지 않는 것이 분명한데도 그대로 계속 호텔에 머문다는 사실도 포함되어 있었다. 나는 영국에서 가지고 온 비닐봉투에 온갖 쓸데없는 물건들을 담아 들고 돌아다녔는데, 그 물건들은 날이 갈수록 나와 불가분의 관계를 이루었다. 늦은 시각, 도시의 방랑을 마치고 호텔

---

* 오스트리아 케른텐 지방의 메르헨 「제나의 새」에서 따온 이름이다.

로 돌아와 비닐봉투를 두 팔로 가슴에 꼭 껴안고 로비에서 엘리베이터를 기다리고 있노라면, 의아해하는 야간 안내인의 긴 시선이 등뒤로 느껴졌다. 나는 이제 호텔방의 텔레비전 스위치를 켤 엄두를 내지 못했다. 어느 날 밤 침대 모서리에 앉아 느릿느릿 옷을 벗고 있다가 어느새 넝마처럼 닳아버린 내 구두를 정통으로 마주하고 경악하지 않았더라면 과연 그 지독한 쇠락에서 빠져나올 수 있었을지, 지금도 나는 확신하지 못한다. 그 순간 나는 숨이 턱 막혀오면서 눈앞이 흐릿해졌다. 그것은 그날 레오폴트슈타트를 한참 돌아다니다 마지막으로 페르디난트 슈트라세 거리를 지나 슈베덴브뤼케 다리를 건너 다시 제1구역으로 되돌아와 루프레히트플라츠 광장에 도착했을 때 이미 최초로 경험했던 바로 그런 증상이었다. 시너고그와 유대교 식당이 있는 유대교 공동체 본부 건물의 이층, 창문은—그날은 드물게 화창했을 뿐 아니라 한여름처럼 따뜻한 가을날이었으므로—활짝 열려 있었고, 보이지는 않았지만 안에서는 어린아이들이 묘하게 하필 영어로 〈징글벨〉과 〈고요한 밤 거룩한 밤〉을 합창하는 소리가 흘러나왔다. 노래하는 그 아이들과 이제는 넝마가 된, 내 눈에는 주인 없는 물건으로 전락한 듯한 구두. 한 덩어리가 되어 쌓이는 눈schnee과 구두schuhe—감각 속에 이 어휘들을 간직한 채 자리에 누웠다. 다음날 아침, 순환도로를 질주하는 자동차들의 끊임없는 소음 속에서도 꿈 없이 깊이 잠들었다가 깨어난 나는, 잠을 자던 부재의 시간 동안 너른 물을 건너온 기분이었다. 눈을 뜨기 전 커다란 페리호의 승강대를 내려오고 있는 내 모습을 보았고, 발아래 단단한 땅을 느낀 바로 그 순간 오늘 저녁 기차로 베네치아에 가야겠다고 마음먹었으며, 다만 출발 전에 클로스터노이부르크*에 있는 에른스트 헤르베크를 만나 그날 오후를 보내기로 했다.

에른스트 헤르베크는 스무 살이 되던 해부터 정신질환을 앓았다. 그가 처음으로 병원에 실려간 것은 1940년이다. 당시 한 군수공장에서 조수로 일하고 있던 그는 어느 날 갑자기 더이상 음식을 먹을 수도, 잠을 잘 수도 없게 되었다. 그는 침대에 누워 뜬눈으로 하염없이 숫자를 세면서 밤을 지새웠다. 육체는 말라갔다. 가족, 특히 아버지의 날카로운 엄격함은 그가 직접 표현한 바에 따르면 그의 신경을 엉망으로 찢어발겼다. 덕분에 그는 자제력을 잃었고, 식사 때면 접시를 집어던지거나 수프를 침대에 쏟아버렸다. 때때로 증세는 잠시 호전되기도 했다. 심지어 1944년 10월에는 군대에 징집까지 되었으나, 1945년 3월 다시 제대 조치를 받았다. 종전 일 년 후 그에게 네번째이자 영구적인 입원 진단이 내려졌다. 밤에 빈 시내를 여기저기 돌아다니면서 교통경찰 자리에서 엉터리 신호를 보내는 등 엉뚱한 행동을 해서 사람들의 주의를 끌었기 때문이다. 1980년 가을, 입원해 있던 시간 대부분을 사소한 생각의 습격에 시달리며 지냈고, 모든 사물을 전부 눈앞에 있는 섬세한 그물을 통해 보는 것처럼 인지했던 에른스트 헤르베크는 삼십사 년의 병원생활 끝에 가퇴원 처분을 받고 연금생활자로 살아가게 되었다. 그는 이제 한 양로원에서 그 자신과 별반 다를 바 없는 노인들 틈에 묻혀 조용한 말년을 보내는 중이었다. 아홉시 반경 양로원 앞에 도착했을 때, 그는 이미 입구 계단까지 나와서 나를 기다리고 있었다. 나는 길 맞은편에 서서 그에게 손짓을 했다. 그러자 그도 팔을 머리 위로 쳐들어

---

* 빈의 북쪽 근교에 있는 소도시로, 카프카가 세상을 떠난 곳이기도 하다.

인사를 보냈고, 그렇게 팔을 치켜든 채로 계단을 내려왔다. 그는 체크 무늬 양복 차림을 하고 옷깃에는 도보여행자 배지*를 달고 있었다. 머리에 쓴 조그만 펠트 모자는 일종의 페도라인데, 그는 나중에 더워지자 모자를 벗어서 손에 들고 다녔다. 그것은 내 할아버지가 여름날 산책을 나설 때 습관처럼 하던 행동과 아주 흡사했다. 내 제안에 따라 우리는

기차를 타고 다뉴브 강변을 수 킬로미터 달려 알텐베르크로 향했다. 우리가 탄 객차에는 다른 승객이 없었다. 차창 밖으로 보이는 범람원에는 버드나무와 포플러, 오리나무, 물푸레나무, 슈레버가르텐**과 집단주택

---

* 독일과 오스트리아 등지에서, 일정한 도보여행 코스를 완수한 사람에게 도보여행자 연맹 등의 단체가 증정하는 배지.

** 교외에 임대하는 소규모 정원으로, 주로 가족용 주말 농장으로 이용한다.

들이 스쳐갔다. 풍경 사이사이로 간혹 강줄기가 나타났다. 에른스트는
말없이 앉아 있었다. 열린 창 사이로 바람이 불어와 그의 이마를 스치
고 지나갔다. 눈꺼풀이 그의 큰 눈동자를 절반쯤 덮고 있었다. 휴가라
는 기묘한 단어가 떠올랐다. 휴가철, 휴가철 날씨. 휴가를 떠나다. 휴가
중이다. 휴가. 일생 동안의. 알텐베르크에서 내린 우리는 방향을 약간
거슬러갔다가 오른편으로 돌아 중세 때 요새였던 그라이펜슈타인 성
채로 올라가는 그늘진 길로 접어들었다. 그라이펜슈타인 성채는 내 환

상뿐만 아니라 그 바위산 기슭에 살고 있는 그라이펜슈타인 사람들의
환상 속에서도 오늘날까지 중요한 의미를 지닌 대상이다. 나는 1960년
대 말에 처음으로 그라이펜슈타인 성채를 방문했는데, 당시 전망 좋은
식당의 발코니에서 반짝이는 강물의 흐름과 도나우아우엔*의 풍광을
붉게 물들이던 석양을 지켜보았다. 에른스트와 내가 나란히 앉아 이곳
의 놀라운 풍광을 음미하던 화창한 10월의 가을날, 성채의 담벼락 위

---

* 빈에서 출발해 다뉴브 강을 따라 슬로바키아 국경으로 이어지는 오스트리아 국립공원.

쪽까지 자란 나뭇잎들의 바다 위로 푸르스름한 안개가 떠 있었다. 바람이 숲 우듬지를 흔들며 지나갔고, 떨어져나온 나뭇잎들은 바람을 타고 하늘 높이 떠올라 아득한 허공으로 하나둘 사라져갔다. 에른스트는 가끔 어딘가 아주 멀리 가 있는 사람처럼 보였다. 포크를 음식에 수직으로 꽂아놓은 채, 몇 분 동안이나 꼼짝하지 않았던 것이다. 한때 우표를 수집한 적이 있노라고, 그가 불쑥 말을 꺼냈다. 오스트리아, 스위스, 그리고 아르헨티나 우표를. 그리고 그는 말없이 담배 한 대를 더 피운 뒤, 마치 지나간 자신의 삶에 대한 놀라움이 함축된 표현인 듯, 그에게는 분명 매우 이국적으로 들릴 단어 '아르헨티나'를 한번 더 반복해 말했다. 우리가 함께한 그날 오전 시간은 충분했다는 생각이 든다. 그날 우리는 하늘을 나는 법을 배웠으리라. 적어도 나는, 품위 있게 추락하는 법을 배웠다. 하지만 최고의 순간은 결코 다다르지 못하는 법. 말하자면 그라이펜슈타인에서 내려다보는 풍경은 이제 옛날 같지 않았다는

의미다. 성채 아래쪽에는 댐이 건설되었다. 그 때문에 강물의 흐름이
직선으로 바뀌었고, 이제 이 장소는 오래오래 인간의 회상 속에 남아

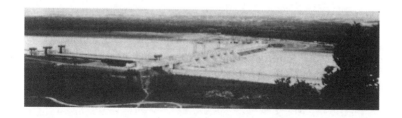

있을 그런 능력을 상실하고 말았다.

우리는 걸어서 돌아가기로 했다. 두 사람 모두에게 너무 먼 거리였
다. 가을의 태양 아래서 기진맥진한 채 우리는 나란히 걸었다. 크리첸
도르프에 늘어선 집들은 끝날 줄을 몰랐다. 마을 사람들은 한 명도 보
이지 않았다. 전부 점심 식탁에 둘러앉아 접시 위로 나이프와 포크를
달그락거리고 있을 것이다. 개 한 마리가 초록색 철문에 발광하듯 몸을
부딪치며 날뛰고 있었다. 검고 커다란 뉴펀들랜드 종이었다. 학대 탓인
지, 너무 오랜 시간 동안 홀로 방치되어 고독했던 탓인지, 그도 아니라
면 유리처럼 맑고 투명한 날씨 탓인지, 타고난 양순함은 온데간데없었
다. 격자 울타리 뒤편의 빌라 안에서는 그 어떤 인기척도 없었다. 창밖
을 내다보는 사람도 없었으며, 심지어 커튼이 흔들리는 기색도 없었다.
짐승은 자꾸만 거듭해서 창살을 향해 몸을 날렸다. 그러다 가끔 멈춰서
서 우리를 빤히 응시했는데, 그 시선을 받은 우리는 마치 저주에라도
걸린 듯 걸음을 옮길 수가 없었다. 나는 축복을 비는 의미로 동전 하나
를 문에 달린 양철우편함에 던져넣었다. 자리를 떠날 때 섬뜩함이 온몸

을 사로잡았다. 에른스트는 다시 멈춰서 검정개를 돌아보았다. 개는 이제 짖지 않았고, 한낮의 태양 아래 꼼짝 않고 서 있었다. 우리는 그 개를 풀어줬어야 했는지도 모른다. 그랬다면 분명 개는 얌전하게 우리를 따라왔을 텐데. 개의 몸에 깃들었던 악령이 다른 몸을 찾아 크리첸도르프 마을을 떠돌다가 마을 사람들 모두의 육신 속으로 들어가버리면 사람들은 더이상 스푼이나 포크를 집어들 수도 없었으리라.

알브레히트슈트라세 거리를 지나 마침내 클로스터노이부르크로 접어드는 길목이 나왔다. 알브레히트슈트라세 거리 가장 끝에는 속이 빈 벽돌과 합판 비슷한 자재로 지은 건물이 한 채 있었다. 일층의 창문들은 나무판자로 막아놓았다. 지붕은 뼈대까지 완전히 무너졌다. 그래서 버팀목을 받치는 녹슨 철근들이 하늘을 향해 아무렇게나 삐죽삐죽 튀어나와 있었다. 이 모든 몰골은 심각한 범죄의 인상을 풍겼다. 에른스트는 걸음을 빨리해 그 흉악한 기념물에 최대한 시선을 주지 않으면서

그 자리를 피하려 했다. 건물 몇 채를 더 지나자 아이들의 노랫소리가 들리는 초등학교가 나왔다. 음정을 정확히 잡지 못하기 때문에 더욱 아

름답게 들리는 노래였다. 에른스트는 걸음을 멈추었다. 그리고 마치 무대에서 우리가 함께 연기라도 하고 있는 것처럼 나를 향해 몸을 돌리더니, 오래전 외워둔 대사를 읊듯이 연극적인 톤으로 말했다. 바람을 타고 들려오는 참으로 아름다운 저 노래가 감동을 자아내는군요. 이 년 전에도 난 이 학교에 온 적이 있답니다. 그때 난 올가와 함께 마르틴슈트라세 거리의 양로원에서 지내는 올가의 할머니를 방문하러 클로스터노이부르크를 찾았어요. 돌아가는 길에 우리는 알브레히트슈트라세 거리를 걸었는데, 그때 올가는 자신이 어렸을 때 다닌 학교에 한번 들어가보고 싶은 충동을 이기지 못했습니다. 그런데 올가가 1950년대 초에 공부했던 바로 그 교실에서, 거의 삼십 년이나 지난 그때도 같은 담임선생이, 목소리조차 거의 변하지 않은 채로, 과거와 조금도 다름없는 말투로 아이들에게 떠들지 말고 집중하라고 주의를 주면서 수업을 하고 있었던 거지요. 올가는 홀로 널따란 현관 로비에 서서 옛날에는 자신에게 까마득히 높은 성문처럼 보였던 사방의 닫힌 문들을 바라보고 있노라니 갑자기 걷잡을 수 없는 울음이 터져나왔다고, 나중에 말해주었습니다. 사실 다시 알브레히트슈트라세 거리로 나온 올가는, 학교 앞에서 기다리고 있던 내 눈에도 상당히 충격받은 모습으로 보였습니다. 그렇게 넋이 나간 표정은 한 번도 본 일이 없었으니까요. 우리는 올가의 할머니가 살던 오타크링 집으로 되돌아왔습니다. 돌아오는 내내, 그리고 그날 저녁 내내 올가는 너무도 돌연하게 체험한 과거로의 회귀로 인해 마음을 좀처럼 진정시키지 못했어요.

마르틴슈트라세 거리의 양로원은 17세기 내지 18세기에 지어진, 규모가 크고 긴 건물이었습니다. 가벼운 일상생활조차 불가능할 만큼 극심한 건망증을 앓는 올가의 할머니 안나 골트슈타이너는 그 건물 오층에 위치한 다인실에 입원중이었지요. 벽에 난 창문에는 창살이 달려 있었고, 창밖으로 양로원 건물 뒤편 급경사진 땅에 꿋꿋하게 자란 나무 꼭대기들이 보였습니다. 마치 넘실대는 초록빛 바다를 내려다보는 듯한 기분이었지요. 이미 육지는 나에게 수평선 저 너머로 사라졌습니다. 무적이 울렸어요. 배는 점점 더 먼 바다로 나아갔습니다. 기관실에서는 터빈이 돌아가는 규칙적인 소음이 들려왔고요. 바깥 통로에는 승객들이 몇 명 걸어다니고, 어떤 이들은 간호사의 부축을 받고 있어요. 억지로 잡아늘인 산책길, 이들이 한 문지방에서 출발하여 다른 문지방에 도착할 때까지 그야말로 영원한 시간이 걸리는 것 같았습니다. 한 사람이 그저 시간의 흐름에 기댄 채 가만히 앞으로 밀려나가는 듯한 속도였지요. 발아래에서 마루판들이 삐걱거렸습니다. 공간에는 조용조용한 이야기 소리, 바스락거림, 훌쩍임, 기도 소리와 나직한 한탄이 떠다녔습니다. 올가는 할머니 곁에 앉아 손을 쓰다듬어주었어요. 식사 때가 되니 귀리죽을 나누어주더군요. 무적이 다시 한번 울렸습니다. 저 너머 초록빛 언덕과 강이 어우러진 풍경 속으로 다른 증기선 한 척이 지나갔어요. 선교 위에서 다리를 벌리고 서 있는 한 선원의 모자끈이 바람에 휘날렸습니다. 선원은 허공을 향해 깃발을 흔들며 복잡한 손놀림으로 수신호를 보냈지요. 올가는 할머니를 껴안고 작별인사를 했습니다. 조만간 다시 찾아오겠노라는 약속과 함께. 하지만 그로부터 채 석 주가 지나기도 전에, 종국에는 자신을 앞서간 세 명의 전남편들 이름조차도 도저히 기억할 수 없게 된—스스로도 도저히 믿을 수 없었겠지만— 안나 골트슈타이너는 가벼운 감기로 그만 세상을 떠나고 말았습니다.

살다보면 거짓말처럼 쉽게 일어나버리는 일들이 있으니까요. 할머니의 사망 소식을 듣고 한동안, 오타크링의 로렌츠만들가세 골목에 있는 할머니의 시영주택 부엌 설거지통 아래에 놓여 있던, 절반쯤 비어 있었으며 할머니가 이제는 영영 사용할 수 없을 푸른색 이슐러 소금통이 내 머리에서 떠나지 않았습니다.

먼 거리를 걸었던 탓에 피곤에 지친 발을 이끌고 나와 에른스트는 알브레히트슈트라세 거리를 빠져나와 비스듬하게 경사진 땅에 자리잡은 중앙광장으로 접어들었다. 눈부시게 작열하는 한낮의 태양 아래, 현지 사정에 서툰 두 이방인인 우리는 무질서함을 넘어 지옥의 광란을 연상케 하는 소도시의 교통혼잡을 헤치고 길을 건널 순간을 잡지 못한 채 한참 머뭇거리며 서 있었고, 마침내 용기를 내 길을 건너가던 순간 하마터면 달려오던 자갈 운반용 화물차 바퀴에 그대로 깔릴 뻔했다. 그렇게 겨우 거리의 그늘진 편으로 넘어온 우리는 식당을 발견했고 그곳에서 한숨 돌리기로 했다. 식당 안에 발을 디디자마자 어둠이 너무나 급격히 엄습하여 그동안 눈부신 햇빛에 익숙해 있던 시각이 적응하기까지 시간이 걸렸으므로, 일단 가장 먼저 눈에 띈 탁자에 자리를 잡았다. 잠시 눈이 멀어버리기라도 한 듯이 아무것도 보이지 않았으나 시간이 흐르자 차츰 어슴푸레하나마 주변의 사물들이 눈에 들어왔다. 흐릿한 어둠 속에 드러난 다른 손님의 형체 중 몇몇은 접시 위로 고개를 깊이 숙인 채였고 몇몇은 허리를 기이하게 꼿꼿이 펴거나 의자 등받이에 몸을 기대어 앉아 있는 모습이었는데, 신기하게도 모두 예외 없이 혼자였고 모두 아무런 대화 없이 침묵하고 있었다. 서빙하는 여자의 흐릿한 그림자만이 여기저기 돌아다니며 손님과 손님 사이, 그리고 손님과 스탠드 안쪽에 있는 뚱뚱한 주인 사이의 비밀스러운 지령과 웅얼거리는 말소리들을 전달해주고 있다는 인상을 받았다. 에른스트는 아무것도 먹지 않겠다고 했고, 그 대신 내가 권한 담배 한 개비를 받아들고 피웠다. 그는 영어가 적힌 담뱃갑을 들고 어느 정도 감탄하는 눈빛으로 이리저리 살폈다. 전문가다운 기색으로 연기를 깊이 빨아들이며 충분히 음미했다. 그의 시 중에는 담배에 관한 것이 있다. 담배란,

독점사업이니 무조건
피워 없애야 한다. 그래서
피어날 수 있도록, 불꽃으로.

첫 모금을 들이켠 후 맥주잔을 탁자에 내려놓으며 에른스트는 지난밤 꿈에 영국의 보이스카우트가 나왔노라고 말했다. 그의 말을 받아 나는 영국에 관한 다른 이야기들, 내가 사는 영국 동부의 카운티, 가을이면 갈색 황야로 변하는 끝없이 펼쳐진 밀밭, 밀물 때면 바닷물이 밀려올라오는 수로들에 대해 말했고, 매년 반복되는 범람 때문에 그 지방은 고대 이집트 시대처럼 배로 경작지를 돌아다닐 수 있을 정도라는 이야기를 했는데, 이 모든 것을 에른스트는, 이미 충분히 자세하게 다 알고 있는 이야기를 듣는 사람처럼 인내심 있게, 그러나 전혀 아무런 흥미가 일지 않는다는 표정으로 가만히 듣고만 있었다. 그리고 내가 그에게 내 수첩에 무엇인가 한마디 적어달라고 부탁하자, 그는 일말의 망설임도 없이 왼손으로 수첩을 펼쳐 누르며 다른 손으로는 재킷 주머니에서 볼펜을 꺼냈다. 머리를 살짝 한편으로 기울이고 이마에 주름이 생길 정도

로 심각한 표정을 지으며 눈꺼풀을 아래로 내려뜬 채 다음과 같이 썼다.

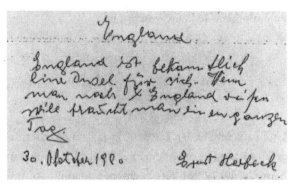

영국. 알다시피 영국은 그 자체로 하나의 섬이다.
영국 여행은 꼬박 하루가 걸린다.
1980년 10월 30일. 에른스트 헤르베크.

그런 뒤 우리는 식당을 나왔다. 아그네스 양로원까지는 별로 멀지 않았다. 작별할 때 에른스트는 모자를 들어올렸고, 발끝으로 서서 허리를 살짝 굽혀 인사하면서 다시 펼 때 모자를 제 위치로 가져다놓았는데, 아주 정확하게 계산된 오차 없는 움직임, 어린아이같이 유희적인 태도와 고난도의 곡예가 동시에 포함된 동작이었다. 이 동작은 그가 아침에 보여주었던 인사와 마찬가지로, 오랜 세월을 서커스에서 살아온 사람을 연상케 하는 면이 있었다.

빈에서 베네치아로 가는 기차여행에 대해서는 기억에 남는 일이 거의 없다. 약 한 시간 정도 수도 빈의 남서쪽 교외, 드문드문 흩어진 크고 작은 주거지들의 불빛이 스쳐가는 창밖의 광경을 내다보다가, 빈에서 정처도 없고 끝도 없이 걸어다니던 암울한 기억들이 빠르게 달리는 기차와 함께 멀어져간다는 사실이 진통제와도 같은 효력을 발휘하여 잠이 들고 말았기 때문이다. 잠이 든 사이 창밖의 세상은 완전한 어둠에 휩싸였고, 나는 잠이 든 채로 그날 이후 기억에서 사라지지 않는 어떤 풍경을 보았다. 풍경의 아랫부분은 다가오는 밤의 어둠에 거의 잠겨 있다. 들판 사이로 난 길에서 한 여인이 유모차를 밀며 집들이 드문드문 있는 곳을 향해간다. 그중 한 채는 다 허물어져가는 시골 식당 겸 여관인데, 삼각 지붕 아래에 커다란 활자로 요제프 옐리네크라고 적혀 있다. 지붕들 위로 숲이 우거진 둥그스름한 산봉우리 비슷한 것이 솟아 있다. 저녁빛을 등지고 오려낸 듯 날카로운 윤곽을 드러낸 사물들의 선명하고 검은 테두리들. 그와 반대로 저멀리 지상의 가장 높은 곳에는 불그스름하게 이글거리는, 투명하게 빛나는, 화염을 내뿜으며 불꽃을 타닥거리는 눈 덮인 산봉우리들이 최후의 빛을 받으며 공중을 향해 솟구쳐 있었고, 하늘에는 형용할 수 없는 신비스러운 회색과 장밋빛이 섞인 구름 조각들이 흘러다녔으며, 그 사이로 얼음행성들과 초승달이 모습을 드러냈다. 꿈속에서 나는 이 장면이 눈 덮인 화산 풍경임을 조금도 의심하지 않았고, 지금 반짝이는 이슬비를 맞으며 오르고 있는 이 주변 산악지대가 아르헨티나라고, 아득하게 넓은 대지와 빽빽한 숲과 수없이 많은 말이 뛰어다니는 초록 들판의 나라라고 한 치의 의심도 없이 믿었다. 잠에서 깨자 일정한 속도로 한없이 골짜기를 구불구불 달리던 기차가 이제 산악지대를 벗어나 낮은 평야로 진입하고 있다는 느낌이 들었다. 창문을 여니 채찍처럼 날카로운 바람 소리와 함께 안개에 젖은 공기가 와락 밀려들었다. 기차는 정말이지 아슬아슬한 구간을 달리는 중이었다. 끝이 쐐기처럼 날카로운 검푸른 바윗덩이들이 금방이라도 기차에 닿을 듯 가까이 불거져 있었다. 나는 밖으로 몸을 내밀고

바위 꼭대기가 어디쯤인지 살펴보려고 했으나 허사였다. 거칠고 좁다
란 골짜기가 어둠 속에서 계속 이어져 있었다. 개울과 폭포가 매우 가
까이에서 흐르고 있었기에 아직 날이 채 밝지 않은 밤공기 속에서 흰
물보라를 내뿜는 차가운 물의 기운이 얼굴에 그대로 느껴졌다. 프리울
리의 기운이구나, 하는 생각이 퍼뜩 머리를 스치고 지나갔다. 그러자
겨우 몇 달 전 프리울리에서 일어난 재앙도 잇달아 떠올랐다.* 날이 서
서히 밝아올수록 밀려난 흙더미와 바윗덩이들, 무너진 건축물들, 파편
과 자갈더미, 여기저기 흩어진 조그만 천막촌들이 여명 속에서 흐릿하
게 떠올랐다. 아직 그 어디에도 불빛은 보이지 않았다. 알프스산맥의
계곡에서 형성된 구름이 폐허가 된 저지대를 향해 흘러내리고 있었다.
그 모습은 내가 즐겨 감상하던 화가 티에폴로의 회화를 연상하게 했다.
티에폴로의 그림은 겉으로는 평온해 보이지만 사실은 페스트가 창궐
한 에스테의 모습을 담고 있다.** 그림의 배경에는 연기를 내뿜는 산봉
우리들이 솟아 있다. 그림 전체에 퍼져 있는 빛은 마치 부연 화산재로
칠한 듯 침침하다. 그 빛이 사람들을 도시에서 들판으로 내몰았으며,
들판을 한참 헤매게 하고 마침내 속에서 치밀고 올라오는 병균 때문에
쓰러져 죽게 만든 장본이라고 여겨질 정도다. 그림의 앞쪽 중앙에는 페
스트로 죽은 어머니가 누워 있고 팔에는 아직 숨이 끊어지지 않은 아
기가 안겨 있다. 왼편에는 성녀 테클라가 무릎을 꿇고 얼굴을 하늘로

---

* 베네치아 북부 프리울리에서 실제로 대지진이 발생한 것은 1976년 5월 6일이다.
** 이탈리아 화가 조반니 바티스타 티에폴로의 프레스코 작품 〈괴로워하는 페스트 환
자를 위해 기도하는 성녀 테클라〉를 가리킨다. 이 그림은 페스트가 휩쓸고 지나간 이
탈리아 남부 베네토 지방 파도바 주에 있는 도시 에스테를 묘사하고 있다.

향한 채 도시의 주민들을 위해 자비를 구하는 기도를 올리는 중이며, 그녀가 올려다보는 곳에는 하늘의 군대가 허공을 질주하면서—우리가 보고자 한다면—우리의 머리 위에서 벌어지는 일들에 대해 알려주겠다는 태도를 취하고 있다. 테클라 성녀여, 우리를 위해 빌어주소서, 우리가 전염병에 걸려 돌연한 죽음을 맞을 수 있도록, 그래서 살아 있는 육신의 썩어감을 피할 수 있도록 자비를 베푸소서. 아멘.

중앙역 이발소에서 깨끗하게 면도를 마치고 산타루치아 역 앞 광장으로 나왔을 때, 가을 아침의 축축한 공기가 집과 집 사이 좁다란 골목마다 가득했으며 카날 그란데* 위쪽으로도 무겁게 늘어져 있었다. 뱃전까지 물에 잠길 만큼 짐을 가득 실은 배들이 운하를 오고갔다. 찰랑거리는 물소리와 함께 안개를 뚫고 불쑥 나타난 배들은, 젤리처럼 투명한 초록빛을 띤 물살을 헤치며 하얀 연무로 가득한 대기 속으로 다시금 사라졌다. 사공들은 뱃머리에 똑바로 서서 조금도 움직이지 않았다. 손에는 노를 쥐고 시선은 앞쪽으로 고정한 사공들 한 명 한 명이 진실을 향해 나아가는 전사들의 표상처럼 보였다. 이후 폰다멘타**에서 다시 광장을 지나 리오 테라 리스타 디 스파냐를 올라가 카날레 디 카날레조를 건너는 내내 사공들에게 받은 인상은 머릿속에서 사라지지 않은 채 한동안 남아 있었다. 이 도시 깊숙이 발을 디디는 사람은 자신이 다음 순간에 무엇을 보게 될지 전혀 짐작할 수 없으며, 누가 자신을 지켜보게 될지도 예상할 수 없게 된다. 한 무대에 등장했다고 생각하는 순간,

---

* 베네치아의 시내 교통은 운하와 다리 등을 이용하는데, 수로가 넓은 운하를 카날 그란데, 그보다 좁은 운하를 카날레 디 카날레조, 아주 좁은 운하를 리오라고 칭한다.
** 수로가 좁은 운하를 따라 난 길을 가리키는 베네치아 고유의 거리명.

이미 반대 방향에 있는 출구를 통해 무대를 떠나고 있다. 이 짧은 출현
은 바로 일종의 연극적인 외설에 속하며, 자발적이면서 동시에 의도 없
이 말려들어간 음모의 성격을 띤다. 어떤 텅 빈 골목길로 누군가의 뒤
를 따라서 접어들게 될 경우, 아주 약간 걸음을 빨리하는 것만으로도
앞서가는 상대편에게 충분히 겁을 줄 수 있는 것이다. 반대로 생각하면
자기 자신도 얼마든지 쫓기는 자가 될 수 있다. 혼란스러운 느낌과 서
늘한 공포가 교대로 나타난다. 그런 까닭에 거의 한 시간 동안 높다란
집들이 늘어선 게토를 돌아다닌 다음 다시 산마르쿠올라에 도착해 카
날 그란데를 발견했을 때는 일종의 해방감마저 느껴졌다. 일하러 바삐
걸어가는 현지인들 사이에 섞여 운하를 운행하는 수상버스 바포레토
에 올라탔다. 어느새 안개는 걷혀 있었다. 뒤편에 자리잡은 내 자리에
서 멀지 않은 곳에 한 남자가 초록색 누더기 담요를 걸치고 앉아 있었
는데, 거의 누워 있다고 해도 좋을 자세인 그를 보는 순간, 나는 그가
바이에른 왕국의 루트비히 2세*임을 알아차렸다. 물론 약간 더 나이들
어 보이고 더 마르긴 했지만, 게다가 불가사의하게도 몸집이 보통사람
보다 한참 작은 한 부인과 상류층이 사용하는 영어로 엄청난 콧소리를
섞어가며 열심히 대화를 나누는 중이기는 했지만, 그 밖의 다른 특징
들, 병적으로 창백한 안색하며 커다랗게 벌어진 어린아이 같은 눈, 곱
슬머리, 심지어 썩은 치아까지 모두 영락없는 루트비히 2세였다. 한 치
의심의 여지 없이 명백하게, 루트비히 2세il re Lodovico. 아마도 물의 흐
름을 따라서 이곳, 빌어먹게 더러운 도시 베네치아까지 왔겠지, 하고 생

---

* 열아홉의 나이로 왕위에 올랐다가 정신질환 판정을 받아 폐위된 뒤 곧 사망한 왕. 화
려한 성을 좋아해 재위 당시 세 채의 성을 지었다.

각했다. 우리는 함께 배에서 내렸고, 그는 누더기 외투를 바람에 휘휘 날리면서 리바 델리 스키아보니 거리를 따라 걸어갔다. 그의 모습은 점점 작아졌는데, 그건 단지 거리가 멀어진 때문만은 아니고 그가 그야말로 키가 반쪽만한 여자 동행에게 계속 말을 하느라 점점 더 몸을 구부렸기 때문이다. 나는 그들을 뒤따라가지 않았다. 그러는 대신 거리의 한 바에 앉아 모닝커피를 마시며 『가체티노』*를 읽었고, 베네치아에서 마주친 루트비히 2세를 주제로 간단한 소논문 형식의 글을 작성했으며, 1819년에 나온 그릴파르처**의 『이탈리아 여행 일기』를 뒤적였다. 그 책은 빈에 있을 때, 내가 체험한 여행이라는 것도 사실상 그릴파르처의 경험과 결과적으로 그리 다르지 않다고 생각하며 사들였다. 그릴파르처와 마찬가지로 나도 무엇인가를 보고 마음에 든 적이 한 번도 없었으며, 특히 관광명소를 찾았을 때는 엄청난 실망감 이외의 다른 감정을 전혀 얻지 못했고, 차라리 방에서 지도와 기차 시간표를 들여다볼 때가 훨씬 더 좋았다는 생각을 버릴 수 없었다. 그릴파르처는 심지어 두칼레 궁전에 가서도 최소한의 존경심만을 보였다. 궁전의 아케이드와 흥벽 테라스의 예술적인 장식성에도 불구하고 두칼레 궁전은 균형에서 벗어난 몸체를 갖고 있으며, 그 모양이 악어를 연상시킨다고, 그릴파르처는 썼다. 왜 그런 생각을 하게 되었는지 그 자신도 모르는 채. 비밀스럽고 확고하며 강건한 무엇이 이 안에 있으며, 그러므로 이 궁전은 돌의 수수께끼라고도 썼다. 그 수수께끼의 본질은 아마도 전율 그 자체일 텐데, 그가 베네치아에 머무는 한 이 으스스하고 섬뜩한 기분에

---

* 1887년에 창간된 이탈리아의 지역신문.
** 오스트리아 제국 시절 활동했던 극작가. 고전주의와 낭만주의 연극의 영향을 받았다.

서 도저히 빠져나올 수 없었기 때문이다. 또한 법률가이기도 한 그릴파르처는, 법원이 있는 그 궁전 한가운데에, 그의 표현대로라면, 텅 빈 동굴에 보이지 않는 대원칙이 웅크리고 있다고도 했다. 죽은 자들, 박해자들과 박해받은 자들, 살인자들과 살해당한 자들의 머리가 천으로 칭칭 감긴 채 그의 눈앞에 하나둘 솟아오른다. 극도로 과민한 가엾은 관리는 열에 들뜬 채 공포에 질려 벌벌 떨고 만다.

베네치아 법정신을 거슬렀다는 이유로 이곳에서 박해를 당한 사람 중에는 자코모 카사노바가 있다. 1788년 프라하에서 처음으로 출간된 『베네치아공화국의 일명 납감옥 피옴비 감옥 탈출기, 1787년 보헤미아의 둑스에서 쓰다』는 당시 형법에 관한 당국의 상상력을 알아보는 데 훌륭한 자료가 된다. 예를 들면 이 책에 카사노바는 교수대에 대해 자세히 묘사해놓았다. 사형수를 벽에 등을 기대게 하고 앉힌다. 벽에는 말굽 모양 고리가 박혀 있다. 사형수가 머리를 고리 안으로 밀어넣으면, 고리가 목의 절반가량을 감싸는 모양새가 된다. 비단끈을 사형수의 목에 감은 다음 그 끝을 감아올리는 기구와 연결한다. 노예가 기구를 서서히 돌린다. 사형수가 마지막 경련을 일으키고 죽을 때까지. 이 기구가 있던 장소가 두칼레 궁전의 납판 지붕 아래 자리한 궁전 감옥이다. 카사노바가 이 감옥으로 끌려온 것은 그의 나이 서른 살 되던 해였다. 1755년 7월 26일 아침, 칼을 찬 병정이 그의 방으로 찾아온다. 병정은 카사노바에게 즉시 일어나서 자신이 쓴 것과 다른 이가 쓴 모든 원고를 넘긴 다음 옷을 입고 따라나서라고 요구한다. 법정이라는 단어가 자신을 얼어붙게 했으며, 육체는 단지 명령을 이행할 수 있을 정도의 자유만을 남겨놓고 모조리 마비되어버렸다고, 카사노바는 썼다. 기계적인 본능으로 간신히 화장실만을 다녀온 그는 결혼식에라도 가는 사람처럼 제일 좋은 셔츠와 최근에 새로 맞춘 겉옷을 입었다. 몇 분 뒤, 그는 길이가 여섯 발*, 너비가 두 발인 궁전 다락방에 갇힌다. 그다음 끌려간 감옥은 사방 4미터 크기의 공간이다. 천장은 너무 낮아서 일어설 수조차 없으며 방안에 가구라고는 한 점도 없다. 단지 벽에 폭이 30센티미터 정도 되는, 침대 겸 탁자인 나무판이 하나 설치되어 있어서 그 위에 고급 비단외투와 너무나 한심한 환경에서 첫선을 보이게 된 새 겉옷, 그리고 스페인산 레이스와 백로 깃털로 장식한 모자를 올려놓았다. 감옥은 끔찍할 정도로 더웠다. 카사노바는 창밖으로 몸집이 토끼만한 쥐들이 지붕을 기어다니는 광경을 본다. 창가로 가서 창턱에 몸을 붙인다. 하늘을 한 조각이라도 더 보기 위해서다. 그 자세로 움직이지 않고 여덟 시간을 보낸다. 그때처럼 쓰디쓴 맛이 입안에 퍼지는 경험은 일생 동안 한 번도 해보지 못했노라고, 그는 말한다. 깊은 절망감은 그를 놓아주지 않는다. 뜨거운 한여름이 다가온다. 땀이 몸에서 강물을 이루며 흘러내린다. 두 주 동안이나 변을 보지 못한다. 마침내 돌덩이처럼 딱딱해진 대변이 몸 밖으로 나올 때, 상상을 초월하는 극심한 아픔 때문에 죽어버릴 것만 같다. 카사노바는 인간 이성의 한계를 생각한다. 인간이 실제로 미쳐버리는 일이 흔하지는 않지만, 그럴 만한 계기는 삶의 도처에 널려 있다는 생각이 든다. 원래의 자기 자신에 아주 약간의 균열이 일어나는 것만으로도 충분하다. 카사노바는 인간의 명확한 판단력을 저 홀로는 깨지지 않는 유리에 비유한다. 단지 외부의 충격에 의

* 한 발은 약 180센티미터다.

해서만 깨지지만, 일단 깨질 때는 또 얼마나 쉽게 깨지고 마는지. 단 한 순간만이라도 잘못 움직이면 끝이다. 그는 이제 기운을 차리기로 한다. 그리고 자신이 처한 상황을 최대한 냉철하게 파악하기로 한다. 명백한 것은 한 가지뿐이다. 이 감옥에 갇힌 죄수들은 모두 존경받는 신분의 사람들뿐이며, 최고위층만 알고 있을 뿐 죄수들 자신에게도 공개하지 않는 어떤 죄목으로 사회와 격리되었다는 것. 만약 법정이 범죄자를 상대로 모종의 조치를 내린다면, 그것은 이미 그 범죄자를 명백한 유죄라고 간주한다는 뜻이다. 게다가 법정의 규율을 세우고 집행하는 자들은 법관들로, 가장 능력이 뛰어나고 덕망 높은 사람들 중에서 선발된 자들이 아닌가. 그러므로 카사노바는, 현재 상황을 지배하는 것이 그 자신의 정의 개념이 아니라 공화국의 사법제도라는 사실을 인정하고 받아들여야 함을 깨닫는다. 감금 초창기에 그를 활활 타오르게 했던 복수의 환상—민중을 북돋아 봉기를 일으키고 선두에 서서 정부와 귀족 관료들을 때려눕히는 상상—은 포기할 수밖에 없다. 얼마 지나지 않아 그는, 만약 풀어만 준다면 그를 이렇게 부당하게 취급한 이들을 모두 용서하기로 마음먹는다. 어느 정도는 권력과 타협할 수도 있음을 알아차린 것이다. 그는 직접 비용을 지불해서 생활용품과 책 몇 권, 음식물을 차입한다. 11월 초, 리스본에 대지진이 일어나며 발생한 지진해일이 네덜란드까지 밀고 올라온다. 카사노바의 눈앞에서 감옥 창 위쪽에 있는 제일 육중한 대들보가 심하게 비틀렸다가 제자리로 돌아온다. 이 장면을 목격한 순간 카사노바는 언젠가 석방되리라는 희망을 모조리 포기해버린다. 사실 살아 있는 내내 감옥에 갇혀 있어야 할지 어떨지, 그조차 모르고 있다. 그래서 이제 그는 정신을 가다듬고 탈출 준비에 집중

한다. 그 준비는, 한 번의 심각한 타격까지 포함하여, 총 일 년이라는 시간이 소요된다. 이제 그는 하루에 한 번 잠시 동안 다락방을 산책할 수 있게 되는데, 그곳에는 이런저런 잡동사니가 굴러다니고 있으므로 자신의 계획을 위해 필요한 물건들을 조달할 수가 있다. 지난 세기의 형사재판 과정이 묘사된 두루마리도 발견했다. 두루마리에는 보속을 부적절하게 활용한 고해신부를 고소한 사건이 기록되어 있으며, 교사들의 동성애 관행을 입증한 세세한 항목을 비롯하여, 소위 법률 연구자의 기분전환을 배려한다는 명목으로 온갖 유형의 진기한 범죄 사례들이 묘사되어 있다. 특히 도시의 보육원 출신 처녀들을 유혹한 사건을 둘러싼 질문들이 눈에 띄었다. 감옥이 있는 리바 델리 스키아보니 거리 근처의 산타마리아 델라 비시타치오네 성당에서 매일같이 성가를 부른 이들도 그 보육원 원생들이었다. 이들의 합창 소리는 카사노바가 투옥된 직후 티에폴로가 하나 남은 손으로 그린, 세 가지 덕목을 묘사한 성당의 천장화까지 높이 울려퍼지곤 했다. 의심의 여지 없이 당시의 판결은, 지금도 그다지 달라지지는 않았지만, 대부분 성적 충동을 통제하는 방식이었는데, 납판 지붕 아래 감옥에서 덧없이 시간을 흘려보내던 수인들 중 상당수는 바로 그런 욕구가 충족되지 않아 괴로운 인간들이었음이 분명하므로, 타오르는 성적 열망은 이들을 매번 단 하나의 생각으로만 집요하게 몰고 갈 수밖에 없었다.

감옥에 들어온 지 이 년째 가을이 되자 카사노바의 탈출 계획은 실현을 눈앞에 둔다. 시기도 아주 적절하다. 재판관들은 몇 주 동안 육지에 머물다 올 예정이고 간수 로렌초는 상관들이 자리를 비운 이 시기를 틈타 보나마나 술을 마실 터이기 때문이다. 확실한 날짜와 시간을 정하기 위해 카사노바는 이탈리아 시인 로도비코 아리오스토의 서사시 『광란의 오를란도』를 이용해 베르길리우스의 점*과 견줄 만한 점술 시스템을 고안해보기로 한다. 우선 그 자신이 중요하다고 생각하는 질문을 종이에 적은 다음, 질문을 이룬 단어에서 도출되는 숫자를 거꾸로 선 피라미드 모양으로 배열한다. 그런 다음 세 번의 수 처리 과정을 거쳐 각각의 두 자릿수에서 9를 빼고 나니, 『광란의 오를란도』의 아홉번째 곡 일곱번째 연 첫번째 행에 해당하는 결과가 나온다. 그 내용은 다음과 같다. 10월 말과 11월 초하루 사이. 때를 정확하게 알려주는 이 구절을 카사노바는 결정적인 암시로 받아들인다. 믿을 수 없도록 신비한 우연의 일치가 그에게는 운명의 법칙으로, 명료한 사고력만으로는 도저히 깨달을 수 없다는 이유 때문에 오히려 더욱 신뢰가 가는 법칙으로 다가온다. 숫자들과 단어들을—적어도 외관상으로는—임의로 조작하여 어떤 미지의 일을 결정하는 카사노바의 실험에 흥미를 느낀 나는 내 비망록의 날짜를 거슬러 뒤져보다가, 너무나 놀랍게도, 아니 거의 두렵기까지 한 기분으로, 다니엘리 호텔과 산타마리아 델라 비시타치오네 사이에 있는, 두칼레 궁전에서 가까운 리바 델리 스키아보니 거리의 바에서 그릴파르처의 글을 읽으며 앉아 있던 1980년 그날이, 10월의 마지막 날 낮 아니면 그날 밤이었다는 사실, 바로 카사노바가 우리는 별을 보러 간다**라는 시구를 벗삼아 악어 껍질 같은 궁전의 납판 뚜껑을 열어젖히고 빠져나온 기념일이라는 사실을 깨달았다. 그날 10월 31일 저녁, 나는 저녁식사 후 한번 더 거리에 있는 바로 갔고, 말라치오라는

---

* 베르길리우스의 『아이네이스』를 아무렇게 펼쳐 나오는 구절로 미래를 점치던 방법.
** 단테의 『신곡』 중 「지옥」의 한 구절로, 카사노바가 회고록에서 제사로 인용했다.

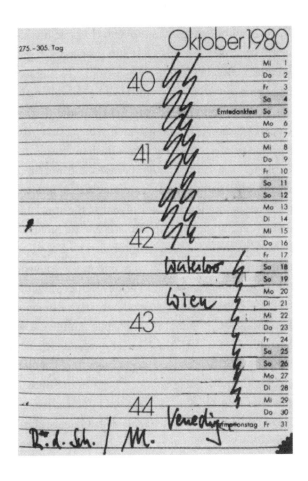

이름의, 케임브리지 대학에서 천체물리학을 공부한 베네치아인과 이 야기를 나누었다. 대화가 진행될수록 나는 그가 별뿐만 아니라 모든 사물을 최대한 먼 거리에서 떨어져 관찰하기를 좋아한다는 사실을 알아차렸다. 자정 무렵 우리는 방파제 바깥쪽에 정박해놓은 그의 보트를 함께 타고 카날 그란데를 거슬러올라, 페로비아와 트론체토를 지나 탁 트

인 바다로 나가서 반대편 해안에 끝없이 펼쳐진 메스트레에 있는 정유 공장의 불빛 전선을 바라보았다. 말라치오는 배의 모터를 껐다. 파도가 한 번씩 밀려올 때마다 배는 위로 솟구쳤다가 가라앉았다. 그렇게 한참 이 지난 것 같았다. 우리 앞에는 천상의 도시처럼 아무리 보아도 싫증 나지 않는 빛, 명멸하는 세상의 섬광이 파뜩이고 있었다. 탄소에서 발한 생명체의 기적이 불꽃으로 산화하고 있는 것이죠, 하고 말라치오가 말했다. 모터가 다시 돌기 시작했고, 배는 머리를 치켜들며 물 위로 솟았다. 커다란 만곡을 그리며 우리는 카날레 델라 주데카로 진입했다. 사공은 말없이 손으로 주데카 서쪽 이름 모를 섬에 자리한 소각장을 가리켰다. 인적 없이 고요한 콘크리트 건물 위로 흰 연기만이 한줄기 피어오르고 있었다. 이런 한밤중에도 소각을 하느냐고 묻자, 말라치오는 대답했다. 네, 항상요. 끝없이 태우지요. 스터키 제분소가 밤의 풍경 속으로 등장했다. 벽돌 수백만 장을 쌓아 만든 지난 세기의 기념물. 제분소의 어두운 창문들이 주데카 건너편 스타치오네 마리티마 항구역을 꼼짝 않고 지켜보고 있었다. 제분소 건물의 규모가 얼마나 큰지 두칼레 궁전 정도는 몇 채라도 그 안에 통째로 들어갈 수 있을 것 같았다. 그러니 과연 저 건물이 정말 곡물이나 처리하려고 만든 시설이 맞는지, 사람들이 의문을 품는 것도 당연하다는 생각이 든다. 어둠 속에서 불쑥 솟아오른 제분소의 거대한 정면을 지나갈 때 마침 달이 구름 사이로 얼굴을 내밀었고, 환한 달빛이 건물 왼편 삼각 지붕 아래 벽을 장식한 황금빛 모자이크 그림을 비추었다. 추수한 곡식 다발을 손에 들고 있는 여인의 그림이라니, 이곳처럼 오직 물과 돌로 이루어진 듯한 세계에는 기이할 정도로 낯설고 부적합해 보였다. 말라치오는, 최근 부활의 문제에 대해서 깊이 생각해보았노라고 말했다. 그리고 천사들이 장차 우리의 뼈와 육신을 에스겔의 눈앞에 데려다놓는다는 문장의 의미가 무엇인지 의문을 품었다고 했다. 그 어떤 해답도 얻지는 못했지만 의문을 품은 것 자체만으로 충분했다고도 했다. 제분소가 어둠 뒤편으로 사라지고 눈앞에 산조르조 탑과 산타마리아 델라 살루테 성당의 돔이 나타났다. 말라치오는 배를 내가 묵는 호텔 방향으로 몰았다. 더이상 우리는 아무런 대화도 나누지 않았다. 배가 멈추었다. 우리는 악수를 나누었다. 어느새 나는 물가에 서 있었다. 이끼가 무성하게 덮인 바윗돌 언저리에서 물결이 끊임없이 찰랑거렸다. 배는 다시 물 가운데로 방향을 돌렸다. 말라치오는 다시 한번 손을 흔들더니 이렇게 외쳤다. 예루살렘에서 다시 만나요. 배가 꽤 멀리 나간 다음, 그는 또 한번 크게 외쳤다. 내년에는 예루살렘에서! 나는 광장을 가로질러 호텔로 향했다. 인적이 완전히 끊긴, 모두 침대에 누워 잠들어 있는 시간이었다. 심지어 야간 안내인조차 자기 자리가 아닌, 방 뒤편에 마련된 조그만 휴식 공간 안, 시체 안치대처럼 생긴 좁고 이상하리만치 높은 침대에서 쉬고 있었다. 정규방송이 끝난 텔레비전은 지지직거리는 잡음과 테스트 화면을 내보내고 있었다. 오직 기계만이 더는 잠들지 못하는 이 시대의 생태를 이해하고 있구나, 나는 방으로 올라와 극심한 피로감에 휩싸여 쓰러지면서 생각했다.

이 도시에서 잠이 깨는 것은 다른 도시에서와는 다르다. 하루가 정적 속에서 밝아오기 때문이다. 그 정적을 깨고 틈입하는 것은 단지 누군가를 부르는 소리, 금속 블라인드를 걷어올리는 소리, 그리고 비둘기들이 날개를 퍼덕이는 소리뿐이다. 빈에서, 프랑크푸르트에서, 그리고 브뤼셀에서, 얼마나 많은 아침을 이런 호텔방에서 맞았던가, 이곳과 같은 정적이 아니라 해일처럼 사나운 기세로 밀려오는 자동차들의 소음에, 눈뜨기 전부터 이미 몇 시간 동안 내 위를 떠다니고 있었을 그 소음에 매번 깜짝 놀라 두 손으로 머리를 감싸쥐며 잠에서 깨는 일이 얼마나 많았던가, 하는 생각이 머리를 스치고 지나갔다. 그렇다, 그건 새로운 형태의 대양이라고 불러야 하리라. 엄청난 위력으로 도시 전체를 뒤덮으며 몰려오는 파도, 점점 더 큰 소리로, 점점 더 드높이, 스스로의 광기에 무아지경으로 도취된 채 소음 수치의 한계마저 뛰어넘으며, 아스팔트와 포석이 깔린 도로 위를 돌진하는 미친 물결, 신호등 앞에서 잠시 기세가 주춤할 때면, 여지없이 다른 방향에서 새로운 파도가 밀려와 비어 있는 공간을 장악한다. 세월이 흐른 뒤 나는, 우리 이후에 태어나는 생명들은 바로 이러한 광란에서 태어나며, 우리가 우리 이전의 존재들을 서서히 멸망으로 몰고 갔듯이 그들 또한 우리를 서서히 멸망으로 몰고 갈 것이라는 결론에 도달했다. 그 고요했던 만성절 이른 아침, 우윳빛 대기가 열린 창을 통해 내 방으로 밀려들어와 허공에 너울거리며 머물러 마치 안개 가득한 바다 한가운데에 누워 있다는 생각에 사로잡혔던 그날, 베네치아에서 만난 정적은 더없이 비현실적이어서 금방이라도 와해될 것만 같았다. 내가 태어나서 최초의 아홉 해를 보냈던 고장 W에서도 만성절과 만령절*이면 항상 짙은 안개가 천지에 자욱했다. 안개 속에서 모든 주민이 검은 옷을 차려입고 묘지로 향한다. 바로 전날에는 묘지에 피어난 여름 꽃들을 치우고 잡초를 뽑아 진입로를 정

---

* 기독교의 모든 성인과 죽은 이를 기념하는 축일. 서방에서는 11월 1일과 2일에 지낸다.

돈하고 흙속에 그을음을 섞어둔다. 성스럽게 순교한 자들의 고통을 추모하고 가엾은 영혼들을 위로하느라 기묘한 자세로 허리를 수그린 채, 마치 셋집 주인에게 계약해제 통보라도 받은 것처럼 안개 속을 헤매던 희미하고 거무스름한 사람들의 형체를 기억한다. 어린 시절에는 만성절과 만령절보다 더 중요하고 의미 깊은 날이 세상에 없을 것만 같았다. 특히 매년 먹었던 만성절 과자가 인상 깊게 남아 있다. 마이어베크는 일 년에 단 한 차례, 이날에만 그 과자를 구워 모든 남자와 여자, 어린아이에게 딱 한 조각씩 나누어주었다. 흰 밀가루를 반죽해 만든 과자는 사람이 손아귀에 숨겨버릴 수 있을 만큼 작았고, 한 번에 네 조각짜리 한 줄을 구워냈다. 과자에는 밀가루가 뿌려져 있었다. 언젠가 나는 과자를 다 먹고 나서 손가락에 남은 밀가루 흔적을 보면서 일종의 계시라는 생각이 번뜩 들어, 그날 저녁 내내 나무 숟가락으로 조부모님 침실에 있던 밀가루통을 휘저었던 기억이 있다. 그 안에 숨겨진 어떤 비밀을 파헤쳐야 한다고 굳게 믿었기 때문이다.

가끔 노트에 메모를 하기도 했지만 대부분은 점점 더 넓은 영역으로 번져나가거나 더욱 협소한 지점으로 파고드는 생각에 사로잡혀서, 그렇게 내내 절대적인 공허감에 완전히 빠져든 채, 1980년 11월의 첫날을 호텔방에서 단 한 발짝도 벗어나지 않고 보냈다. 오직 깊은 상념과 생각에 몰두하는 것만으로도 정말 간단히 목숨을 끊을 수 있을 것 같았다. 창문도 닫혀 있고 실내도 어느 정도 난방이 되어 있었지만 너무나 움직이지 않고 오랜 시간을 보내다보니 손발이 얼음장처럼 차가워졌고, 룸서비스를 부탁하여 웨이터가 적포도주와 버터 바른 빵을 가져왔는데, 그때 나 자신은 이미 땅속에 묻혔거나 관 속에 있어서 웨이터에게 고마움을 소리 없이 표현할 수는 있지만 제사 음식을 먹을 수는 없을 것 같았기 때문이다. 나 자신이 칙칙한 회색빛 석호를 지나 성녀 카타리나*가 빠졌던 수령의 섬들로, 말하자면 섬 전체가 묘지인 산미켈레 섬으로, 무라노 섬 아니면 산에라스모 섬으로, 산프란체스코 델 데세르토 섬으로 운반되는 광경이 눈앞에 그려졌다. 그러다 얕은잠에 빠져들었고, 안개가 대지에서 피어올라 5월의 태양 아래 녹색 석호를 뒤덮으며 퍼져나가는 모습, 그리고 초록빛 섬들이 풀잎처럼 고요하고 편평한 수면 위로 떠오르는 장면이 보였다. 병원이 있는 라 그라치아 섬의 모습도 보였다.** 둥그스름한 방사형 병원 건물의 창에서 수천 명의 정신질환자들이 고개를 내밀고, 거대한 유람선을 타고 섬을 떠나는 모양새로 신이 나서 손을 흔들었다. 갈대가 우거진 물 위에 성 프란체스코***가 엎드린 채 누워 떠 있었다. 습지를 건너는 성녀 카타리나의 손에는 조그만 모형 바퀴가 들려 있다. 사람들이 그녀를 고문하는 데 사용했던 바퀴다. 작은 막대기에 고정되어 있는 바퀴는 바람이 불 때마다 윙윙 소리를 내며 저절로 돌아갔다. 여명이 밝아오면서 석호 주변이 보랏빛으로 그윽하게 물드는 것을 보면서 잠이 들었는데, 잠에서 깨어났을 때는 어둠이 깔려 있었다. 말라치오는 무슨 의미로 예루살렘에서 다시 만나요라는 말을 했을까. 나는 그의 얼굴을 다시 떠올려보려고, 그의

---

* 이집트 알렉산드리아 출신 가톨릭교회의 성인. 훌륭한 교육을 받은 귀족 출신이었지만 왕후에게 기독교를 권유했다는 이유로 차열형을 선고받았다고 한다.
** 베네치아 석호의 작은 섬 산타마리아 델라 그라치아의 수도원을 가리킨다. 20세기까지 전염성 높다고 여겨지는 환자들의 피병원으로 운영되다가 2010년 초 매각됐다.
*** 이탈리아 아시시 출신의 가톨릭교회 성인. 프란체스코 수도회를 설립했으며, 청빈주의를 강조했다.

눈동자만이라도 기억해내려고 헛되이 애를 썼으며, 거리에 바로 오늘 한번 더 나가봐야 하는 건 아닌지 고민했지만, 생각을 하면 할수록 더더욱 자리에서 꼼짝할 수조차 없게 될 뿐이었다. 베네치아에서의 두번째 밤도, 만령절인 사흘째 밤도 그렇게 지나갔다. 다음날인 월요일 아침이 되어서야 신기하리만치 몸이 깃털처럼 가벼워져 다시금 제 컨디션을 회복했다. 전날 밤 뜨거운 물에 목욕을 하고 적포도주와 버터 바른 빵을 먹고 신문까지 주문해 읽은 덕분에 나는 가방을 싸고 다시 길을 나설 기운이 났다.

역사 안에 있는 서서 먹는 뷔페는 지옥을 연상시키는 끔찍한 소음에 파묻혀 있었다. 견고한 섬처럼 우뚝 솟아 있는 뷔페 주변으로 바람에 흔들리는 너른 들판의 곡식 같은 무수한 인간의 머리가 바글거렸다. 출입구 안으로 들어서는 사람, 같은 문을 지나 밖으로 나가는 사람, 뷔페 주변을 왔다갔다 도는 사람, 약간 떨어진 곳에서 높다란 계산대에 앉아 있는 계산원에게 몰려가는 사람 등. 티켓이 없는 나 같은 사람은 일단 힘으로 인파를 밀치고 나아가서 높은 왕좌에 있는 여자 직원에게 원하는 것을 큰소리로 말해야 했다. 그러면 보통 앞치마를 살짝 개조한 듯한 유니폼 차림의 곱슬머리 여자 직원이 눈을 반쯤 내리깐 채 아무런 표정의 변화 없이 사람들 머리 위로 시선을 이리저리 던지다가, 사방에서 너도나도 한꺼번에 아우성치는 목소리 중 한 가지 요청을 완전히 임의적으로—나에게는 그렇게 보였다—크게 반복함으로써 모든 종류의 의심과 이의를 완전히 묵살하는 확고한 전능을 발휘해 접수한 다음, 그 값을 마치 도저히 변경 불가한 최후의 판결이라도 된다는 듯 실내 전체가 울리도록 큰소리로 선언하고는, 몸을 약간 숙여 자비와 경멸이 동시에 드러나는 태도로 영수증과 잔돈을 건네주었다. 일단 그렇게 생명처럼 소중해 보이는 티켓을 구입하고 나면, 다시 인파를 밀치고 나가 이번에는 이 정신 사나운 식당의 남자 직원들이 일하고 있는 원탁 안쪽 카페테리아로 가기 위해 사투를 벌여야 한다. 남자 직원들은 엄청난 군중이 자신의 바로 코앞으로 밀려오고 있는데도 한 치의 동요도 없이 태연자약하게 해야 할 일을 할 뿐이었다. 집단적인 공황이 벌어지고 있는데도 전혀 서두를 줄 모르는 이들의 태도는 시간의 흐름을 자기들 마음대로 잡아늘리고 있다는 느낌을 주었다. 빳빳하게 풀 먹인 리넨 재킷 차림으로 그 어떤 외부 환경에도 반응할 줄 모르는 이들의 기계적인 둔감함은 계산대 뒤에 있는 이들의 누이, 어머니, 딸 들의 둔감함과 마찬가지로, 풍토적인 원인으로 발생한 식탐 때문에 타락해버린 어떤 하등동물을 암흑의 체계에 따라 심판하기 위해 모여든 고등동물의 기이한 회합 같다는 인상을 주었다. 품위 있게 흰 제복을 차려입고 원탁 안쪽에 서 있는 직원들에게는 탁자가 허리께 닿는 데 반해, 바깥쪽에 둘러서 있는 손님들에게는 어깨나 심지어 턱까지 오는 높이인 것으로 보아 직원들이 서 있는 바닥이 분명히 더 높을 텐데, 그런 위치적인 요인도 내가 받은 인상에 힘을 실어주었다. 이러한 산만하고 어수선한 분위기에서, 모든 식기를 금방이라도 깨뜨릴 것처럼 다루는 것이 습관인 듯한 직원들의 손길에 의해 유리잔과 커피잔 받침, 재떨이 등이 대리석 탁자에 놓였다. 마침내 주문한 카푸치노잔을 받았을 때는 순간적으로 생애 최고의 난관을 이겨내고 성공을 거두었다는 성취감마저 들었다. 한숨을 돌리며 식당 주변을 둘러보고 나서야, 나는 곧 그게 착각이었음을 깨달았다. 그제야 든 생각이지만 탁자 주변에 몰려 있는 사람들이 대규모 민머리 집단으로 보였던 것이다. 뻣뻣한 리넨 제복을 입은 웨이터가 커다란 팔 동작으로 대리석 탁자 위를 한번 쓸어버리고 나면, 그 박박 깎은 머리통들은—내 머리통도 예외가 아니고—모두 지옥의 고통 속으로 떨어져버릴 것이 분명했다. 그런데 그것이 전혀 이상하지 않았고 지금 환하게 비쳐들어오는 빛 속에서라면 도리어 정당하다는 생각이 들 정도로, 이 머리통들은 삶의 최후의 순간 오직 음식물을 몸속으로 허겁지겁 쑤셔넣는 일에만 몰두하고 있었다. 기분이 불쾌해지는 그런 광경과 그로 말미암은, 솔직히 나 스스로도 납득하기 힘든 상상에 사로잡히다보니, 어느 순간 문득 이 아침식사 집단에 속한 나 자신도 다른 누군가의 눈에는 나 홀로 정신없이 분주한 허깨비 생물체로 보이리라는 생각이 들었다. 그리고 실제로 나를 지켜보는 두 쌍의 눈을 발견했다. 두 남자가 내 맞은편 계산대에 몸을 기대고 있었다. 한 남자는 오른손으로, 다른 남자는 왼손으로 각각 턱을 받친 자세였다. 들판을 덮쳐오는 먹구름 같은 공포심이 심장에 뭉글뭉글 고였다. 기억을 더듬어보면 지금 나를 쳐다보는 저 두 젊은이는 실제로 분명히 베네치아에 도착한 이후 여러 번이나 길에서 나를 스쳐지나갔고, 말라치오를 만났던 거리의 바에서도 손님들 사이에 있었다. 시곗바늘은 오전 열시 반을 가리키고 있었다. 나는 카푸치노잔을 비운 뒤 따라오는 자가 있는지 뒤를 살피면서 플랫폼으로 걸어나와 계획대로 밀라노행 기차에 올라 베로나로 떠났다.

베로나에 도착한 나는 콜롬바 도로* 여관에 숙소를 정한 다음, 이곳에

---

* '황금 비둘기'라는 뜻의 이탈리아어.

오면 늘 그랬던 것처럼 곧장 주스티 정원으로 향했다. 그곳에서 나는

GIARDINO GIUSTI
VERONA

BIGLIETTO D'INGRESSO

№ 52314

주스티 정원
베로나
입장권 No. 52314

삼나무 아래 자리한 돌벤치에 누워 이른 오후 시간을 보냈다. 바람이
울창한 나뭇가지 사이를 통과하며 불었고, 정원사가 키 작은 회양목 덤
불 사이로 난 자갈길을 갈퀴질하는 맑은 소리가 들려왔으며, 대기에는
회양목의 부드러운 향기가 가을이 깊은 그때까지도 충만했다. 너무 오
랫동안 이런 행복한 기분을 느껴보지 못했다. 하지만 나는 일어나야 했
다. 밖으로 나오는 길에 흰 염주비둘기 한 쌍을 지켜보았다. 비둘기들
은 여러 번 서로 앞서거니 뒤서거니 하며 날갯짓 몇 번으로 나무 꼭대
기 높은 가지 위로 급격하게 떠올랐다가, 짧고도 영원하게 느껴지는 순
간 동안 고요히 창공에 머문 다음 다시 앞으로 쏟아질 듯한 자세로 하
강하며 거의 들리지 않을 만큼 나지막한 구르륵 소리를 냈고, 그중 몇
그루는 이백 년 이상 그 자리에 서 있었을 것이 분명한 아름다운 사이
프러스나무들 주변에서 날개를 고정시킨 채 커다란 원을 그리며 빙빙
돌았다. 사이프러스의 영원히 지속되는 초록빛을 보고 있자니 내가 사
는 영국 카운티의 한 교회 묘지에 있는 주목이 떠올랐다. 주목은 사이

프러스보다 더디 자란다. 2.5센티미터 정도 성장하는 동안 백 년 이상치의 나이테가 나타나는 주목도 있다. 그러므로 나무들 중에는 천 년을 넘게 살거나 아예 죽음의 개념 자체를 모르는 종도 있을 것이다. 나는 앞마당으로 나와, 정원으로 들어설 때처럼 담쟁이덩굴로 뒤덮인 담벼락에 설치된 조그만 분수에서 얼굴과 손을 씻고, 마지막으로 정원 안쪽에 한번 더 시선을 준 후 출구로 나가면서 어두컴컴한 실내에서 밖을 향해 고개를 끄덕여 인사하는 문지기 여인에게 답례를 보냈다. 폰테 누오보 다리를 지나 비아 니차 거리, 비아 스텔라 거리를 거쳐서 피아차 브라 광장으로 내려왔다. 광장에 인접한 원형극장 안에 발을 디디는 순간 어두운 과거의 시간 속으로 소리 없이 빨려들어가는 느낌이 들었다. 극장 안에는 늦게 도착한 단체 관광객을 제외하고는 아무도 없었다. 적어도 여든 살은 되어 보이는 가이드가 그들 곁에서 기운 없이 갈라지는 노쇠한 목소리로 이 독특한 건축물의 특징을 설명하는 중이었다. 나는 극

장에서 가장 높은 관람석으로 올라가 조그맣게 보이는 이들 무리를 내려다보았다. 나이든 가이드는 키가 정말 작아서 120센티미터 남짓 되어 보였고 그에게는 너무 큰 것이 분명한 재킷을 걸치고 있었다. 게다가 원래 허리가 굽기도 했지만 걸음을 옮길 때마다 더욱 몸을 앞으로 숙인 탓에 재킷 앞섶이 땅바닥에 닿을 정도였다. 가이드의 목소리는 기이하리만치 매우 분명하게 들렸다. 아마도 그를 둘러싸고 있는 사람들보다 나에게 훨씬 더 분명하게 들렸던 것 같다. 이 극장에서는 완벽한 음향효과 덕분에 바이올린 솔로는 더욱 오묘하게, 소프라노의 속삭임은 더욱 미학적으로 울리며, 무대 위에서 죽어가는 미미*의 고통스러운 신음조차 더없이 은밀하게 들린답니다. 관람객들은 심각하게 왜소한 외모의 가이드가 알려주는 건축술과 오페라에 대한 열광에서 거의 아무런 감동을 얻지 못한 듯 보였으나, 가이드는 굴하지 않고 출구를 향하면서 훌륭한 설명을 한두 마디 덧붙였는데, 말을 할 때마다 멈추어서서 역시 마찬가지로 그를 따라 멈추어선 무리를 향해 마치 체구가 작은 교사가 자신보다 머리 하나는 더 큰 어린 학생들을 상대하듯이 오른손 집게손가락을 치켜들곤 했다. 경기장 가장자리에 내려앉은 햇빛이 아주 약하고 희미해졌다. 나는 늙은 가이드가 관람객들을 데리고 극장을 떠난 다음에도 한참 동안 불그스름하게 물든 대리석의 은은한 광채에 잠겨 홀로 앉아 있었다. 아니 더욱 정확히 말하자면 홀로 있다고 착각한 채 앉아 있었다. 한참이 지난 뒤 짙은 그늘에 덮여 잘 보이지 않는 맞은편 아래쪽 돌에 앉아 있는 두 그림자를 발견했던 것이다. 그들은 의심의 여지

---

* 푸치니의 오페라 〈라보엠〉의 여주인공.

없이 오늘 아침 베네치아 역 식당에서 나를 뚫어지게 지켜보던 바로 그 젊은이들이었다. 마치 감시자처럼 그들은 해가 저물어 빛이 완전히 사라질 때까지 꼼짝 않고 앉아서 내내 나를 바라보았다. 그런 다음 일어서서 관람석 계단을 내려와 어둠에 싸인 출구 밖으로 모습을 감추었는데, 일어서서는 서로 마주보며 허리 굽혀 인사를 하는 것 같았다. 한동안 나는 자리에서 움직일 엄두가 나지 않았다. 순전히 우연이겠지만 그 재회가 너무나 불길한 예감으로 다가왔기 때문이다. 겁에 질린 채 밤새도록 추위에 떨면서 원형극장에 앉아 있는 내 모습이 눈앞에 어른거렸다. 마침내 자리에서 일어나 출구로 걸어나갈 용기를 얻기 위해서는 내가 믿어온 합리적인 이성의 힘을 최대한 짜내야 했다. 절반 정도 길을 걸어왔을 때는, 어두침침한 허공을 가르고 날아온 화살 한 발이 일순간 내 왼편 견갑골을 꿰뚫고 들어와 콰르릉 하고 힘차게 떨리는 소리를 내며 심장 한가운데에 단단히 박히는 환영이 의식을 계속 파고들며 반복해서 나타났다.

이후 며칠 동안은 베로나 방문의 원래 목적인 피사넬로* 그림 연구에만 전적으로 몰두했다. 이미 몇 년 전부터 오직 피사넬로의 그림을 볼 수 있다면 삶의 다른 모든 내용은 포기해도 좋다는 소망을 품어왔던 터다. 피사넬로의 회화가 나를 매혹시킨 것은 당시로서는 좀처럼 찾아보기 어려운 고도의 리얼리즘 기법을 사용했다는 점뿐만 아니라, 그런 기법과 어울리지 않은 평면 위에 리얼리즘적인 예술미를 성공적으로 펼쳐 보인 방식이다. 그의 그림에는 주인공들을 비롯하여 조연들,

---

* 15세기에 활동했던 이탈리아의 화가, 메달 조각가.

하늘을 나는 새와 초록이 우거진 숲, 나무 이파리 하나하나가 각각 그 무엇으로도 침해할 수 없는 존엄한 존재의 명분을 유지하면서 공존했다. 바로 그런 점 때문에 나는 수년 전부터 화가 피사넬로를 깊이 애호하게 되었고, 1435년 완성한 펠레그리니 예배당 입구의 프레스코 작품을 보려고 산타아나스타시아 성당을 한 번씩 방문했던 것이다. 성당 건물 왼쪽 날개 자리에 있는 펠레그리니 예배당의 과거 모습은 이제 남아 있지 않다. 내부의 아치형 구조물들을 갈색으로 흉하게 칠했으며 아래쪽에는 문이 달린 판자벽을 설치해놓았다. 벽 뒤편은 대기 공간이었는데, 성당의 여자 관리인이 숫제 집으로 사용하는 것 같았다. 근심 어린 표정을 짓고 있던 관리인은 오랜 시간 동안 침묵과 고독을 동반하여 살아온 탓인지 이미 지나가버린 과거의 인간이라는 흔적이 외관상 역력했고, 오후 네시가 넘은 그 시각 무거운 철문을 열어 유일한 관람객인 나를 들여보낸 뒤 말 한마디 없이 그림자처럼 조용히 내 앞을 지나 신도석을 통과해 벽 뒤편 자신의 대기 공간으로 들어갔다. 내가 프레스코 작품을 구경하는 동안 관리인은 같은 장소를 영원히 반복해서 왔다갔다해야 하는 사람처럼 일정한 간격을 두고 몇 번 밖으로 나왔고, 약간 떨어진 곳 어둠 속으로 사라졌다가 곧 자신의 고정 궤도로 되돌아와 거주지로 찾아들어갔다. 산타아나스타시아 성당 측면 건물의 창으로는 거의 한줄기 햇빛도 비쳐들지 않는다. 심지어 가장 환한 한낮에도 예배당 안에는 침침하고 깊은 그늘뿐이다. 그러므로 한때 예배당이던 공간 아치 벽에 그려진 피사넬로의 작품은 희미한 형체로밖에 알아볼 수 없다. 천 리라짜리 동전을 양철함 속에 넣어야 조명이 켜지는데, 동전 하나당 지속되는 그 시간은 어떨 때는 매우 길게, 또 어떨 때는 터

무니없이 짧게 느껴진다. 조명이 밝혀지면 용을 물리치러 가기 직전 공주와 작별을 나누는 성 게오르기우스*의 모습이 선명하게 드러난다. 그림의 왼쪽 절반에는 흐릿하게 바랜 괴물이 아직 날개도 나지 않은 새끼 두 마리와 함께 그려져 있고, 용을 달래기 위해 제물로 바쳐진 동물과 사람의 뼈와 해골 등 잔해가 흩어져 있다. 빈 공간에 흩날려 있는 식으로 묘사된 잔해는 전설 속 팔레스타인의 도시 리다 주민들이 그 옛날 느꼈을 공포와 놀라움을 오늘날에도 생생히 짐작하게 한다. 또다른 주제가 표현된 프레스코 작품의 오른편은 거의라고 해도 좋을 만큼 완벽하게 보존되어 있다. 북쪽 지방이라는 인상을 풍기는 어느 지역이, 사람들이 흔히 그림을 묘사할 때 사용하는 표현대로라면 푸른 하늘을 배경으로 우뚝 자리잡고 있다. 좁다란 협만 위로 바람을 잔뜩 받으며 항해하는 돛배 한 척이 이 그림의 구성에서는 유일하게 먼 나라를 암시하는 요소다. 나머지 비탈진 땅, 추수가 끝난 들판, 덤불과 언덕들, 지붕과 탑, 흙벽과 단두대는 모두 현재 이곳에 있는 존재들이다. 특히 단두대에 매달려 흔들리는 죄수들의 시신—당시 화가들이 가장 즐겨 그렸던 회화 소재—은 그림에 독특한 생동감을 불어넣어준다. 피사넬로는 덤불과 관목숲, 잎사귀들, 항상 굉장히 주의를 기울였던 대상인 동물들을 하나하나 극단적으로 섬세하게, 최대한의 애정을 담아 묘사했다. 육지를 향해 날아가는 황새, 개들, 숫양, 일곱 기수가 타고 있는 말 모두. 그 사이에서 기수들 중 하나인 칼무크인 궁수는 고통에 시달리는 지독한 표정을 하고 있다. 그림 중앙에는 깃털 의상을 입은 공주와 성

* 로마제국 군인으로, 순교 후 성인이 되었다. 말을 타고 동방을 여행하던 중 악룡을 물리치고 왕녀를 구해낸 전설로 유명하다.

게오르기우스가 있다. 성 게오르기우스의 갑옷에 입힌 은박은 벗겨졌으나 그의 얼굴을 감싸는 불그스름한 금발머리의 광채는 여전히 온전하다. 놀라운 점은, 피사넬로가 이 유독 두드러진, 피비린내 나는 자신의 막중한 과업을 비스듬히 응시하고 있는 기사의 남성적인 눈매를

눈꺼풀을 아주 살짝 내리뜨는 동작만으로
내면의 결심을 암시하는 여성의

눈동자와 대조시킬 줄 알았다는 점이다.

베로나에 온 지 사흘째 되던 날, 저녁을 먹으려고 길을 헤매다가 비아 로마 거리에 있는 한 피자 레스토랑으로 들어갔다. 나는 낯선 도시에서 식사를 할 만한 식당을 어떻게 찾아야 하는지 모른다. 일단 내가 너무 까다로워서 몇 시간이고 거리와 골목을 돌아다녀도 쉽게 결정을 내릴 수 없기 때문이고, 그렇게 헤매다닌 끝에 대개 아무 생각 없이 아무 식

당이나 들어가서 전혀 마음에 들지 않는 환경에서 전혀 마음에 들지 않는 음식을 먹게 되어버리는 탓이다. 그날 11월 5일 저녁도 마찬가지였다. 만약 그때 내가 조금이라도 생각이라는 것을 하고 있었더라면, 벌써 바깥에서 보기에도 불쾌한 인상을 주는 그 식당에 결코 들어서지 않았으리라. 하지만 그런 사실을 깨달았을 때는 이미 고기잡이용 그물이 매달린 침침한 식당 안에서 기우뚱거리는 식탁을 마주하고 대리석 무늬가 진 붉은 플라스틱 의자에 앉아 있었다. 바닥과 벽은 모두 바다처럼 끔찍한 파란색이었는데, 그걸 마주보고 있으니 영영 육지에 발을 디딜 가망은 사라졌구나 하는 절망적인 기분이 몰려왔다. 사방이 바닷물에 둘러싸였다는 암시는 맞은편, 천장 바로 아래에 걸린 누르스름한 액자의 바다 그림으로 완성되었다. 대개의 바다 그림과 마찬가지로 그 그림에도 배가 한 척 있었는데, 청록색 높은 파도와 눈부신 흰 거품 위에 떠 있는 그 배는 바로 앞에서 입을 쩍 벌리고 있는 까마득한 심연으로 추락할 준비를 마친 상태였다. 침몰 직전의 상황을 묘사한 것이 분명했다. 기분이 점점 더 불편해졌다. 절반도 먹지 못한 피자 접시를 옆으로 밀어버린 나는 뱃멀미를 하는 사람이 뱃전에 기대듯이 탁자에 팔을 올리고 머리를 받쳤다. 불안감에 이마가 얼음장 같아지는 것을 느꼈으나 웨이터를 불러 계산서를 달라고 말할 기운이 나지 않았다. 그 대신 나는 현실감각을 되찾으려는 생각으로 그날 오후에 샀던 신문—베네치아에서 발행되는 『가체티노』—을 주머니에서 꺼내 식탁 넓이가 허용하는 한도 내에서 펼쳤다. 신문을 펴자마자 어느 한 기사가 시선을 끌었다. 그것은 편집부에서 전하는 내용이었는데, 11월 4일 의아한 룬 문자로 적힌 편지가 신문사로 배달되었고, 편지에는 현재까지 세상에

전혀 노출되지 않은 어떤 비밀 단체, 루트비히 조직이 1977년 이후 베

ORGANIZZAZIONE LUDWIG

로나와 다른 북이탈리아 도시에서 일어난 일련의 살인 사건의 범인이
라고 적혀 있었다고 한다. 그리고 이어지는 기사는 독자들의 기억에서 사
라져버린 미제 살인 사건들에 관한 것이었다. 1977년 8월 말 베로나의
한 병원에서 심각한 화상 환자인 집시 게리노 스피넬리가 사망했다. 스
피넬리는 평소처럼 시 외곽에서 낡은 알파로메오를 세워두고 잠을 자
다가, 자동차에 누가 불을 붙이는 바람에 화상을 입은 상태였다. 일 년
이 지난 후 파도바에서는 웨이터인 루치아노 스테파나토가 목덜미에
25센티미터짜리 식칼 두 개가 꽂혀 죽은 채로 발견되고, 다시 일 년 후
에는 베네치아에서 스물두 살 먹은 헤로인 중독자 클라우디오 코스타
가 칼로 서른아홉 번이나 찔려 살해당한다. 지금은 1980년 늦가을이
다. 웨이터가 계산서를 가지고 온다. 나는 계산서를 펼친다. 활자와 숫
자가 내 눈앞에서 흐릿하게 뒤엉킨다. 1980년 11월 5일. 비아 로마 거
리. 피체리아 베로나. 대표 카다베로 카를로와 파티에르노 비토리오.
파티에르노와 카다베로*.
전화벨이 울린다. 웨이터는 물기를 닦아낸 유리잔을 불빛에 비춰보고
있다. 전화벨이 도저히 멈출 생각이 없는 듯 끈질기게 울리자 그제야

---

* '시체'라는 뜻의 이탈리아어.

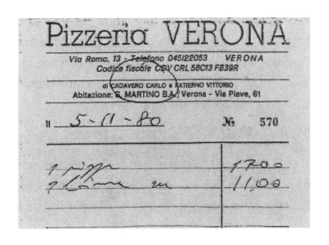

수화기를 든다. 그는 수화기를 턱과 어깨 사이에 비스듬히 끼고 계산대 뒤쪽으로 가서, 전화선 길이가 닿는 한에서 이리저리 움직인다. 말할 때만 딱 멈추어서서 천장을 올려다본다. 아니, 없어, 하고 그는 수화기에 대고 말한다. 비토리오는 여기 없다고. 비토리오는 사냥하러 갔어. 그럼 당연하지, 난 카를로야, 하고 그는 이어서 말한다. 달리 누구겠어? 이 가게에 나 말고 누가 있겠어? 나 말고는 아무도 없다고. 온종일 사람 하나 없었어. 이제야 겨우 달랑 한 명 들어온걸. 영국인, 하고 그는 경멸이 담긴 시선을—그렇게 보였다—나에게 흘낏 던지면서 상대편에게 말한다. 이상할 것도 없지, 뭐. 요즘처럼 해가 점점 짧아지는 때는. 이제 곧 완전히 비수기겠지. 겨울이 코앞이잖아. 그래, 겨울 말이야, 하고 그는 수화기에 대고 큰소리로 외치면서 또다시 나를 슬쩍 쳐다본다. 그의 시선이 내게 꽂히자 순간적으로 심장이 박동을 멈춘다. 만 리라짜리 지폐를 접시 위에 올려두고 신문을 접은 다음 허둥지둥 밖으로 나온다. 광장 쪽으로 건너간 나는 불을 환하게 밝힌 바 안으로 들어가서 택시

를 불러달라고 부탁해 호텔로 돌아온다. 서둘러 짐을 모두 싼 다음 그 날 밤기차를 타고 인스브루크로 달아난다. 세상에 태어나 처음으로 겪는 공포심에 무서워 벌벌 떨면서, 무엇인가를 읽을 엄두도, 눈을 감을 엄두도 내지 못한 채 객실에 앉아 열차 바퀴가 규칙적으로 굴러가는 소리만 멍하니 듣고 있다. 로베레토에 기차가 정차하자 가죽천을 이어 붙여 만든 장바구니를 든 티롤 노파가 올라탄다. 마흔 살쯤 된 아들과 함께다. 객차가 완전히 비어 있음에도 그들이 내 가까이로 와서 자리를 잡자, 나는 더없이 감사한 마음에 가슴이 벅차오른다. 아들은 머리를 벽에 기댄다. 눈꺼풀을 내리깔고는 자신만의 충만한 세계에 깊이 잠겨 미소가 떠나지 않는 표정을 짓고 있다. 간혹 가다 가슴을 부르르 떨면서 경련할 때만 제외하면. 그때마다 어머니는, 백지처럼 펼쳐 그녀의 무릎에 올려놓은 아들의 손바닥에 몇 가지 기호를 그려주며 다독인다. 기차는 산악지대를 달리고 있다. 시간이 지나면서 나는 차츰 평정을 되찾는다. 객차 통로로 나가본다. 기차가 볼차노에 정차한다. 노파는 아들을 데리고 내린다. 두 손을 맞잡은 그들은 나란히 지하도를 향해 다가간다. 그 모습이 완전히 시야에서 사라지기 전에 기차가 움직인다. 날씨가 추워질 모양이다. 기차의 속도는 점점 느려지고, 차창 밖의 불빛은 점점 드문드문해지며, 어둠은 더욱 짙어진다. 기차는 포르테차 역을 지나간다. 눈앞에 과거의 전쟁 장면이 떠오른다. 1915년 5월 26일 고개—발레 델 인페르노*—를 차지하기 위해 벌어진 전투였다. 산은 불구덩이가 되고 총탄이 숲을 엉망으로 휘저어버린다. 빗줄기가 차창

---

* 알프스산맥 남쪽 기슭에 있는 골짜기로, '지옥의 계곡'이라는 뜻이다.

에 섬세한 빗금을 긋는다. 열차는 선로를 바꾼다. 선로 근처의 흐릿한 전등빛이 객차 안으로 스며든다. 우리 기차는 브렌네르 역에 정차한다. 아무도 타지 않고 아무도 내리지 않는다. 거무스름한 제복을 걸친 국경 검문소 직원들이 플랫폼을 이리저리 돌아다니고 있다. 그곳에서 기차는 적어도 십오 분 정도 정차한다. 건너편 저 너머로 선로가 은색 띠를 이루며 반짝이고 있다. 비는 눈으로 바뀌었다. 사위에 무거운 정적만이 가득하다. 다만 이 어둠 속 어딘가의 대피선에서 수송을 기다리고 있는 이름 모를 짐승들의 으르렁거림만이 그 정적을 뒤흔들고 있다. 밤이 낮보다 훨씬 더 길게 지속되는 시기, 추분이 언제였는지를 아는 이는 아무도 없다.

1987년 여름, 베로나에서 도망쳐온 지 칠 년 뒤 나는 오랫동안 시달리던 갈망에 마침내 굴복하여, 빈을 떠나 베네치아와 베로나를 다시 한번 여행하기로 마음먹었다. 사방에서 위협이 엄습했던 당시 상황에 대해 어렴풋한 기억을 상세히 되살려보고 가능하다면 그 경험 일부를 글로 써볼 수 있지 않을까 하는 희망 때문이었다. 1980년 10월의 마지막 날 탔던 빈발 베네치아행 야간열차에서는 뉴질랜드 여자 교사 한 명 이외에 다른 승객을 거의 보지 못했지만, 여름휴가철이 한창일 때 떠난 이번 여행길의 야간열차는 얼마나 만원이었는지 베네치아까지 가는 여정 내내 통로에 서 있거나 산더미를 이룬 여행가방과 배낭 틈바구니에서 매우 불편하게 자세를 이리저리 바꾸어가며 쭈그리고 있어야 했고, 그 결과 잠을 전혀 잘 수 없었으므로 적어도 옛일에 대한 회상에 충분히 잠길 수 있었다. 더욱 정확히 표현하면 내가 회상에 잠긴 것이 아니라 회상 스스로가—적어도 내 느낌으로는—내 정신 영역의 외부 어디에선가 점점 팽창하면서 한껏 솟아올라 그동안 머물러 있던 공간의 경계를 초과해버리더니 마침내 범람하는 강물처럼 나의 내부를 향해 마구 밀려들어왔다고 해야 하리라. 떠오르는 회상을 기록하고 있다보니 시간은 단 한 번도 상상해본 적 없는 무서운 속도로 빠르게 흘러, 정신을 차렸을 때 기차는 이미 메스트레 역을 지나 밤의 불빛 아래 은은하게 반짝이는 석호를 가로지르며 제방 위를 서서히 달리는 중이었다. 산타루치아 역에서 나는 거의 마지막 순서로 기차에서 내렸고, 늘 가지고 다니는 푸른 아마포 여행가방을 어깨에 메고 플랫폼을 천천히 지나 역사 홀로 들어섰다. 홀에는 어마어마한 수의 여행자 대군이 휴대용 매트리스를 깔고, 혹은 그냥 맨 돌바닥 위에 침낭을 펴고 누워 너 나 할 것 없이 뒤섞인 채로 널브러져 잠들어 있었는데, 사막을 여행하는 카라반이나 할 법한 일이라고 여겨지는 모습이었다. 그뿐만 아니라 역사 앞에도, 셀 수 없이 많은 젊은 남녀가, 그룹이나 쌍으로, 또는 혼자서, 온 계단을 각 칸마다 차지하고 누워 있었다. 나는 거리 방향으로 자리를 잡고 앉아 다시 연필과 노트를 꺼냈다. 어느새 도시 동편의 지붕과 돔 위로 불그스름한 아침의 광채가 떠올랐다. 잠들어 있던 여행자들이 여기저기서 뒤척이면서 깨어나더니 몸을 일으키고는 주섬주섬 소지품을 뒤져 무엇인가를 끄집어내서 먹거나 마신 뒤에 남은 것은 다시 짐 속에 신중하게 챙겨넣었다. 벌써 몇 명은 자리에서 일어나 자기보다 머리 하나는 더 위로 올라오는 배낭을 메고 그 무게를 지탱하느라 허리를 구부정하게 앞으로 굽힌 채 아직 바닥에 누워 있는 방랑의 형제자매들 사이를 돌아다니고 있었다. 마치 끝나지 않을 이 여행의 다음 단계에 예정되어 있는 고행을 미리 연습해야겠다고 마음먹은 것처럼.

오전의 절반이 지나갈 때까지 나는 산타루치아 역 앞 폰다멘타에 앉아 메모에 전념했다. 연필은 노트 위를 가볍고 빠르게 달렸고, 간혹 운하 반대편에 있는 집 발코니의 닭장에서 수탉의 울음소리가 들려왔다. 어느 순간 노트에서 눈을 들어 주변을 둘러보았을 때는, 역사 앞에서 잠들어 있던 여행객들이 모두 흔적도 없이 어딘가로 떠나고 아침의 교통정체가 이미 시작된 다음이었다. 쓰레기를 산더미처럼 싣고 지나가는 배의 가장자리를 따라 달려가던 커다란 쥐 한 마리가 머리를 내리박고 물속에 퐁당 빠졌다. 내가 베네치아에 더 머무르지 않고 곧장 파도바로 떠나 그곳에서 한 번도 실제로는 본 적이 없고 글로만 접했던 엔리코 스크로베니 예배당에 찾아갈 결심을 한 것이 바로 그 광경 때문이었는지는 확실하지 않다. 내가 읽은 글에 따르면 화가 조토가 그린 그곳 프레스코 작품의 색채는 세월이 흘러도 결코 시들지 않는 생명력을 지녔고, 지금 봐도 여전히 독창적인 선명함이 그림 안에 영구히 붙잡혀 있는 인물들의 모든 움직임, 모든 표정을 지배한다고 했다. 한낮이 채 되기도 전부터 도시를 뜨겁게 데우며 이글거리는 태양의 열기를 피해 예배당 내부로 들어가서 천장에서 바닥까지 닿는 높이의, 연이어진 네 점의 벽화를 실제로 마주했을 때 나를 가장 충격에 빠뜨린 것은, 영원한 슬픔의 현장을 떠다니는 천사들이 거의 칠백 년 동안 그치지 않고 토해내고 있는 소리 없는 애통의 울부짖음이었다. 천사들의 울부짖음이 실내의 적막을 뒤흔들며 그대로 귀에 울려오는 듯했다. 천사들은 너무 크나큰 슬픔을 견디느라 양 눈썹이 거의 서로 붙을 만큼 얼굴을 찡그리고 있어서, 보는 사람에 따라서는 이들의 두 눈이 아예 연결

되어 있다고 생각할 수도 있을 정도였다. 베로나산 안료의 초록빛이 거의 드러나지 않는 저 흰색 날개가 우리 인간이 상상해낸 것 중 가장 놀라운 산물이 아닐까, 하는 생각도 들었다. 천사들이 비극의 현장을 방문하였도다—혀끝에서 맴도는 이 말과 함께 나는 광란의 교통체증을 뚫고 성당에서 그리 멀지 않은 역으로 돌아왔다. 다음 기차를 타고 베로나로 갈 생각이었다. 그곳에서 칠 년 전 급작스럽게 중단해버린 베로나 체류에 대해서 생각해보고 싶었고, 카프카 박사가 1913년 9월 베네치아에서 베로나의 가르다 호수로 향하던 길, 그가 직접 묘사해놓은 바에 따르면 무한한 슬픔에 잠겨 있었다는 어느 날 오후의 여정도 따라가보고 싶었다. 열린 차창으로 바람과 함께 찬란한 빛 속에 고인 풍경이 그대로 밀려들어왔고, 그렇게 한 시간을 채 달리지 않았을 때 시야에 포르타 누오바가 들어왔다. 둥그스름한 산 앞에 자리잡은 도시 베로나를 마주한 나는 기차에서 내릴 수가 없었다. 심지어 몸을 움직일 수조차 없었으므로 꼼짝도 하지 못한 채 스스로도 전혀 납득할 수 없는 의아함에 사로잡힌 상태로 자리에 앉아 있었다. 기차가 다시 베로나를 출발하자 통로를 지나는 차장에게 부탁해 데센차노로 가는 표를 추가로 끊었다. 1913년 9월 21일 일요일 평소 한없이 깊은 우울함에 빠져 있던

카프카 박사가 언젠가 자신이 어디에
있는지 아무도 짐작조차 하지 못한다는
그 사실 하나만을 유일한 행복으로 느끼
며 홀로 누워서 갈대 사이로 일렁이는
물결을 응시하던 장소가 데센차노였다.

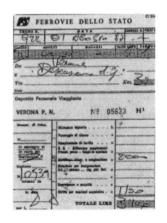

　1913년에는 이제 막 완공된 건물이
었을 것이 분명한 데센차노 역사는 적
어도 외견상으로는 그 시기 이후 별반
달라진 것 같지 않았다. 내가 타고 온 기차는 점점 멀어져 시간이—적
어도 내 생각에는—영원의 절반 정도 흐른 뒤에 결국 서쪽으로 달아
나는 조그만 점이 되어 사라졌고, 역사驛舍만이 한낮의 눈부신 섬광 아
래 덩그러니 홀로 남았다. 앞으로 쭉 뻗은 선로는, 적어도 인간의 시선
이 미치는 한에서는 약간의 구부러짐도 없이 완벽한 직선으로 곧장 지
평선을 향해 있었으며, 그 위로 아지랑이가 피어올랐다. 남쪽은 탁 트
인 벌판이었다. 인적 없이 버려진 듯한 외관의 역사는 자신의 원래 목
적에 충실하다는 인상을 주었다. 플랫폼으로 연결되는 문 위에 걸린 조
명을 단 유리판에는 멋진 활자체로 역 근무자들의 직위가 새겨져 있었
다. 역장. 선임 역장. 역장 보조. 운행 담당. 나는 이 구시대적 위계질서에
속해 있는 당사자 중 최소한 한 명이, 번쩍이는 외눈안경을 착용한 역
장 아니면 턱수염을 기르고 작업용 긴 앞치마를 두른 짐꾼이라도 문밖
으로 나와 맞아줄지도 모른다는 막연한 기대를 품었지만 아무런 인기
척도 나지 않았다. 역사 안에도 인적이 없기는 마찬가지였다. 나는 한
동안 계단을 오르락내리락하면서 헤매다 겨우 남자 화장실을 발견하

고 안으로 들어섰다. 낡아빠진 올리브색 나무 칸막이와 흠집투성이인 묵직한 토기 세면대, 회색 금이 간 흰색 타일 들은, 화장실 또한 20세기 초반 당시 모습에서 거의 달라지지 않았음을 알려주었다. 현대적인 사물이라고는 최근 이십 년 사이에 그려졌을 셀 수 없이 많은 그라피티뿐이었다. 손을 씻으면서 거울을 들여다보았다. 베로나에서 이곳을 거쳐간 카프카 박사도 나와 마찬가지로 이 역에서 내려 이 화장실을 사용했을까, 지금 나처럼 바로 이 거울을 들여다본 것은 아닐까. 그랬다 해도 놀라운 일이 아니다. 거울 근처에 있는 그라피티 중 하나가 나에게 그 사실을 암시해주었다. 사냥꾼Il cacciatore이라는 글자가 서툰 솜씨로 쓰여 있었다. 손을 말리면서 나는 글자 앞에 슈바르츠발트의nella selva nera라고 덧붙여놓았다.*

그런 뒤 약 반시간 동안 역 앞 광장 벤치에 앉아서 에스프레소 한 잔과 물 한 병을 마셨다. 그늘에 앉아 한가로운 시간을 보내기에 좋은 날씨였다. 광장에는 차 안에서 라디오를 틀어놓고 낮잠을 즐기는 택시 기사 몇 명을 제외하면 단 한 사람도 없었다. 그때 경찰이 차를 타고 나타나더니 역 입구 바로 앞의 주차 금지구역에 차를 세우고 곧장 역 안으로 들어갔다. 그가 다시 밖으로 나오자, 택시기사들은 마치 정해진 신호라도 되는 것처럼 일제히 차에서 내려, 키가 상당히 작고 체격도 왜소한 그 경찰을 빙 둘러쌌다. 그리고 어린 시절부터 분명 서로 잘 아는 사이일 경찰에게 금지구역에 차를 세운 불법행위를 두고 마구 질타를 퍼부어댔다. 한 명이 말을 끝내기가 무섭게 다른 한 명이 이어서 공격

---

* 카프카의 단편 「사냥꾼 그라쿠스」(1917)의 주인공 그라쿠스를 암시한다. 그는 슈바르츠발트에서 죽었으나 죽음의 세계에 들어가지 못하고 망자의 몸으로 세상을 떠돈다.

을 해대는 식이었으므로 경찰은 입을 열 틈도 거의 없었을뿐더러, 입을 열어봤자 아무런 승산이 없을 것이 너무나 분명했다. 속수무책으로 당하던 경찰은 어느 정도 두려움마저 느끼는 기색으로, 자신의 가슴팍을 정통으로 가리키며 범행을 지적하는 여러 손가락을 말없이 지켜보기만 했다. 하지만 사실 이것은 택시기사들의 입장에서는 지루하기 짝이 없는 한낮의 권태를 어떻게든 해결해보려는 마음으로 시작한 일종의 코미디적인 행위였으므로, 비난을 받는 당사자는 아무리 기분이 나쁠지라도 자신의 인격에 가해지는 이들의 추궁을 너무 심각하게 받아들여 대응할 수도 없었다. 그뿐만 아니라 나중에는 기사들이 그의 매무새가 잘못되었다면서 제복의 흐트러진 부분을 매만지고, 셔츠 칼라에 붙어 있는 먼지를 털어대는가 하면 넥타이와 모자, 심지어 바지의 허리춤까지 바로잡는데도 그는 아무런 이의를 제기하지 못했다. 마지막에 한 택시기사가 그에게 경찰차 문을 열어주기까지 하자, 체면이 말이 아니게 된 법의 수호자는 차에 올라타 날카로운 타이어 마찰음과 함께 광장을 에돌아 비아 카보우르 거리로 꽁지 빠지게 달아나지 않을 수 없었다. 멀어져가는 차에 대고 손을 흔들어대던 택시기사들은, 경찰의 모습이 시아에서 완전히 사라지자 모여서 이번에는 방금 벌어진 코미디의 이런저런 장면들을 너도나도 재현해보며 배꼽이 빠져라 웃어댔다.

오후 한시 십오분, 시간표대로 파란색 리바행 버스가 도착했다. 곧장 버스에 올라타 뒤쪽에 자리잡았다. 승객 몇 명이 더 올라탔다. 현지인들도 있었고 나처럼 여행중인 사람들도 있었다. 출발 시각인 한시 이십오분을 조금 남겨놓고 열다섯 살 정도 되어 보이는 한 소년이 버스에 올랐다. 그런데 소년의 얼굴은, 가슴이 철렁할 만큼 놀랍게도, 한창 자라나던 청소년기 카프카의 사진 속 모습과 대단히 흡사했다. 심지어 그것이 전부가 아니었고, 그 소년과—적어도 내가 충격 속에서 판단한 바로는—구분이 불가능할 정도로 똑 닮은 쌍둥이 형제까지 동행하고 있었다. 두 형제 모두 이마가 아주 좁았고, 카프카처럼 눈동자의 색이 어두웠고 눈썹은 짙었으며, 커다랗고 양쪽 모양이 다른 귀에, 귓불이 두툼했다. 형제는 부모와 함께 나보다 몇 칸 더 뒤에 있는 자리로 가서 앉았다. 버스는 비아 카보우르 거리를 따라 내려갔다. 거리 양편의 가로수 가지들이 버스 지붕을 두드렸다. 심장이 가쁘게 뛰었고, 차를 탈 때마다 멀미에 시달렸던 어린 시절처럼, 다시금 그와 유사한 까마득한 현기증이 나를 온통 사로잡았다. 나는 머리를 창가에 기대 바람을 맞으면서, 감히 시선을 돌려 그들을 바라볼 엄두를 내지 못한 채 한참 동안 같은 자세로 꼼짝없이 있었다. 살로를 지나고도 꽤 시간이 흘러 버스가 마침내 가르냐노에 가까워졌을 때, 그제야 사지를 마비시킨 전율에서 어느 정도 벗어나 뒤를 바라볼 수 있었다. 내가 한편으로는 두려워하고 한편으로는 간절히 바랐던 것처럼 소년들은 그사이 사라지지 않았고 『시칠리아노』를 펼쳐들고 그 뒤에 숨어 있었다. 잠시 후 짜낼 수 있는 용기를 모조리 다 짜내어 대화를 시도했는데, 소년들은 서로 마주보면서 바보처럼 히죽대며 웃을 뿐 별다른 대꾸를 하지 않았다. 그래서 나는, 자꾸만 자기 아들들에게 말을 붙이려 하는 내 태도를 이미 조금 전부터 잔뜩 수상쩍은 눈길로 주시하는, 극단적으로 조심스럽게 경계하는 모습 때문에 지금까지 '대장이자 감시자'의 인상으로 기억되는 소년의 부모에게 다가가서 쉴새없이 키득대기만 하는 저 두 소년의 어떤 점이 내 관심을 불러일으켰는지 설명하려고 해보았지만, 그들을 납득시키는 데 성공하지는 못했다. 나는 그들에게 프라하 출신의 한 유대인 작가가 1913년 9월 요양차 리바에 온 적이 있는데, 그 작가의 청소년기 외모가 바로 정확히 —정확히, 정확히 하고 반복해서 말하는 내 목소리만이 공허하게 내 귀에 울려퍼졌다— 지금 『시칠리아노』 신문 뒤편에서 의심 섞인 눈초리로 흘끔거리며 나를 건너다보는 저 두 아이와 놀라울 만큼 아주 흡사했다고, 사정을 설명했다. 하지만 부모들은 내 이야기를 세상에 태어나 처음 들어보는 황당한 정신병자의 헛소리로 —이들의 표정과 몸짓에서 생각을 알 수 있었다— 치부할 뿐이었다. 내 정신 상태에 대한 그들의 집요한 의심을 해소할 목적으로, 그들에게 휴가를 끝내고 시칠리아로 돌아가면 내가 있는 영국으로 아들들의 사진 한 장만, 주소나 이름을 적을 필요도 없이, 그냥 우편으로 보내주기만 하면 된다고, 내가 바라는 것은 그것뿐이라고 밝히자, 그들은 이제 나를 쾌락의 대상을 찾아 이탈리아를 여행하고 다니는 영국인 변태 소아성애증자라고 단정해버렸다. 그들은 나에게 단호하게 알리기를, 점잖지 못한 부탁을 들어줄 생각은 추호도 없으니 당장 자리로 돌아가라고 했다. 그 말투에는 마음 같아서는 가까운 정류장에 버스를 세우고 이 불쾌한 승객을 경찰에 넘겨버리고 싶다는 기세가 담겨 있었다. 다행히 버스는 그때 가르다 호수 서쪽의 가파른 지형을 지나는 중이어서 여러 터널을 한참 통과해야 했기에, 나는 극도의 민망함과 더불어, 이런 기적 같은 우연을 겪었는데도 아무런 자료도 가질 수 없다는 통렬한 분노를 삼키며 무기력하게 자리에 앉아 있었다. 등뒤로 들리는 소년들의 키득거리는 소리는 그치지 않았고, 점점 더 나를 압박하는 무언의 분위기도 느껴졌으므로, 버스가 리모네 술 가르다에 정차하자 짐을 챙겨 내릴 수밖에 없었다.

전날 밤 빈에서 출발하여 베네치아와 파도바를 거쳐 리모네까지, 눈 한번 붙이지 못하고 달려온 긴 여정 끝에 피곤과 낙담에 찌든 모습으로 한낮의 적막함에 잠긴 호숫가 호텔 솔레*에 들어섰을 때는 아마 오후 네시쯤이었을 것이다. 테라스에는 투숙객 한 명이 파라솔 아래에 홀로 앉아 있었으며 실내의 어둑어둑한 프런트 뒤편에는 여주인 루치아나 미첼로티가, 역시 혼자서, 다 마시고 난 에스프레소잔을 은빛 스푼으로 하릴없이 휘젓는 중이었다. 훗날 씩씩하고 활기찬 여인으로 기억될 그녀는 ─나중에 들어 알게 된 사실이지만─자신의 마흔네번째 생일이었던 바로 그날 우울하고 슬픔에 잠긴 첫인상을 나에게 선사했다. 눈에 띄게 느릿느릿한 태도로 체크인을 처리하던 그녀는 내 여권을 살펴보더니, 자신과 나이가 같다는 우연 때문에 조금 놀랐는지 여권 사진과 나를 몇 번이고 반복해서 비교했고, 그러는 도중 한번은 내 눈을 오랫동안 지그시 쳐다보기까지 했다. 확인이 끝나자 그녀는 서랍 속에 여권을 잘 넣고 잠근 다음 내게 객실 열쇠를 건넸다. 나는 며칠 동안 이곳에 머물면서 글도 쓰고 휴식도 취할 예정이었다. 그날 초저녁에는 루치아나의 아들 마우로의 도움을 받아 적당한 보트 한 척을 조달해 노를 저어 호수 위쪽으로 꽤 멀리 나가보았다. 호수의 서쪽은 이미 모든 사물의 형체가 도소 데이 로베리 산봉우리의 가파른 바위 절벽을 따라 어두운 연기처럼 흘러내리는 거대한 밤의 그늘에 잠겨 있었으며, 반대편 동쪽 하늘에도 저녁의 어스름이 점점 차오르는 중으로, 얼마 지나지

---

* '태양'이라는 뜻의 이탈리아어.

않아 몬테알티시모 산봉우리 위에서 창백한 장밋빛으로 비치는 희미한 광선을 제외하고는 아무것도 보이지 않게 되었다. 드넓은 어둠의 일렁임으로 변한 잔잔한 호수가 주변에 펼쳐졌다. 해가 지면서 시작된 리모네의 호텔 테라스며 바와 디스코텍 등에서 울려퍼지는 스피커의 소음은 이곳에서는 멀리서 둔하게 쿵쿵거리는 진동처럼 울릴 뿐이었다. 그 소리는, 깜박거리며 뭉쳐 있는 마을의 불빛 뒤편으로 높게 솟아난, 어찌나 가파른지 내 머리 위로 기울어지다 못해 호수에 풍덩 빠질 것만 같은 장엄하고 거대한 산들이 이루는 견고한 어둠의 벽과 침묵의 위력에 비하면 참으로 하찮은 소동과 같아서 큰 방해가 되지 않았다. 나는 보트의 등을 켜고 반쯤은 노를 저으면서, 반쯤은 밤마다 북쪽에서 불어오는 바람에 보트를 맡긴 채 호숫가로 나아갔다. 바위 절벽의 짙은 그늘로 들어서자 노를 거두었다. 그러자 물살이 보트를 점점 항구 쪽으로 실어갔다. 전조등을 꺼버린 나는 보트에 누워 하늘을 올려다보았다. 바위산 위로 엄청나게 많은 별이, 자리가 비좁아서 견딜 수 없다는 듯이 서로 몸을 부딪쳐가면서 촘촘하게 떠 있었다. 노를 젓느라 다친 손바닥에서 피가 나는 것이 느껴졌다. 보트는 한때 레몬나무를 재배했지만 지금은 버려둔 테라스 정원 앞을 지나 흘러갔다. 사각형 돌기둥들이 어둠이 가라앉은 계단식 비탈에 서 있었다. 옛날에는 기둥들 사이에 튼튼한 막대기들을 걸쳐 겨울이면 그 위를 천으로 덮어 나무 이파리가 추위에 상하지 않도록 했다.

항구에 보트를 정박하고 호텔로 돌아왔을 때는 자정 무렵이었는데도 수많은 휴가객이 가족 단위 내지 쌍으로 리모네 곳곳을 한창 누비고 다녔다. 무리는 모두 약속이나 한 것처럼 알록달록 차려입고 무슨 시가행진이라도 하듯 호수와 바위 절벽 사이에 간신히 자리잡은 마을의 좁다란 골목길들을 돌아다녔다. 서로 부둥켜안은 몸뚱이 위에 얹힌, 햇볕에 탔거나 진하게 화장한 얼굴들은 마치 밤마다 이 거리를 돌아다니라는 저주를 받은 망령들처럼 보였다. 호텔방에 들어와 두 팔로 머리를 괴고 침대에 똑바로 누웠다. 도저히 잠들 수가 없었다. 호텔 테라스에서 요란한 음악 소리를 배경으로 대부분 잔뜩 취한 투숙객들이 고래고래 소리지르며 떠들고 있었는데, 말소리를 들어보니 참으로 유감스럽게도 그들은 하필 내가 태어난 나라에서 온 관광객들임이 분명했기 때문이다. 슈바벤, 프랑켄, 바이에른 말투가 한데 뒤엉킨 그것은 맨정신으로는 차마 들어줄 수 없는 조야하고 난잡한 내용들이었는데, 이들이 사용하는 사투리의 조심성 없고 잘난 척하는 억양 자체도 역겨웠지만 고국에서 온 한 떼의 젊은 남자들이 서로 침을 튀겨가며 누설하고 있는 저급한 사고방식과 말도 안 되는 발언들을 계속 듣고 있어야 하는 것은 정말이지 고문에 가까운 고통이었다. 그날 밤 불면에 시달리면서, 제발 내가 저들과 다른 민족이기를, 아니 아예 이 세상 그 어느 민족에도 속하지 않기를 얼마나 간절하게 소망했는지 모른다. 음악은 밤 두시 정도가 되어서야 꺼졌다. 하지만 사람들의 말소리와 서로 부르는 외침 소리까지 완전히 사라진 것은, 호수 반대편 언덕 위로 새벽을 알리는 희미한 빛이 밝아올 무렵이었다. 마치 홍수 뒤에 물기가 빠져나간 모래땅이 점점 밝은색으로 변하듯 밤새도록 지끈거리던 두통이 그렇게 물러가자, 수면제 몇 알을 삼킨 후 잠을 청했다.

8월 2일은 평화로웠다. 나는 테라스의 열린 문 근처 탁자에 앉아 그간 기록한 메모들과 짧은 스케치들을 펼쳐놓았다. 그리고 멀리 떨어진 곳에서 서로 무관하게 일어난 사건들, 그렇지만 나에게는 동일한 기운의 영향 아래 일어났다고 보이는 사건들의 은밀한 교류에 대해 쓰기 시작했다. 스스로도 놀랄 만큼 글은 빠르고 쉽게 쓰였다. 집에서 갖고 온 노트가 한 줄 한 줄 순식간에 술술 메워졌다. 프런트 뒤편에서 일하고 있던 루치아나는 그런 나를 계속 곁눈질로 지켜보았다. 마치 글쓰기의 실타래가 도중에 끊어지지는 않는지 끊임없이 확인하려는 것처럼. 그리고 내가 부탁해둔 대로, 일정한 간격을 두고 나에게 에스프레소와 물을 날라다주었다. 가끔 종이냅킨에 싼 토스트도 갖다주었다. 음식을 갖고 온 다음에는 대개 내 곁에 한동안 서서, 내가 써놓은 글자들 위로 시선을 주면서, 나와 잠깐씩 대화를 나누다 갔다. 그러다 한번은 혹시 저널리스트나 작가가 아니냐고 물었다. 엄밀히 말하면 둘 다 아니라고 대답하자, 그러면 지금 종이에 열심히 쓰고 있는 것은 무엇이냐고 다시 그녀가 물었고, 나는 진실에 가장 가까운 대답을 해주었다. 나 자신도 어떤 글인지 명확히 알지는 못하지만, 쓰다보니 일종의 추리소설이 되지 않을까 하는 느낌이 점점 강해진다고. 어쨌든 소설은 북이탈리아의 베네치아, 베로나, 리바 등을 배경으로 진행되는데, 그곳에서 일어난 일련의 미제 연쇄살인 사건과 아주 오랫동안 실종 상태였던 한 인물이 다시 나타나는 것이 주된 내용이라고. 루치아나는 그러면 리모네도 그 소설의 배경이냐고 물었고, 나는 리모네뿐만 아니라 이 호텔, 심지어 그녀 자신도 나온다고 말해주었다. 그러자 그녀는 재빨리 프런트 뒤로 돌아갔고, 특유의 부산스러운 꼼꼼함을 발휘해 일상업무 처리에 몰두했다. 테라스에서 시간을 보내는 투숙객들에게 카푸치노와 코코아, 맥주, 포도주 또는 석류주스를 가져다주었고, 사이사이 커다란 금전출납부에 금액을 기입했다. 그녀가 머리를 살짝 기울인 채 출납부에 숫자를 적어넣는 자세는 마치 수업시간에 교사의 전달사항을 필기하는 어린 여학생을 연상케 했다. 그녀의 모습이 자꾸만 시선을 끌었다. 그러다 우리의 눈길이 허공에서 마주칠 때면, 그녀는 매번 마치 무엇인가를 실수하다 들킨 사람처럼 웃었다. 프런트 뒤편에는 화려한 색채의 술병들 사이로 커다란 거울이 하나 설치되어 있어 루치아나의 앞모습뿐 아니라 거울에 비친 뒷모습까지 보였다. 그 사실은 나에게 굉장한 충족감을 안겨주었다.

점심때가 되자 테라스의 손님들은 자리를 떴고, 프런트 뒤에 있던 루치아나의 모습도 사라졌다. 시간이 갈수록 글쓰는 일이 점점 힘겨워지면서, 갑자기 오늘 써놓은 글이 모두 무의미하고 한심하며 거짓투성이 낙서로만 느껴졌다. 그때 마우로가 신문을 들고 나타났다. 그에게 신문을 구해달라고 부탁해두었던 것이다. 글이 막혀 우울하던 나는 그가 나타나자 안도감이 들었다. 대개는 영어와 프랑스어 신문이었지만 『가체티노』와 『알토 아디제』도 섞여 있었다. 신문을 전부 다 훑어본 후 가장 마지막으로 『알토 아디제』를 집어들었을 때는 오후도 이미 저물어가고 있었다. 미풍이 불어와 테라스 파라솔 자락이 가볍게 나부꼈다. 투숙객들도 하나둘 테라스로 다시 나왔으며 루치아나도 벌써 한참 전부터 프런트 뒤에서 분주하게 일하고 있었다. 수수께끼처럼 보이는 단신 하나가 오랫동안 시선을 붙들었다. 마치 비밀스러운 암시를 던져주는 듯한 기사의 제목은 리바의 신자들이었는데, 도르트문트 인근의 뤼넨에 사는 힐제 부부가 1957년 이후 한 번도 빠지지 않고 매년 가르다 호수에서 여름휴가를 보낸다는 아주 단순한 내용을 담고 있었다. 문화

〈둑스 성의 카사노바〉, '코뮤날레' 극장에서 내일 공연.

면에도 주의를 끄는 기사가 하나 실려 있었다. 다음날 볼차노에서 열리는 연극 공연을 간략하게 소개하는 글이었다. 나는 짤막한 공연 안내 기사를 끝까지 읽으면서 몇 군데 밑줄을 그었다. 루치아나가 페르네트[*]를 가지고 왔다. 이번에도 그녀는 잠시 동안 곁에 서서 내가 펼쳐들고 있는 신문을 들여다보았다. 하녀, 하고 그녀가 입속말로 중얼거렸고, 그녀의 손이 내 어깨를 건드리는 것이 느껴졌다. 그때 내 머릿속을 스친 것은, 사실상 모르는 관계라고도 할 수 있는 그런 낯선 여인이 시도한 신체 접촉은 살면서 참 드물었다는 생각이었다. 하지만 전혀 예상하지 못한 순간 우연히 일어난 피부 접촉은 늘 그랬듯이 무게도 중력도 없는 어떤 것, 실제라기보다는 허상과도 같은, 그래서 한없이 투명한 사물처럼 나를 관통해가는 성격을 띠고 있었다. 예를 들면 아직도 기억

---

[*] 이탈리아에서 주로 식후에 마시는 허브로 만든 술.

속에 선명히 남아 있는 수년 전의 그 일, 맨체스터의 한 안경점 어둑어둑한 검사실에서 이상하게 생긴 테스트용 안경을 착용하고 이런저런 렌즈를 바꿔가며, 맞은편 벽 불이 환하게 들어온 글자판의, 한번은 명확하게 보였다가 다른 한번은 흐릿하게 뭉개져 보이는 글자들에 시선을 집중하고 있을 때의 일이 그랬다. 내 곁에는 중국인 여자 안경사가서 있었다. 가운에 달린 조그만 명찰에 적힌 그녀의 이름은 감탄스럽게도 수지 아호이*였다. 그녀는 극단적으로 말수가 적었지만, 렌즈를 바꾸기 위해 내 쪽으로 몸을 수그리는 그 태도에서 과묵하고 절제된 배려를 느낄 수 있었다. 매번 그녀는 무거운 테스트 안경테를 바로잡아주었고, 그러다 한번은, 절대로 착각이 아닌데, 설사 내 머리의 위치를 똑바로 해주려는 단순한 시도였다고 해도 필요 이상으로 오래, 쿡쿡 쑤셔오는 내 관자놀이에 손가락 끝을 대고 있었다. 지금, 의도적이라기보다는 순전히 탁자 위의 에스프레소잔과 재떨이를 치우느라 몸을 기울이다가 우연히 그렇게 된 듯 내 어깨에 머물고 있는 루치아나의 손도 그런 효과를 자아냈다. 이날 오후 리모네에서도 당시 맨체스터에서와 마찬가지로, 순식간에 주변 사물의 형체가 초점이 맞지 않는 안경 렌즈를 통해 세상을 볼 때처럼 일제히 흔들리며 의식 속에서 와해되어 사라졌다.

다음날 아침—나는 한번 더 베로나로 떠나보기로 마음을 먹었다— 도착 첫날 루치아나가 프런트 서랍 속에 보관한 내 여권이 사라진 사실이 드러났다. 나에게 계산서를 써준 소녀는 자신은 아침 시간에만 호텔 일을 봐주는 보조 직원이라고 강조하면서 서랍을 샅샅이 뒤졌지만

---

* '아호이'는 국제적으로 통용되는 뱃사람들의 인사말이다.

허사였다. 할 수 없이 소녀는 마우로를 깨웠고, 마우로는 십오 분 동안 서랍을 다시 한번 몽땅 뒤집어엎으며 여기저기 찾아보고 프런트에 보관중인 여권을 전부 다시 하나하나 살펴보았는데도 내 여권이 나오지 않자 마침내 어머니를 부르러 들어갔다. 프런트로 나온 루치아나의 시선이 나에게 오래 머물렀는데, 그 시선은 나에게 이편이 깔끔한 작별이라고 말하는 듯 보였다. 그녀는 여권을 찾는 작업을 시작하기 전에 말했다. 모든 투숙객의 여권은 항상 같은 장소 같은 서랍에 보관하며, 이 호텔이 문을 연 이래로 여권이 분실된 일은 단 한 건도 없었다고. 그러므로 내 여권은 무조건 이 자리에 있어야만 한다고, 만약 발견하지 못한다면 그건 충분히 찾아보지 않아서 그런 것이라고 말이다. 그리고 그녀는 아들을 향해서, 마우로는 물건을 잘 찾지 못한다고, 항상 자기가 대신 찾아주는 일에 익숙한 탓이라고 덧붙였다. 아주 어렸을 때부터 마우로는 무엇인가가 눈에 보이지 않는다 싶으면 무조건 없다는 말부터 해버렸다고 말이다. 교과서, 필통, 테니스 라켓, 오토바이 열쇠 등등. 하지만 루치아나가 가서 보면 없어졌다는 그 물건은 늘 어딘가 구석에 있었다고 했다. 그러자 마우로가 뭐라고 말해도 좋지만 내 여권만큼은 없어진 것이 확실하다고 반박했다. 없어졌다고요, 그는 귀먹은 사람에게 하듯이 음절을 하나하나 끊어서 분명하게 발음했다. 여권이 없어지다니, 하고 루치아나는 빈정대면서 대꾸했다. 한 명이 말하면 한 명이 맞받아치고, 그렇게 내 여권을 둘러싼 분쟁은 심각한 가족문제로 비화될 듯한 조짐이 보였다. 게다가 그때까지 한 번도 마주친 적이 없는, 루치아나보다 한 뼘은 더 키가 작은 주인 남자까지 나와서 싸움에 가세했다. 마우로는 벌써 세번째로 사건을 발단부터 설명하는 중이었다. 보조 직원인 소녀는 이들 옆에 말없이 서서, 마치 자신 때문에 이 소동이 벌어진 것처럼 당황해서 주눅이 든 채 앞치마만 연신 쓰다듬고 있었다. 루치아나는 몸을 돌리더니 고개를 설레설레 흔들고 곱슬곱슬한 머리카락을 만지작거리며 이상해, 이상해 하는 말만 되풀이했다. 여권이 정말로 사라졌다는 것은 이제 의심의 여지 없이 명백한 사실임이 밝혀졌는데, 아무리 생각해도 그건 그녀 자신이 일생 동안 한 번도 겪어보지 못한 불가사의한 일이라는 태도였다. 주인 남자는 그사이 체계적인 조사에 착수하여, 모든 오스트리아 여권, 모든 네덜란드 여권, 모든 독일 여권을 한데 모아 일일이 열어서 확인해본 후, 오스트리아 여권과 네덜란드 여권은 따로 치워두고 독일 여권만 더욱 꼼꼼히 살펴보기 시작했다. 그 과정이 끝나자 분명히 드러난 것은 내 여권이 정말로 없다는 사실과, 어제 '돌'이라는 이름의 어떤 독일 투숙객이 체크아웃을 하고 떠났는데, 그이에게 실수로 내 여권을 주었을 것이라는 주인 남자의 추측이었다. 이런 착각을 하다니, 하고 주인 남자는 절망감에 젖어 크게 외치며 누군가의 돌이킬 수 없는 부주의를 너무 속상해한 나머지 몇 번이나 평평한 손바닥으로 자신의 이마를 쳤다. 돌이라는 남자가 아무 생각 없이 내 여권을 받아들고 확인도 안 한 채 그냥 가방에 집어넣었다는 것이다. 독일 사람들은 너무 서둘러서 문제라니까, 하고 주인 남자는 이 희귀한 사건의 원인을 결론지었다. 아마 돌이라는 남자는 지금쯤 내 여권과 함께 아무것도 모른 채 고속도로 어딘가를 달리고 있겠지. 이제 남은 과제는 어떻게 하면 내가 여권도 없이 신분을 임시로나마 확인받아 여행을 계속하고 이탈리아를 출국할 수 있는가 하는 문제였다. 여권을 착각하여 잘못 내준 당사자일 가능성이 농후한 마우로는 나에게 무조건 사과했고, 그러는 동안 루치아나는 아이가 아직 어려서 그렇다고, 마우로를 대신해 변명이라도 해주듯이 말했다. 어리다고, 주인 남자는 기가 막힌 듯이 눈동자를 굴리면서 하늘을 쳐다보았다. 그리고 마우로 때문에 인내심의 한계에 도달했다는 어조로 한번 더 어리다니, 하고 외치고는 마우로를 똑바로 쏘아보면서, 넌 어린아이가 아니야, 그냥 얼빠진 어른일 뿐이지, 우리 호텔의 명성이야 나 몰라라 팽개치고는 헬렐레 팔렐레 돌아다니는 경솔한 어른이라고, 하고 외쳤다. 이제 이 신사 분에게 리모네와 이탈리아가 어떤 인상으로 남게 되는지 한번 생각해봐라, 하고 주인 남자는 나를 가리키며 마우로에게 계속해서 호통을 쳤다. 그리고 그 말에 대한 대답은 그냥 미상으로 남겨놓은 채 덧붙이기를, 누군가 나와 동행하여 파출소로 가서 파출소장인 달마치오 오르구에게 부탁해 최소한 내가 출국하는 데 필요한 서류를 만드는 것을 도와주어야 한다고 주장했다. 내가 밀라노의 독일 영사관에 가면 새 여권을 만들 수 있으니 더는 나 때문에 수고할 필요가 없다고 했을 때는 주인 남자가 이미 자동차 열쇠를 아내의 손에 쥐여준 다음이었고, 자신은 한 손에 내 짐을 직접 들고 다른 손으로는 내 팔짱을 끼었다. 어떻게 항의해볼 틈도 없이 나는 파란색 알파로메오 안 루치아나의 옆자리에 앉아 가파른 골목길을 올라 중앙로를 향해 달려가게 되었고, 어느새 시멘트 버팀대 위에 설치된 높다란 철제 울타리 뒤편에 자리잡은 파출소 안으로 들어서고 있었다. 파출소장은 왼쪽 손목에 큼지막한 롤렉스 시계를, 오른쪽 손목에는 묵직한 금팔찌를 차고 있었다. 그는 우리의 사정 이야기를 다 듣고 나더니 폭이 1미터는 되어 보이는 엄청나게 커다란 구식 타이프라이터 앞에 앉아 용지를 끼우고는, 반쯤은 소리내어 웅

얼거리면서, 반쯤은 노래를 흥얼거리듯, 한순간도 막힘없이 거의 즉석
에서 아래의 사진과 같이 서류 한 부를 만들어냈다. 마지막 줄을 작성
한 그는 확인을 위해서 다시 한번 타이핑한 내용을 살펴보고는, 과시적
인 동작으로 종이를 타이프라이터에서 빼냈다. 파출소장은 그의 업무
처리 과정을 말없이 지켜보고 있던 나와 루치아나에게 각각 문서 말미
에 서명하게 하더니 마지막으로 자신도 서명하고는 사각 스탬프와 둥
근 스탬프를 찍는 작업을 끝으로 서류를 완성했다. 나는 소장에게, 정

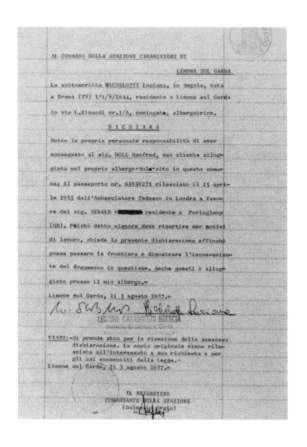

말 이 종이만 가지고 있으면 출국할 수 있느냐고 물었고, 그는 질문에 담긴 의심의 기색에 잠시 어리둥절해하더니, 여기는 러시아가 아니잖아요, 선생님이라고 대답했다.

파출소장이 건넨 서류를 받아들고 루치아나와 함께 자동차에 올라탄 나는 순간적으로, 우리가 지금 파출소장 앞에서 함께 결혼식을 올렸으며, 이제 어딘가 원하는 곳으로 떠나려 하는 신혼부부라는 생각에 사로잡혔다. 그러나 이러한 현기증날 만큼 행복한 느낌은 오래 지속되지 않았으며, 금방 이성을 되찾아 루치아나에게 가까운 버스 정류장에 내려달라고 부탁했다. 그녀는 차를 세웠고 나는 어깨에 가방을 짊어진 채 차에서 내린 후 열린 차창을 통해 그녀와 짧은 작별인사를 나누었다. 나는 늦었지만 그녀의 마흔네번째 생일을 축하한다고 말했다. 예상하지 못했던 인사에 그녀의 표정이 환하게 빛났다. 잘가요 하고 말한 그녀는 기어를 넣고 출발했다. 점점 멀어지던 알파로메오는 모퉁이를 돌아 이윽고 사라졌다. 다른 세계로 꺼져버린 것만 같았다. 이미 한낮이었다. 다음 버스는 세시나 되어야 올 예정이었다. 정류장 근처 바에 자리잡은 뒤 에스프레소 한 잔을 시키고 노트를 꺼내 메모를 시작했는데, 글쓰는 데 너무나 몰두한 나머지 버스가 오기까지 몇 시간이 어떻게 흘러갔는지, 버스를 타고 데센차노까지 어떻게 왔는지조차 조금도 기억나지 않는다. 데센차노에서 밀라노로 가는 기차에 올라타고 나서야 정신을 차리고 주변을 둘러볼 수가 있었다. 기울어지는 오후의 태양 아래 포플러나무가 늘어선 롬바르디아의 평야가 차창 밖을 스치고 지나갔다. 내 맞은편 자리에는 서른 살에서 서른다섯 살 정도로 보이는 프란체스코회 소속 수녀 한 명과 요란한 색의 천조각들로 만든 재킷을 걸친 소녀가 한 명 앉아 있었다. 소녀는 브레시아에서 올라탔고 프란체스코회 수녀는 내가 데센차노에서 탔을 때 이미 앉아 있었다. 수녀는 기도서를 읽고 있었으며, 수녀 못지않게 독서에 푹 빠져 있는 소녀가 읽는 책은 삽화가 들어간 소설이었다. 두 여인은 누가 더라고 할 것 없이 동등하게 완벽한 아름다움의 광채에 싸여 있었다. 몰아와 자의식이 동시에 느껴지는 아름다움. 이들이 무아지경에 빠진 채 책장을 넘기는 진지한 모습은 깊은 감명을 주었다. 프란체스코회 수녀가 책장을 한 장 넘기면 그다음에 알록달록한 재킷을 입은 소녀가 책장을 넘겼다. 그리고 다시 소녀가 책장을 넘기고, 프란체스코회 수녀가 그뒤를 잇는다. 기차를 타고 가는 내내 이들은 이런 식으로 주거니 받거니 하며 책장을 넘기는 행위에 빠져 있었으므로, 나는 둘 중 누구와도 눈을 마주치지 못했다. 나도 이들처럼 극단적인 절제와 집중력을 훈련해보려는 생각으로『유창한 이탈리아어』를 꺼냈다. 1878년 베른에서 출간된 이 책은 일상 이탈리아어를 빠른 시일 내에 효과적으로 배우고자 하는 일반인을 위한 교본이었다. 원래 이 책은 어머니의 삼촌이 갖고 있었다. 그

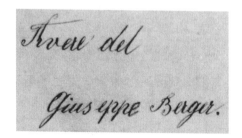

는 1890년대에 잠시 동안 북이탈리아에서 사무원으로 일했다.『유창한 이탈리아어』는 어휘들을 매우 효율적으로 한눈에 파악하기 쉽게 배치

해놓아서, 그 책을 보고 있노라면 마치 이 세상 전체가 오직 단어들로만 이루어졌으며, 단어들만 있으면 아무리 엄청난 일이라도 확실하게 언어로 정립할 수 있을 뿐만 아니라, 세상의 모든 사물에는 정확하게 대치되는 대조의 사물이 있다고, 예를 들면 모든 종류의 악에는 반드시 그에 해당하는 반대 개념인 선이 있으며, 모든 종류의 불쾌함에는 희열이, 모든 불운에는 행복이, 그리고 모든 거짓에는 진실이 쌍을 이루며

— 33 —

tutti i santi	Allerheiligen	l'onóre (männ-	die Ehre
il Carnévale	Fastnacht	lich)	
la quarésima	die Fasten	l'onta, la ver-	die Schande,
		gógna	Scham
		la verità	die Wahrheit
		la bugia, la	die Lüge
Gesú-Cristo	Jesus Christus	menzógna	
lo spírito santo	der heilige Geist	la bontà	die Güte
il creatóre	der Schöpfer	la malízia, la	die Bosheit
l'ángelo	der Engel	malignità	
il diávolo	der Teufel	l'amóre	die Liebe
il paradíso	das Paradies	l'ódio	der Haß
il purgatório	das Fegefeuer	la giója	die Freude
l'inferno	die Hölle	il piacére	das Vergnügen
la virtù	die Tugend	il fastidio	der Verdruß
il mále	das Böse	il dolóre	der Schmerz
il béne	das Gute	la fortúna	das Glück
il peccáto	die Sünde	la disgrázia	das Unglück
il fallo, l'er-	der Fehler	la speránza	die Hoffnung
róre		la sanità, la	die Gesundheit
l'orgóglio	der Stolz	salúte	
l'avarízia	der Geiz	la malattía	die Krankheit
l'invídia	der Neid		
la cóllera	der Zorn		
la pigrízia, l'in-	die Faulheit		
fingardág-		La consangui-	die Blutsver-
gine		nità	wandtschaft
l'ózio	der Müßiggang	la parentéla	die Verwandt-
il coróggio	der Muth		schaft
la paúra	die Furcht	i genitóri	die Eltern
il terróre, lo	der Schrecken	il padre	der Vater
spavénto		la madre	die Mutter
la forza	die Kraft	il nonno, l'avo	der Großvater
la debolézza	die Schwäche	la nonna, l'ava	die Großmutter

붙어 있다는 인상을 받게 될 정도였다. 창밖으로 밀라노의 풍경이 나타나기 시작했다. 이십층 높이의 주거용 탑들이 들어찬 위성도시들이 모습을 드러냈다. 교외와 공장지구, 그리고 지은 지 오래된 셋집들이 차창 밖으로 지나갔다. 기차는 선로를 바꾸었다. 낮게 저물어가는 해가 객차 안으로 비스듬하게 비쳐들었다. 소녀는 소설책에 서표를 끼워넣었고 프란체스코회 수녀도 초록빛 가름끈을 내린 다음 기도서를 덮었다. 이제 둘은 눈부신 저녁노을의 광채 속에서 똑같이 등받이에 몸을 기대고 앉아 있었다. 한 명은 하얀 두건 아래 짧게 자른—어쩐지 그럴 것이라고 생각이 드는—머리칼을 숨기고, 다른 한 명은 풍성하게 아름다운 곱슬머리에 둘러싸인 얼굴로. 어느새 우리가 탄 기차는 어두컴컴한 역사 안으로 들어섰고, 그 순간 주변의 모든 사물이 검은 그늘로 빨려들어갔다. 열차는 서서히 속도를 줄였다. 바퀴가 레일을 긁어대는 날카로운 마찰음이 점점 커지다가 마침내 참을 수 없을 정도로 신경을 찢으며 최고조에 달하더니 불현듯 멈추었고, 완전한 정적이 감돌았다. 그렇게 찾아온 기이한 몇 초간의 고요가 흐른 후, 대형 철제 돔 아래서 일제히 울리는 온갖 소음이 청각을 파고들었다. 나는 어디로 가야 하는지 전혀 모르는 길 잃은 자의 모습으로 플랫폼에 서 있었다. 알록달록한 재킷을 걸친 소녀와 프란체스코회 수녀는 이미 한참 전부터 보이지 않았다. 도대체 그들 사이엔 어떤 연관이 있는 걸까, 하는 의문을 떠올렸던 것이 기억나며, 그 의문은 지금도 여전히 유효하다. 도대체 어떤 연관이 있는 걸까, 인상 깊고 아름다웠던 책 읽는 두 여인과 1932년 완공 당시 규모와 형식 측면에서 기존의 모든 건축물을 단숨에 능가해버렸던 어마어마하고 압도적인 역사 건물 사이에는. 도대체 어떤 연관이 있는 걸까, 지나간 과거를 말없이 응시해온 석조 증인들과 우리의 육신을 넘어 계속해서 번식하고 퍼져나가며 먼지투성이 메마른 땅들과 범람한 미래의 벌판을 인간으로 그득 채우고자 하는 이 정체 불분명한 갈망 사이에는. 나는 어깨에 여행가방을 둘러멘 채 가장 마지막으로 플랫폼을 떠났다. 그리고 도시 지도를 하나 샀다. 도대체 지금까지 몇 장이나 되는 도시의 지도를 샀을까? 나는 어떤 공간을 대할 때 머릿속으로라도 어느 정도 신뢰가 가는 조감도를 그려보려고 하는 편이다. 밀라노의 지도는 이런 기대에 어긋나지 않는 훌륭한 선택이라는 생각이 들었다. 왜냐하면 자동 증명사진 부스에서 사진을 찍은 후, 기계가 웅웅거리는 소리를 내며 현상한 사진을 뱉어내기를 기다리는 동안, 밀라노 지도가 들어 있는 봉투의 겉면에서 미로 그림을 발견했기 때문이다.

하지만 봉투 뒷면에는 툭하면 길을 잃고 마는 사람들을 위해서
언약의 말씀처럼 빛나는 희망의 문구가 적혀 있었다.

UNA GUIDA SICURA PER
L'ORGANIZZAZIONE DEL VOSTRO LAVORO.

PIANTA GENERALE
MILANO
당신의 계획을 위한 믿을 수 있는 가이드
밀라노 전도(全圖)

역사를 빠져나온 뒤 납처럼 무거운 저녁 대기 속을 걸어갔다. 노란 택
시들이 사방에서 속속 정거장으로 모여들었다가 피곤에 지친 귀향자
들을 뒷좌석에 태우고는 다시 사방으로 흩어졌다. 나는 주랑柱廊을 가
로질러 역사의 동쪽으로 향했는데, 그것은 잘못된 선택이었다. 돔을 벗
어나 피아차 루이지 디 사보이아 광장으로 나서자 당신에게 가장 가까
이 다가온 우연한 만남이라는 문구가 새겨진 허츠* 광고판이 매달려 있
었다. 혹시 그것이 무엇인가를 말해주는 유용한 계시가 아닐까 하는 의
문을 떨치지 못하고 여전히 광고판을 쳐다보는 동안, 젊은 남자 두 명
이 공격적인 말투로 대화를 주고받으며 나를 향해 똑바로 걸어오고 있
었다. 몸을 피하기에는 이미 늦었다. 정신을 차리고 보니 어느새 그들
의 숨결이 내 얼굴에 닿을 듯이 가까이에서 느껴졌고, 너무 가까워 그
들의 얼굴에 난 꿰맨 상처 자국과 눈동자에 들어찬 붉은 핏발까지도
자세히 들여다보일 정도였다. 내 재킷 안으로 그들의 손이 삽시간에 파
고들었다. 움켜쥐고, 잡아당기고, 휙 낚아채는 손놀림들. 나는 반사적으

---

* 미국의 자동차 임대업체.

로 발뒤꿈치로 균형을 잡고 몸을 빙그르르 돌리면서 어깨에서 벗겨낸 가방으로 두 청년을 밀쳐낸 다음에야 간신히 그들에게서 벗어나 건물 기둥에 등을 기대고 설 수 있었다. 당신에게 가장 가까이 다가온 우연한 만남. 길 가는 행인 중 그 누구도 순식간에 일어난 이 사건을 눈치채지 못했다. 이미 두 명의 습격자는 마치 초창기 영화에 나오는 인물들처럼 기이한 자세로 몸을 기우뚱거리며, 희미한 저녁노을에 가라앉은 긴 주랑을 지나 빠르게 사라지는 중이었다. 택시를 잡아탄 다음 두 손으로 가방을 꼭 껴안고 정신을 가다듬었다. 경솔하게도 밀라노 도로의 포장 상태가 위험하다고 불평하자, 택시기사는 그래서 뭐 어쩌라고요, 하는 몸짓으로 대답할 뿐이었다. 운전석 옆 유리창에는 창살이 설치되어 있었고 계기판 사이에는 영롱한 색채의 성모마리아 메달이 걸려 있었다. 택시는 비아 나포 토리아니 거리를 따라서 달리다가 피아차 친친나토 광장을 지나 왼편으로 꺾은 뒤 비아 산그레고리오 거리로 접어들어 다시 한번 좌회전하여 비아 산로도비코 거리의 보스턴 호텔 앞에 당도했다. 호텔은 척 보기에도 불쾌한 인상을 주는, 기분 나쁠 정도로 좁다란 건물이었다. 택시기사는 침묵으로 일관한 채 요금을 받았다. 비아 산로도비코 거리 그 어디에도 움직이는 생물체의 흔적이 보이지 않았다. 택시는 호텔을 뒤로하고 멀어져갔다. 계단을 몇 단 올라가 이상스럽게 생긴 호텔 내부로 들어서서 조명이 거의 비추지 않는 흐릿한 로비에서 잠시 기다리자, 예순 살에서 일흔 살가량 된 듯한, 생명의 기운이 진작 다 소진된 말라빠진 껍데기 같은 여인이 안쪽 방에서 텔레비전을 보다가 밖으로 나왔다. 새의 눈동자처럼 냉혹하고 무감정한 그녀의 눈이 나를 주시하는 동안 나는 여권을 분실하는 바람에 당장은 신분을 증명할 만한 서류를 갖고 있지 않으며, 그런 이유로 독일 영사관에서 여권 재발급을 받기 위해 이곳 밀라노로 온 것이라고, 서툰 이탈리아어로 어떻게든 내 사정을 그녀에게 설명하려고 애썼다. 내 이야기가 끝나자 그녀는 안쪽 방을 향해 큰소리로 오를란도라는 이름을 불렀고, 그러자 역시 어둑어둑한 실내에서 텔레비전에 정신을 빼앗기고 있던 그녀의 남편이 어슬렁어슬렁 걸어나왔다. 그가 협소한 복도를 통과해 두 부부의 어깨높이에 닿는 호텔 프런트 뒤편 그녀 곁으로 가서 서기까지 무한히 오랜 시간이 걸린 것만 같았다. 나는 사정을 처음부터 다시 설명해야 했다. 그렇게 설명을 되풀이하다보니 그것은 나 스스로에게도 어딘지 믿기 어려운 의심스러운 이야기로만 들렸다. 어쨌든 그렇게 해서 마침내 반쯤은 동정이 담긴, 그리고 반쯤은 경멸 섞인 눈길과 함께 513호실의 낡은 철제 열쇠를 받아줄 수가 있었다. 방은 꼭대기층에 있었다. 사방이 절렁거리는 쇠창살로 격자가 되어 있는 좁디좁은 엘리베이터는 사층까지밖에 운행하지 않았으므로, 사층에서 오층까지는 건물 뒤편에 난 계단을 두 번 더 올라가야 했다. 복도는 아득해 보였다. 이런 좁은 건물치고 길어도 너무 길었던 그 복도는 옆으로 살짝 기울어진 듯했으며, 양옆으로 죽 늘어선 방문과 방문 사이 간격은 2미터가 채 되지 않았다. 가엾은 여행자들, 이런 생각이 문득 스치고 지나갔는데, 나 자신 또한 예외는 아니었다. 언제나 다른 곳으로 향하고 있는. 열쇠가 달가닥거리며 돌아갔다. 문을 열자 무겁게 가라앉아 있던, 며칠 아니 몇 주나 묵었는지 모를 오래된 열기가 내 얼굴을 향해 와락 몰려왔다. 나는 블라인드를 걷어올렸다. 밤이 내려앉은 도시의 하늘에는 지붕이 끝간 데 없이 펼쳐져 있었고 울창한 안테나 밀림이 진짜 숲인 듯 공기의 흐름에 따라 가볍게 흔들리고 있었다. 그 아래로 심연처럼 입을 벌린 건물과 건물 사이 깊숙한 뒷마당들. 다시 방안으로 고개를 돌린 나는 침대에 씌운 다마스쿠스풍 술이 달린 꽃무늬 덮개 위에 누워, 늘 그랬듯이 두 팔을 머리에 괴고 있었다. 그러다보면 잠시 후 당연한 수순으로 팔이 저리고 마비되는 느낌이 든다. 하지만 나는 개의치 않은 채 그 상태로 수 킬로미터 멀리 떨어진 듯이 느껴지는 천장을 올려다보았다. 아래쪽 마당에서 와글거리는 몇몇 목소리가 수직으로 솟구쳐올라 열린 창을 통해 귓속으로 밀려들었다. 그것은 먼 대양에서 목청껏 외쳐부르는 소리, 텅 빈 무대를 진동하는 요란한 웃음소리처럼 증폭되어 울렸다. 날은 점점 어두워졌고, 시간은 점점 흘러갔다. 목소리들의 소음도 차츰 잦아들다가 마침내 완전히 사라졌다. 시간이 끝없이 흘러갔지만 편하게 휴식을 취할 수가 없었다. 한밤중이 되어서야, 아니 어쩌면 이미 새벽이 가까워졌을 때에야 자리에서 일어나 옷을 벗고 방안을 비스듬하게 가로막아 세운, 얼룩투성이 비닐 커튼 속 샤워기 아래에 설 수 있었다. 물줄기가 오랫동안 내 몸 위에 쏟아지도록 한동안 가만히 있었다. 그리고 늘 그랬듯이 젖은 몸 그대로 술 달린 침대 덮개 위에 다시 누웠고, 새벽빛이 도시의 안테나 꼭대기를 비추기만을 기다렸다. 그러다 어느 순간 마침내 하루의 첫 햇살이 닿는 느낌이 들었고, 지빠귀의 울음소리가 귓가에 울리자 눈을 감았다. 감긴 눈꺼풀 아래에서 빛이 시작되었다. 여기 무지개가 떴도다. 보라, 하늘에 무지개가 떴도다. 여기 푸른 만곡이 떠올랐도다. 커다란 무대의 전면을 가득채우며 잠이 서서히 내려앉고 있었다. 꿈속에서 나는 드넓은 초록빛 옥수수밭을 보았으며, 어린 시절 친숙했던 마우리티아 수녀를 연상케 하는 한 수녀가 마치 그보다 더 자연스러운 행위는 없다는 듯이 두 팔을 활짝 벌린 채 태연자약한 모습으로 그 위를 둥둥 떠다니고 있었다.

오전 아홉시, 나는 비아 솔페리노 거리의 독일 영사관 대기실에 앉아 있었다. 그 이른 시간에도 신분증을 도난당한 여행자들과 다른 용무를 보러온 내방객들로 대기실은 만원이었다. 그중에는 곡예사 가족도 있었는데 한 오십 년 정도 전의 시대에서 갑자기 이 시대로 내동댕이쳐진 사람들처럼 보였다. 그들 곡예사 소대―그런 성격을 띠고 있을 것이 분명해 보이는 무리―를 이끄는 대장은 흰색 여름 정장을 걸치고 가죽 테두리로 장식한 우아한 모양의 거친 리넨 구두를 신고 있었다. 그는 놀라울 만큼 완벽한 모양을 한 차양 넓은 밀짚모자를 손에 들고 한번은 왼쪽으로, 한번은 오른쪽으로 빙글빙글 돌렸다. 그러면서도 몸을 거의 움직이지 않는 그의 기술로 미루어 보건대, 그에게 높다란 줄에 매달린 채 달걀 프라이를 만드는 일 정도는 마치 세상에 등장하자마자 이목을 끈 블롱댕*과 마찬가지로, 어린아이 장난만큼 간단할 것임을 짐작할 수 있었다. 허공을 떠도는 것처럼 가벼워 보이는 이 바람 같은 남자 곁에는 북유럽인의 특징이 뚜렷이 드러나는 젊은 여인이 있었는데, 특별히 맞춘 의상을 걸친 그녀 또한 1930년대에서 갑자기 날아온 사람 같았다. 몸을 똑바로 세운 채 움직임 없이 앉아 있는 여인은 두 눈을 한 번도 뜨지 않았다. 내가 지켜보는 내내 여인은 눈꺼풀 한번 움직이지 않았고 입술 끝을 실룩이는 법이 일절 없었으며, 고개도 전혀 움직이지 않았고 심지어 극도로 신경써서 웨이브를 넣은 머리카락 한

---

* 프랑스의 줄타기 곡예사. 1859년 세계 최초로 나이아가라폭포를 건넜다.

올조차 약간의 흩날림도 없이, 그렇게 앉아 있었다. 몽유병자 같은 두 사람—나중에 알게 된 이들의 이름은 각각 조르조 산티니와 로자 산티니였다—에게는 외모가 흡사한 또래 여자아이 셋이 딸려 있었는데, 섬세한 삼베로 지은 여름 원피스 차림의 이 소녀들은 처음에는 조용히 앉아 있었지만 시간이 지날수록 대기실의 의자와 탁자 사이를 왔다갔다하기 시작했고, 마치 자신들의 동선으로 아름답고 기다란 리본 매듭을 만들어보려는 것처럼 돌아다녔다. 한 소녀는 알록달록한 바람개비를 들고 있었고 다른 소녀는 휴대용 망원경을 들고 자꾸만 반대편 렌즈에 눈을 가져다댔다. 세번째 소녀는 양산을 들고 있었다. 각자의 상징물을 소지한 세 소녀는 이따금 동시에 창가로 몰려가서, 반짝이는 오전의 햇살이 무거운 회색 공기층을 통과해보려고 애쓰는 밀라노의 아침 풍경을 내다보았다. 산티니 가족과 적당히 거리를 둔 자리에, 하지만 그들에게 분명히 호감을 품고 있으며 분명 어떤 식으로든 연관되어 있을 한 노파가 검은 비단옷 차림으로 앉아 있었다. 노파는 뜨개질에 열중하면서 가끔 고개를 들어 걱정스러운 눈빛으로—내게는 그렇게 보였다—말없는 부부와 세 소녀 쪽을 지켜보았다. 흥미로운 이들 사이에 섞여 있다보니 긴 대기시간이 전혀 지루한 줄을 몰랐고, 그동안 키가 유독 작은 영사관 관리는 독일과 런던의 관청으로 여러 번 연락한 끝에 내 신분을 확인한 후 거대한 타이프라이터 뒤 등받이 없는 의자에 자리를 잡고 내가 일러준 인적사항을 하나하나 신분증명용 도트 철자로 새 여권용지에 타이핑했다. 자유로운 이동을 보장해줄 새 신분증을 주머니에 넣은 나는 영사관 건물을 나서면서, 여행을 계속하기에 앞서 잠시 동안 밀라노의 시가지를 구경해보기로 했다. 물론 이처럼 극악

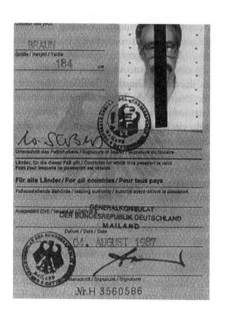

한 교통사정에 시달리는 도시를 돌아다녔다가는 종국에 피곤에 지쳐
처참해지거나 지속적인 불쾌감 이상의 성과를 얻지 못한다는 사실을
미리 예상했어야 했다. 그리하여 1987년 8월 4일, 비아 모스코바 거리
를 따라 올라가다가 산안젤로 성을 지나 자르디니 푸블리치 공원을 통
과해 비아 팔레스트로 거리를 건너 비아 마리나 거리로 들어섰다. 비아
세나토 거리와 비아 델라 스피가 거리를 지나 비아 제수 거리를 건너
비아 몬테 나폴레오네 거리를 조금 따라 올라가 비아 알레산드로 만초
니 거리에 도달했으며, 그곳에 도착해서야 비로소 피아차 델라 스칼라
광장을 찾은 다음 대성당 쪽으로 건너갈 수 있었다. 대성당 안에서는
신발끈이 풀어진 채 한동안 앉아 있었다. 지금도 선명히 기억할 수 있
는 사실은, 그때 순간적으로 갑자기 내가 어디에 있는지 전혀 알 수 없

게 되었다는 것이다. 지난 수일간 여기저기 헤매고 다니다 마침내 이곳에 도달하게 된 나 자신을 정당화하려는 필사적인 시도에도, 지금 내가 살아 있는 사람들의 세상에 있는 것인지 그 너머 다른 세계를 서성이는 것인지 확신할 수 없는 상태로 빠져들었다. 이렇게 기억을 상실한 상태는 대성당 꼭대기층 갤러리로 올라갈 때까지 지속되었고, 빈번하게 나를 엄습했던 현기증에 다시금 휩싸였는데, 내게는 완전히 낯설고 이상하게 보일 뿐인, 허공을 가득 뒤덮은 연무에 가려 흐릿하게 보이는 이 도시의 파노라마를 시야에 담는 순간에도 좀처럼 회복되지 않았다. 밀라노라는 어휘가 배어 있는 모든 장소는 내게 무기력 상태의 비통한 반영, 그 이상의 어떤 것도 아니었다. 내 안에서 위협적으로 점차 번져나가는 암흑의 현신이라도 되는 듯, 저 서쪽 하늘을 절반 넘게 장악한 장벽처럼 버티고 있는 먹구름 덩이가 보였다. 구름이 만들어낸 그늘은 이미 아득하게 펼쳐진 도시의 집 전부를 뒤덮어버린 상태였다. 세찬 바람이 불었고, 나는 멈추어서서 아래쪽 거리를 내려다보았다. 기이한 형태로 몸을 움츠린 인간들이 광장을 가로질러 이리저리 움직이고 있었는데, 그 움직임은 마치 그들 각자가 자신의 종말을 향해 돌진하고 있는 것 같았다. 바람을 피하려고 걸음을 재촉하고 있다는 인상이 번뜩 머리를 스쳤다. 하지만 동시에 구원처럼 떠오른 것은, 저 아래 포도 위를 분주하게 왔다갔다하는 군상의 정체가 모두 그냥 밀라노 남자와 밀라노 여자, 그 이상은 아니라는 것이다.

그날 저녁 무렵 다시 베로나로 떠났다. 기차는 빠른 속도로 어둠의 땅을 가로질렀다. 이번에는 조금의 망설임도 없이 목적지에서 내렸고 역사 레스토랑에서 크라허 와인*을 마시고 베로나 신문을 탐독한 뒤

예전에 머물렀던 숙소 **콜롬바 도로**로 향했는데, 그곳은 외양으로 미루어 짐작할 수 있는 수준을 뛰어넘어 나에게 그 어떤 면에서 보아도 가장 마음에 들었다고 할 수 있는 방을 제공했던 숙소였으며, 거의 모든 호텔에서 형편없는 서비스를 받아왔던 내가 페르디난트 브루크너**를 연상시키는 외모의 안내인과 특별히 로비까지 내려와준 것이 분명한 호텔 여주인에게 분에 넘치게 극진한 환대를 받은 곳이기도 했다. 마치 자신들이 오랫동안 간절하게 기다려온 영예로운 손님이 마침내 눈앞에 나타나기라도 한 듯이 말이다. 나는 여권을 제시할 필요도 없었고, 숙박부만 작성하면 되었다. 장부에는 야코프 필리프 팔메라이어***, 란데크에서 온 역사학자라고 기입했다. 안내인은 내 가방을 들고 앞장서서 방으로 올라갔다. 내 경제수준에 비해 지나치게 많은 액수가 분명한 팁을 건네주고 나자, 안내인은 허리를 깊이 숙여 인사하고 방을 떠났다. **콜롬바 도로**의 지붕은 눈부시게 아름다운 적갈색 벽돌을 연상케 하는 색으로 칠한 깃털처럼 느껴졌고, 그 날개 아래서 내가 취한 그날 밤의 휴식은 곧장 탄복할 만한 다른 체험, 예를 들면 다음날 아침의 환상적인 아침식사로 그대로 이어졌는데, 그 아침식사는 아직도 내 기억 속에 기적 같은 기쁨으로 남아 있다. 이 순간부터는 단 한 걸음도 헤매지 않으리라는 확신에 찬 나는 오전 열시경 도시의 골목길을 통과해 낮 동안 자료 조사를 할 생각으로 시립 도서관에 도착했다. 휴가 기간중 폐관이라고 적힌 안내문과 달리 도서관 입구의 문은 반쯤 열려 있었다.

---

* 오스트리아의 와인 브랜드. 달콤한 와인으로 유명하다.
** 프로이트의 영향을 받은 오스트리아의 극작가. 사회비판적인 작품으로 명성을 얻었다.
*** 역사상 실제로 존재했던 오스트리아의 동양학자, 저널리스트.

안으로 들어서자 내부는 깊고 어두운 적요 속에 가라앉아 있었으므로, 처음에는 손으로 더듬으며 발걸음을 옮겨야 했다. 여기저기 돌아다니며 기이할 정도로 높은 위치에 달린 문손잡이를 여러 번이나 헛되이 돌려보고 나서야 희미한 아침빛이 넘실대는 한 열람실에서 도서관 직원과 마주칠 수 있었다. 그는 콧수염과 머리칼을 단정하게 가다듬은 나이든 남자였는데 책상에 앉아 자신의 하루 업무를 막 시작하려는 참이었다. 검은 벨벳 토시를 팔에 착용하고 금테 안경을 낀 그는 초록빛 받침 위에 종이를 올려놓고 한 장 한 장 줄을 긋고 있었다. 줄긋기를 마친 종이가 어느 정도 쌓이자 그는 고개를 들고 무슨 일로 찾아왔느냐고 물었다. 내가 원하는 바를 설명하기 위해서는 오랜 시간이 필요했지만, 그 희망을 이루어줄 수단이 마련되는 데는 그보다 훨씬 더 짧은 시간이 걸렸다. 그리하여 나는 곧 창가에 자리를 잡고 앉아 신문철에서 1913년 8월과 9월에 발행된 베로나 신문을 뒤져볼 수 있었다. 신문의 테두리가 닳아서 쉽게 부스러졌기에 건드릴 때 아주 조심해야 했다. 다양한 무성영화의 여러 장면이 눈앞에 펼쳐졌다. 비아 알베르토 마리오 거리에서 남자들 몇몇이 왔다갔다하는 광경이 보였다. 아무도 자신들을 보고 있지 않다고 생각한 순간 그들은 번개처럼 재빠른 동작으로 어느 건물 입구 안으로 휙 뛰어들어 사라져버렸다. 파리와 빈에서 수련을 쌓은 링거 박사의 진료실이 있던 건물이다. 이미 그곳에는 일정한 간격을 두고 거리에서 건물 안으로 뛰어들어간 남자들이 극단적일 만큼 단정한 옷차림을 하고 방마다 차지하고 있는 상황이었으므로, 그 시절 링거 박사는 분명히 층과 층 사이에 있는 홀처럼 넓은 공간에서, 마치 장성급 장교들이 전장의 총천연색 지도를 심각하게 들여다보듯이, 널

찍한 탁자 위에 화려한 꽃처럼 피어난 피부병 증상을 촬영한 초대형
사진을 펼쳐놓고 연구를 하면서 진료 준비를 했을 것이다. 그다음으
로 눈에 들어온 것은 시립 도서관에서 그리 멀지 않은 비아 스텔라 거
리에서 개업했던 페사벤토 박사로, 그는 특유의 무통 발치술을 하는 중

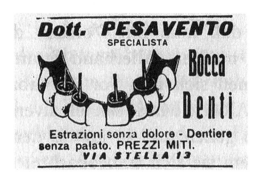

이다. 페사벤토 박사의 몸 아래로 보이는 여자 환자의 불분명한 얼굴은
분명 긴장을 푼 표정이기는 했지만, 진료의자 위에 놓인 몸은 필사적으
로 저항하는 자세로 구부리고 있었다. 그밖에 다른 종류의 게시들도 눈
에 띄었다. 이를테면 피라미드 형태로 쌓여 마치 영원한 삶을 약속하듯
햇빛 아래서 눈부시게 빛나고 있는, 피를 깨끗하게 해준다는 페로차이
나 광천수 수천만 병 일화가 그렇다. 사자가 소리 없이 포효하자 유리

병들은 수십억 수백억 개의 파편으로 산산이 부서져 크리스털 입자 폭포로 화한 채 가는 빗방울처럼 지상으로 내려앉고 말았다는 이야기다. 당시 뉴스들과 사진들은 소리도 무게도 없었고, 어느 순간 섬광을 비쳤다가 순식간에 꺼져버리며 자신만의 텅 빈 미스터리를 지니고 있었다. 하르툼의 한 뉴스는 수단의 옴두르만에서 티롤 출신 선교사 주세페 오르발더가 몇 주 전 행방불명되었다고 전한다. 그단스크에서는 또 제6야포연대의 슈테른 대령이 간첩 혐의로 체포되었다는 전보가 들어왔다. 시작도 끝도 없는 단편적인 이야기들, 그러므로 인간이 스스로 추적해야 할 것만 같은 그런 이야기들의 조각. 1913년은 특별한 해였다. 한 시대가 저물고 새로운 시대가 열리는 때였으며, 점화된 불꽃이 풀숲 사이를 미끄러지는 뱀 모양의 도화선을 따라 불안한 섬광을 발했다. 지상의 모든 장소에서 감정의 소용돌이가 격하게 피어올랐다. 인민들은

새로운 역할을 모색했다. 민족의 성스럽고도 정당한 분노가 불길이 되어 솟아났다. 베로나의 신문들은 안피테아트로 로마노 극장에서 상연된 최초의 축제 공연에 대해 기사마다 경쟁하듯 감격을 표했다. 기록해놓은 대로라면 『페델레』의 지면에는 고딕체로 티탄 예찬이라고 인쇄되어 있었다. 그 기사는 다음과 같은 결론으로 끝을 맺는다. 안피테아트로 로마노 극장을 로마 시대 건축물의 티탄이라고 하건 주세페 베르디를 이탈리아 음악시의 티탄이라고 부르건 간에, 어쨌든 위의 표제가 결코 과장이나 허풍은 아니라고, 기자는 마지막으로 못박듯이 선언했다. 하지만 모든 예술과 아름다움의 진정한 티탄은 다름아닌 우리 인민들이며, 다른 모든 것은 단지 피그미에 지나지 않는다고. 나는 피그미라는 활자에서 오랫동안 눈을 뗄 수 없었다. 이미 승인이 난 파멸의 예고처럼 보이는 단어. 나는 한 민족의 목소리를 들었다는 생각이 들었다. 그들이 바람 속에서 탄생하는 소리, 그리고 그들의 이름이 음절 단위로 나뉘는 소리. 피그-미-이, 피그-미-이, 피그-미-이. 내 안에서 외치는 소리가 청각을 건드리며 울려퍼졌는데, 분명 그것은 상상 덕분에 실제로 점점 더 강렬하게 혈관을 따라 흐른 나 자신의 거칠고 불규칙한 혈류 소리였을 것이다. 적어도 도서관 직원의 태도에서는 그 어떤 별다른 반응도 관찰할 수 없었으니 말이다. 여전히 그는 가만히 앉아서 몸을 숙인채 자신이 그린 선 안에 일정한 필체로 무엇인가를 써넣고 있었다. 한 줄 한 줄 작성해넣는 형태나 완성된 모양새로 보아 그가 지금 쓰고 있는 것이 어떤 리스트임을 알 수 있었다. 아마도 그는 매우 길 것이 분명한 이 리스트의 모든 내용을 머릿속에 담아두고 있는 것 같았다. 단 한 번도 머뭇거리거나 다른 자료를 들여다보는 법이 없이 앞으로 계속 써

나가고 있었던 것이다. 그러다 한번 종이 한 장을 다 채운 그가 고개를 들고 잉크 건조용 모래가 든 병에 손을 뻗는 찰나, 우리의 시선이 마주쳤다. 이것은 상당히 놀라운 일이기는 했으나 그 순간만큼은 아주 완벽하고 지극히 당연하게 여겨졌기에, 나는 당황하지 않고 잠시 중단했던 내 일에 전념할 수가 있었다. 오후 늦도록 오래된 신문을 뒤적거리다 여러 가지 낯선 사실을 읽게 되었는데 그중에는 언젠가 반드시 언급해야 할 것만 같은 내용들도 있었다. 예를 들면 해부용 침대 위에서 벌어진 살인이라는 제목의 기사는 마치 추리소설처럼 다음과 같은 표현으로 시작되었다. 그 사건은 어젯밤, 노가라 공동묘지 시체 안치소에서 일어났다. 기사는 무초라는 이름의 경찰 살해 사건을 다루고 있었고 잔인한 표현을 거르지 않은 채 그대로 실었다. 그 기사 내용이 생생히 기억나는 이유는, 기사가 실린 신문 속에서 낡은 그림엽서 한 장을 발견했기 때문일 것이다. 그림엽서에는 제노바의 스탈리에노 묘지 풍경이 인쇄되어 있었다. 나는 그림엽서를 집어서 주머니에 넣었다. 그리고 나중에 시간이 날 때마다 확대경으로 오랫동안 꼼꼼히 관찰하고 상세한 요소들을 하나하나 연구했다. 마치 터널 속으로 직행해 들어가는 구름다리처럼 그림의 바깥쪽까지 뻗어 있는 어둡고 검은 산들 위로 창백한 빛이 퍼져 있다. 그리고 산 여기저기에 짙게 칠해진 깊고 그늘진 계곡들, 오른편에는 탑처럼 솟아난, 셀 수 없이 많은 묘지 시설물, 실측백나무, 직선으로 이어진 담장, 그림의 전면에 자리잡은 검은색 경작지, 거대한 주랑 통로 왼편 끝에 자리한 밝은색 건물—이 모든 사물, 특히 밝은색 건물은 나에게 이제 무척 선명하고 익숙해져서 눈을 감고도 그림 속을 이리저리 돌아다닐 수 있을 정도가 되었다. 그날 오후가 다 저물 무렵,

아디제 강변로의 나무 아래를 지나 카스텔베키오 성까지 산책했다. 몸
통이 온통 흰색에 왼쪽 눈 위로 모자처럼 검은 얼룩이 진 개 한 마리가,
주인 없는 떠돌이 개들이 대개 그렇듯이 엇나가는 방향으로 달리는 듯
하다 대성당 앞에서 나를 따라붙더니, 이후 계속해서 약간의 거리를 유
지하면서 내 앞에서 걷고 있었다. 내가 수면을 들여다보려고 잠시 멈추
면 개도 같이 멈추어서서 흐르는 강물을 향해 꿈꾸는 듯한 시선을 보
냈다. 그러다 다시 걸음을 옮기면 개도 따라서 움직였다. 하지만 내가
카스텔베키오 성 앞 코르소 카보우르 번화가를 건널 때 개는 인도 가
장자리에 그냥 머물러 있었다. 그때 도로 중간에서 다시 개에게 돌아가
려다가 하마터면 차에 치일 뻔하기도 했다. 도로 반대편에 도착하자,
비아 로마 거리를 똑바로 가로질러 살바토레 알타무라와 만나기로 한
피아차 브라 광장으로 곧장 갈 것인가, 비아 산실베스트로 거리와 비아
데이 무틸라티 거리를 거쳐서 조금 돌아가는 수고를 할 것인가 잠시

고민했다. 번화가 반대편 인도에서 한참 동안 나를 지켜보던 개는 어느 순간 온데간데없이 사라져버렸고, 특별히 마음을 정하지 못한 나는 비아 로마 거리로 무작정 접어들었다. 느릿느릿 걸었다. 이 상점 저 상점을 기웃거리며 다른 행인들에게 밀리는 대로 방향 없이 움직이다보니 어느새 '피체리아 베로나', 바로 칠 년 전 11월 저녁 도망치듯 빠져나왔던 그 피자 레스토랑 앞에 당도하게 되었다. 레스토랑 간판에 적힌 카를로 카다베로라는 이름은 그대로였지만 출입구는 판자로 못질이 되어 있었으며 건물 위층의 다른 상점들도 모두 폐쇄된 상태였다. 역시 예상했던 대로군, 하는 생각이 순간적으로 머리를 스쳤다. 그 장면, 당시 내가 더없이 갑작스럽게 베로나를 떠나던 날 머릿속에 달라붙어 내내 떨어지지 않던, 그리고 그 일을 잊기 전까지 항상 무서우리만치 선명한 인상으로 떠오르던 장면이, 바로 지금 기묘한 빗금으로 덮여 시야에 선연히 나타났다. 은단추가 달린 검은 정장 차림의 두 남자가 뒤편 건물에서 들것을 운반하고 나오고 있었는데, 들것의 꽃무늬 덮개 아래에는 사람이 누워 있는 것이 분명했다. 잠시 후 다시 눈을 뜨고 오래전에 폐업한 레스토랑 앞을 조금도 이상하지 않다는 듯이 태연하게 지나다니는 행인들을 확인한 다음에도, 나는 그 음울한 장면이 단지 찰나적으로 발생한 현실의 혼동일 뿐인지 아니면 그보다 더욱 길게 이어질 어떤 예감의 영상인지 판단하지 못했다. 레스토랑 옆 건물 사진관으로 들어가 레스토랑이 문을 닫은 연유에 대해 물어도 보았지만 사진사는 나에게 알아듣게 설명을 해줄 입장도 아니었고, 레스토랑 건물의 전면 사진을 찍어달라는 부탁을 들어줄 처지도 아니었다. 아무리 부탁하고 사정해도 그는 마치 내 말을 전혀 알아듣지 못하거나 아예 말을 못하는 사람처럼 묵묵히 입을 다문 채 고개만 가로저을 뿐이었다. 어느덧 나는 그가 말 못하는 사람처럼 침묵하는 이유를 암실에서 한창 작업중인 탓으로 간주하고 발길을 돌려 사진관을 나오다가, 등뒤에서 나를 향해 내뱉는 사진사의 저주 섞인 욕설을 듣고야 말았다. 하지만 그것은 오래전에 바로 옆 식당에서 겪었던 일보다는 덜 비참했다고 말할 수 있다. 밖으로 나와서는 한동안 식당 건물 맞은편 인도를 정처 없이 왔다갔다하며 돌아다니다가, 내 목적을 이루게 해줄 만한 행인을 발견했다. 에어랑겐 출신의—대화를 하다 알게 된—젊은 관광객은 내가 레스토랑 건물 사진을 찍어달라고 부탁하며 사진을 영국으로 보내주는

대가로 십 마르크 지폐까지 미리 건네고 나서야, 한참 망설인 끝에 내 부탁을 들어주었다. 하지만 그 사진 이외에도 마침 광장 쪽에서 비아로마 거리를 향해 무리지어 날아와 일부는 발코니의 철제 난간 위에,

또 일부는 건물 지붕 위에 내려앉은 비둘기떼까지 찍어달라는 다급한 요청을, 한창 신혼여행중인 것이 분명해 보이는 그 에어랑겐 젊은이는 더이상 들어줄 수 없었다. 추측하건대 그 이유는, 그동안 내내 의심스러운, 혹은 거의 적대적이기까지 한 눈초리로 나를 훑어보면서 그의 곁에서 한순간도 떨어지지 않았으며 그가 사진을 찍는 순간까지도 그 곁에서 비켜설 생각이 없던 갓 결혼한 그의 신부가 초조하게 그의 옷소매를 잡아당기며 그를 제지했기 때문일 것이다.

광장으로 나가자 살바토레는 이미 약속 장소인 바에 도착해 초록색 차양을 설치한 가게 앞 초록색 소파에 앉아 안경을 이마 위로 추켜올린 채 책을 읽고 있었다. 그가 책을 얼마나 눈 가까이 대고 읽는지, 그런 상태로는 도저히 글자를 해독할 수 없어 보일 정도였다. 그를 방해하지 않으려고 조심하면서 그 곁에 자리를 잡았다. 살바토레가 읽고 있는 책의 표지는 분홍빛이었고 그 위에 검은 테두리를 두른 한 여인의 초상이 있었다. 초상 아래쪽에는 제목 자리에 1912+1이라는 숫자가 쓰여 있었다. 웨이터가 탁자로 다가왔다. 웨이터가 걸친 긴 앞치마도 초록색이었다. 나는 얼음을 띄운 페르네트 더블잔을 주문했다. 그사이 살바토레는 책을 옆으로 치우고 안경을 제자리에 갖다놓았다. 미안하다는 말로 그는 입을 열었다. 미안하다고, 하루의 분주한 일과를 마치고 난 다음에는 무엇보다 먼저 책을 펼쳐들어야 하는 습관을 도저히 포기할 수가 없노라고, 설사 오늘처럼 깜빡하고 독서용 안경을 편집국에 놓고 온 경우에도 그렇다고 말했다. 극심한 근시 때문에 독서용 안경 없이는 초등학교 일학년생보다 더 빨리 글자를 읽을 수 없긴 하지만, 이 시간대가 되면 강렬하게 치솟는 독서 욕구를 무슨 수로도 달랠

도리가 없다고. 퇴근 후 나는 산문 속으로 구원을 찾아 떠나는 겁니다, 하고 살바토레가 말을 이었다. 사람들이 섬으로 휴가를 떠나듯이 말이죠. 온종일 소음이 홍수를 이루는 편집국 한가운데에 앉아 있다가, 저녁이 되면 내내 나만의 섬에 있게 되는 셈이죠. 그리고 책의 첫번째 문장을 읽기 시작하면 노를 저어 물 가운데로 점점 더 멀리 나아가는 느낌이 들곤 한답니다. 오직 저녁시간의 이런 독서가 있었기에 나는 이날까지 제정신을 유지하고 살아올 수가 있었던 거지요. 나를 얼른 알아보지 못한 점은 참으로 미안하게 생각한다고 살바토레는 다시 말했다. 하지만 극심한 근시인데다가 샤샤*의 책에 한창 푹 빠져 있는 상황이었으므로, 주변에서 당장 무슨 큰일이 벌어졌다 한들 전혀라고 해도 좋을 만큼 거의 알아차리지 못했을 거라고 덧붙였다. 그런데 샤샤의 글은, 하고 어느 정도 현실 세계로 되돌아온 살바토레가 말을 잇기를, 일차대전 직전의 시대상을 정말 정신을 빼앗길 만큼 놀라운 방식으로 그려내고 있어요. 이야기라기보다는 에세이 형식에 가까운 이 글은 마리아 오조니라는 한 여인을 중심으로 진행된답니다. 결혼 전 성이 티에폴로인 그녀는 페루초 오조니 대령의 아내였는데, 1912년 11월 8일 남편의 부하인 퀸틸리오 폴리만티를, 그녀 자신의 진술에 따르면 정당방위로 쏘아 죽였습니다. 당연히 예상할 만한 일이지만 당시 신문들은 이 사건으로 그야말로 만찬을 즐겼더군요. 재판이 진행된 몇 주 동안 국민들의 상상은 마냥 부풀어올랐고—언론이 지치지도 않고 계속해서 언급하고 떠들어댄 바와 같이 피고인은 베네치아 출신의 그 유명한 화가 가

* 이탈리아 소설가. 시칠리아의 비밀조직을 모티프로 삼아 주로 남이탈리아의 사회구조를 묘사했다.

문의 후손이었어요—말했다시피 모든 사람이 숨을 죽인 채 추이를 지켜본 재판은, 결론부터 밝히자면 이미 사람들에게 널리 알려진 것 이상의 진실을 밝히지 못했답니다. 즉 법은 만인 앞에 평등하지 않으며, 정의는 정의롭지 않다는 진실 말이죠. 죽은 폴리만티는 자신의 입장을 밝힐 상황이 못 되었으므로, 이제 곧 전 세계에 티에폴로 백작부인이란 이름으로 알려지게 될 오조니 부인의 신비한 미소에 재판관들이 넘어가는 것은 간단했어요. 지금 우리가 쉽게 연상할 수 있듯이 언론들은 그녀의 미소에서 즉각 조콘다의 미소를 떠올렸는데, 마침 또 조콘다의 초상화 원본이 1913년 한 피렌체 노동자의 침대 아래서 발각된 다음이라 모나리자의 미소에 더더욱 뜨거운 관심을 쏟던 때였습니다.* 그 노동자는 이 년 전 〈모나리자〉를 망명지인 루브르박물관에서 구출해서 그녀의 고향으로 데려다놓은 남자였어요. 참 이상하지요, 하고 살바토레는 계속해서 말했다. 올해는 이상하게도 모든 것이 하나로 수렴되고만 있었으니 말입니다. 어떤 희생을 치르더라도 상관없이 무조건 무엇인가가 발생할 수밖에 없는 그런 지점으로요. 당신에게는 흥미로운 이야기겠죠, 하고 살바토레는 어느덧 자신도 모르게 책에서 빠져나와 완전히 다른 이야기를 하고 있었다. 그리고 이 새로운 이야기도 거의 끝나가는 중이었다. 재판이 벌어졌다. 삼십 년 형이 내려졌다. 가을에 베네치아에서 상소심 절차가 있을 것이다. 하지만 특별히 새로운 해명 자

* 살바토레의 이야기는 다음의 일화를 염두에 둔 것이다. 프란체스코 델 조콘도의 부인 엘리자베타 게라르디의 초상화 〈라 조콘다〉, 우리에게 〈모나리자〉로 알려진 원본은 1911년 8월 루브르박물관에서 도난당했다. 이 년 동안의 수사 끝에 잡힌 범인은 루브르박물관의 유리세공 보조 빈첸초 페루자였는데, 그는 해당 작품이 탄생지인 이탈리아가 아닌 프랑스에 있다는 사실에 격분해 범행을 저질렀다고 자백했다.

료가 등장하지는 않을 것으로 우리측은 예상하고 있다. 그럼에도 미리 준비해두려고 한다. 당신은 전화로 말하길, 1980년 가을까지의 사건에 대해서는 대충 알고 있다고 했다. 연쇄살인은 그 이후로도 멈추지 않고 일어났다. 같은 해 11월에도 비첸차에서 마리아 알리체 브레타라는 매춘부가 망치와 도끼로 살해당했다. 반년 후에는 베로나의 고등학생 루카 마르티노티가 마약중독자들이 임시거처로 사용하던 아디제 강변 오스트리아군의 빈 방공호에 있다 불이 나는 바람에 화상을 입어 사망했다. 1982년에는 두 수도승 마리오 로바토와 조반니 피가토—이미 상당히 나이가 많은 두 남자—가 저녁마다 소요하던 수도원 인근의 조용한 산책로에서 무거운 망치로 머리를 공격당했다. 그런데 그 일이 있은 후 밀라노의 한 통신사에는 루트비히 단체라는 발신자의 편지 한 통이 도착했다. 당신도 알다시피 이 그룹은 이미 1980년에도 자신들이 사건의 범인이라고 밝힌 적이 있다. 내 기억이 맞는다면 이 단체는 두 번째 편지에서 주장하기를, 자신들의 존재 이유는 신을 배신한 인간들에게 죽음을 가져다주기 위함이라는 것이다. 2월에 트렌티노에서 아르만도 비손의 시체가 발견되었다. 그는 피투성이로 쓰러져 있었는데 뒷목덜미에 예수가 못박힌 십자가가 꽂혀 있는 상태였다. 루트비히의 권능은 무한하다, 라는 새로운 메시지가 적혀 있었다. 같은 해 5월 밀라노에서 한 포르노 영화관이 화염에 휩싸였다. 그 화재로 남자 여섯이 불타 죽었다. 릴라, 여인의 향기가 그들이 마지막으로 본 영상의 제목이었다. 단체는 그 사건을 성기의 화형식이라고 명명하며 자신들이 그 일을 거행한 장본인들이라고 공표했다. 1984년 초, 공현절(1월 6일) 다음 날 뮌헨 중앙역 지구의 한 디스코텍에서 방화 사건이 발생했는데 역시 범인은 밝혀지지 않았다. 그로부터 두 주가 지난 후에야 다음번 방화를 시도하던 푸를란과 아벨이 체포되었다. 광대로 분장한 그들은 가르다 호수 남안에서 그리 멀지 않은 카스틸리오네 델레 스티비에레에 있는 멜라마레 디스코텍에 들어가 구멍이 숭숭 뚫린 스포츠 가방에 뚜껑을 딴 휘발유 깡통을 담고 실내를 활보하던 중이었다. 그날 저녁 디스코텍에서 청소년 사백 명이 모여서 사육제를 즐길 예정이었다. 그 두 명은 그 자리에서 발각되어 군중에게 린치를 당할 뻔했다. 지금까지 드러난 상황은 이렇다. 조사가 시작되었지만 증거가 더 필요하다는 자명한 결론을 내는 것 말고는, 거의 칠 년에 걸친 이들의 범죄행각을 시원하게 설명해줄 만한 그 어떤 성과도 없었다. 정신분석학적 검사도 이들의 내면세계에 대한 뾰쪽한 정보를 얻어낼 수 없었다. 이들 두 명은 모두 훌륭한 가정환경에서 자랐다. 푸를란의 아버지는 이곳의 종합병원 성형외과 과장이자 유명한 화상 전문의였고, 아벨의 아버지는 은퇴한 독일인 법률가로 이곳에 있는 뒤셀도르프 보험회사 지부를 몇 년 동안 경영하고 있었다. 두 명 모두 지롤라모 프라카스트로 가톨릭 신학교를 다녔다. 둘 다 매우 영특했다. 아벨은 고등학교 졸업자격시험을 치른 뒤 수학을, 푸를란은 화학을 전공했다. 그 이외에는 그다지 알려진 사실이 없다. 내 생각에 그들은 형제처럼 가까운 사이였으며, 그들 자신의 순결함에서 어떤 식으로 빠져나와야 하는지 알지 못했던 것 같다. 나는 텔레비전에서 한때 뛰어난 기타리스트였던 아벨의 얼굴을 한번 본 적이 있다. 아마도 1970년대 중반이었을 것이다. 당시 그는 열다섯 내지 열여섯 정도였다. 그의 수려한 외모와 놀라운 연주 솜씨에 크게 감동을 받았던 것이 기억난다.

살바토레의 이야기는 끝났고 밤이 내려앉았다. 관광버스에서 쏟아져 나온 축제 군중이 떼를 이루며 원형경기장을 향해 몰려갔다. 이제 오페라도 더는 과거와 같은 그런 오페라가 아닙니다, 하고 살바토레가 말했다. 관객들은 무대예술이 어떤 것인지 다 잊어버렸어요. 예전에 이곳은 저녁만 되면 마차들이 줄을 지어 포르타 누오바 문으로 향하는 긴 대로를 가득 메웠지요. 그뿐만 아니라 문을 통과하여 도시 바깥 지역으로 죽 늘어선 가로수들을 따라 서쪽으로 끝없는 행렬이 이어졌고, 밤까지 계속되었답니다. 그런데 일단 어둠이 깔리고 나면 방향이 뒤바뀌는 거죠. 어떤 사람들은 성모마리아에게 저녁기도를 올리기 위해 성당으로 향하고, 또 어떤 사람들은 잘 차려입은 멋쟁이들이 숙녀들에게 말을 걸려고 마차로 접근하는 이곳 피아차 브라 광장으로 와서 밤늦도록 서성이곤 했답니다. 마차로 다가가기, 이런 행동이 가능하던 시절은 이미 지나갔어요. 오페라의 시대도 마찬가지지요. 지금 벌어지는 축제 공연은 대중적인 개작에 불과합니다. 그래서 내가 오늘 같은 저녁 원형극장에서 열리는 그런 공연은 보러갈 엄두도 내지 못하는 거지요. 당신도 알다시피 원래 오페라는 나에게 삶의 모든 의미인데도 말입니다. 삼십년 이상 나는 이 도시에서 일했습니다, 하고 살바토레는 말을 계속했다. 그런데도 그동안 단 한 번도 원형극장의 공연을 본 적이 없어요. 그 대신 여기, 오페라 소리가 전혀 들리지 않는 극장 바깥의 피아차 브라 광장에 앉아 있는 거죠. 오케스트라의 음악도, 합창대의 노래도, 가수의 목소리도 전혀 들려오지 않는 이곳에요. 그 어떤 음색도 없는 곳이죠. 나는 그렇게 일종의 무성 오페라를 감상하는 거예요. 스펙터클한 아이다, 나일 강물 위에 펼쳐지는 환상적인 밤을 세계대전 이전 시대의 무성영화로 보는 겁니다. 당신도 아시는지요, 하고 살바토레가 말을 이었다. 오늘밤 원형극장에서 공연되는 〈아이다〉의 의상과 무대장치가 전부 1913년 베로나 오페라 축제 개막공연 때 에토레 파주올리와 오귀스트 마리에트*가 구상한 원본을 정교하게 모방했다는 사실을요. 역사는 이미 종말을 향해 다가가는데도, 사람들은 시간이란 사라지는 것이 아니라고 착각하고 있는 듯합니다. 실제로 나는 종종 우리 사회 전체가, 카이로의 오페라하우스에 앉아 멈추지 않는 진보를 여전히 찬양하는 것과 다를 바 없다는 느낌에 휩싸인답니다. 1871년 성탄절이지요, 처음으로 〈아이다〉의 서곡이 울려퍼졌던 것은. 한 소절씩 진행될 때마다 일등 관람석의 비스듬한 바닥이 조금씩 앞쪽으로 기울어졌습니다. 최초의 배가 수에즈운하를 통과하여 운항합니다. 함교 위에는 제독의 흰색 제복을 걸친 형체가 움직임 없이 서서 망원경으로 사막을 지켜보고 있고요. 너는 숲을 다시 보게 되리라, 하는 〈아이다〉의 등장인물 아모나스로 왕의 약속이 울려퍼집니다. 고대 로마의 스키피오 장군 시절만 해도 나무 그늘 아래를 걸어서 이집트에서 모로코까지 갈 수 있었다는 사실을 아십니까? 나무 그늘 아래로 말입니다! 그런데 오페라하우스 안에서 화재가 발생합니다.** 타닥거리며 화염이 불타오릅니다. 우지끈하는 소리와 함께 일등석 전체가 관객들과 함께 오케스트라의 무덤 위로 푹석 내려앉습니다. 천장 아래서 자욱한 연기가 치솟는 가운

---

* 에토레 파주올리는 20세기 초에 활동한 이탈리아 건축가, 미술가로 1913년 〈아이다〉의 무대와 의상을 디자인했다. 오귀스트 마리에트는 19세기 중반 활동했던 고고학자이자 동양학자로 오페라 〈아이다〉의 원작 〈멤피스의 신전〉을 집필했다.
** 1912년, 수에즈운하 개통 기념으로 건립한 이집트 카이로의 왕립 오페라하우스가 불에 탄 사건을 말한다.

데 낯 모르는 형상 하나가 내려옵니다. 죽음의 천사가 다가오는구나. 이미 내 눈앞에서 하늘이 열리고 있도다. 그런데 내가 오늘 장황하게 너무 많이 떠드는군요. 살바토레는 자리에서 일어섰다. 그리고 작별의 말을 남겼다. 당신도 내가 저녁 늦은 시간이 되면 어떤지 잘 아시잖아요, 하고. 그러나 나는 살바토레가 가버린 이후에도 그가 남겨놓은, 지상으로 내려오는 천사의 환영에서 빠져나오지 못한 채 한참 더 광장에 남아

그가 말한 내용을 기록하는 데 열중했다. 이윽고 초록색 앞치마를 걸친 웨이터가 가게 문을 닫기 전 마지막으로 계산서를 가지고 온 것은 아마도 자정이 넘은 시각이었을 것이다. 그때 나는 광장의 포석 위를 구르는 말발굽 소리와 마차의 바퀴 소리가 들려왔다는 생각에 사로잡혔다. 하지만 실제로 마차를 보지는 못했다. 그 대신 환영처럼 떠오른 장면은, 어린 시절 어머니와 함께 가서 보았지만 실제 머릿속에는 아무런 기억도 남아 있지 않은 아우크스부르크에서 상연된 〈아이다〉 야외공연 무대였다. 개선행진, 빈약한 기병대 몇 명에, 지쳐빠져서 시들시들한 낙타와 코끼리 몇 마리를, 지금 와서 생각해보니 오페라 내용에 맞추려고 서커스단에서 빌려온 왕관을 씌워 내세운 무대 광경이, 마치 그

동안 단 한 번도 내 머릿속을 떠나본 적이 없다는 듯이 눈앞에서 몇 번
이나 되풀이되어 나타났으며, 오페라를 관람했던 어린 시절과 똑같이
나를 깊은 잠 속으로 끌고 들어갔다. 그리고 어떻게 된 일인지 스스로
도 도저히 납득할 수 없기는 하지만, 다음날 아침에야 콜롬바 도로의 내
방에서 깨어났다.

　다음은 지금까지의 기록에 훗날 추가로 적어넣은 내용이다. 1924년
4월 작가 프란츠 베르펠은 장미꽃 한 다발과 여기저기에서 엄청난 호
평과 찬사를 받은 자신의 최근작 한 권에 헌사를 적어서, 빈의 한 병원

진심으로 존경하는 작가이자 벗인 프란츠 카프카에게
온 마음을 다하여 쾌유를 빌며
베르펠

에 입원해 있는 친구 프란츠 카프카를 찾아갔다. 그때 몸무게가 45킬
로그램에 불과했으며 자신의 최후 정착지가 될 클로스터노이부르크로
옮겨가기 직전이던 환자는 그 책을 읽지 못했을 가능성이 높지만, 그렇

다고 해도 그 사실이 카프카를 가장 고통스럽게 한 상실은 아니었으리라. 적어도 내가 이 책을 쓰기 몇 달 전 직접 그 오페라 소설을 뒤적여본 바에 따르면 그렇다. 그 책에 대해서 할말이라고는, 책이 복잡한 경로를 거쳐 내 손에 들어왔고, 원래는 분명 〈아이다〉를 무척 사랑했을 헤르만 삼손이라는 사람의 소유였다는 것, 그리고 헤르만 삼손은 죽음을 표상하는 피라미드를 자신의 인장으로 선택했다는 것뿐이다.

K 박사의 리바 온천 여행

1913년 9월 6일, 프라하에 있는 노동자 상해보험회사의 부사무관인 K 박사는 응급처치와 위생에 관한 회의에 참석하기 위해 빈으로 향하고 있다. 그는 그뮌트에서 산 신문에서, 전선 부상병들의 최초 붕대 처치가 어떠했냐에 따라서 병사들의 생사가 판이하게 달라지듯이, 일상생활에서 일어나는 여러 가지 사고 또한 현장 응급처치가 추후 진단에 큰 역할을 한다는 기사를 읽는다. 그 기사를 읽는 순간 K 박사는, 자신이 참석할 회의를 휩감고 있는 사회적 붕대, 일련의 공식 행사들에 대한 어떤 암시를 연상하며 마음이 불안해진다. 이미 차창 밖으로는 하일리겐슈타트 역이 나타난다. 불길하고, 텅 비었으며, 텅 빈 열차들만이 서 있는. 오직 최후의 정거장일 뿐인 역. K 박사는 사장에게 무릎을 꿇고서라도 자신을 데려가지 말아달라고 빌었어야 했다. 하지만 지금은 물론 너무 늦었다.

빈에서 K 박사는 마차커호프 호텔에 방을 하나 빌려 묵는다. 자신이 호감을 갖고 있는 그릴파르처가 바로 그 호텔에서 매일 점심식사를 했기 때문이다. 경애의 마음이 넘치는 행위였지만 유감스럽게도 전혀 효과를 발휘하지 못한다. 대부분의 시간을 K 박사는 극심하게 불쾌한 기분으로 보낸다. 그는 우울과 시력장애로 고생한다. 최대한 거절하긴 했지만 그래도 그 자신의 느낌으로는 거의 항상이라고 해도 좋을 만큼 늘 끔찍하게 많은 사람과 어울려서 시간을 보낸다. 그럴 때면 그는 유령처럼 끼어 앉아서 소름끼치는 폐소공포에 시달리고, 죄다 자신을 훑어보는 바람에 내면이 속속들이 파헤쳐진다고 믿는다. 그 곁에는 그릴파르처가 거의 옷자락이 닿을 정도로 가까이 앉았는데, 놀랄 만큼 노쇠한 모습이다. 그는 실없는 농담을 하고 한번은 K 박사의 무릎에 손을 얹기까지 한다. 그 상태로 밤이 되자 K 박사는 참을 수가 없다. 베를린 소식은 그를 결코 편안히 놓아주지 않는다. 그는 침대에서 괜히 이리저리 뒤척이고, 머리를 냉찜질하다, 한참 동안 창가에 서서 골목길을 내려다보면서, 자신이 몇 층만 더 아래쪽에 있기를, 지금 흙속에 누워 있기를 소망한다. 그 일은 불가능하다, 라고 그는 며칠 뒤 일기에 쓴다. 단 한 번뿐인 유일한 삶을 한 여인과 함께 살면서 보내는 일은 불가능하다고, 각자가 자유로이, 각자가 독립적으로, 공식적으로 그리고 실제로 결혼하지 않고, 오직 함께하기만 하는 일이, 남자들의 우정에서 단 한 발자국이라도 넘어서는 것이 불가능하다고, 왜냐하면 명확히 정해진 경계 너머 자리에서 거대한 발이 지키고 서 있다가 그를 짓밟아버릴 것이기 때문이라고, 쓴다.

그런 상태인데도 어쩌다보니 항상 끌려다니게 된 것이 아마도 매우 힘들었으리라. 예를 들면 그날 오전에도 K 박사는 오타크링으로 시인 알베르트 에렌슈타인을 만나러 가자는 오토 피크의 설득에 넘어가고 만다. 에렌슈타인의 시에 대해서 K 박사는 사실 별로 아는 것이 없다. 하지만 너희는 배를 타고 즐거워하니, 돛을 올려 호수를 역겹게 만드는구나. 나는 더욱더 깊은 곳으로 내려갈 것이다. 추락하고 용해되어, 눈먼 얼음으로 흐릿해질 것이다.* 전차 안에서 K 박사는 피크에게 갑작스럽고 격렬한 거부감을 느낀다. 피크의 표면에 조그맣고 기분 나쁜 틈새가 있어, 종종 그걸 통과해서 그의 전 존재가 통째로 밖으로 기어나온다는 생각이 들었기 때문이다. 에렌슈타인도 피크와 마찬가지로 검은 콧수염을 기르고 있어서 피크와 거의 쌍둥이 형제처럼 보인다는 인상을 받게 되자, K 박사의 불쾌한 혼란은 더더욱 상승한다. 그야말로 판박이군, 하는 생각이 K 박사의 뇌리에 달라붙어 도저히 사라지지 않는다. 프라터 공원으로 가는 내내 K 박사는 이 두 동반자를 점점 더 견딜 수 없을 정도로 끔찍하게 느꼈고, 연못 위에서 함께 곤돌라를 탈 때쯤에는 마침내 이들의 포로로 사로잡힌 것만 같은 심정이 된다. 그들이 그를 뭍에 내려준다는 사실도 별 위로가 되지 못한다. 이들이 노를 들어 K 박사를 후려친 것과 별반 다를 바가 없다. 일행 중 리제 카츠넬손**은 회전목마를 타고 온종일 원시림을 떠다닌다. K 박사는 불룩하게 퍼진, 매우 훌륭하게 재단된 의상을 형편없는 모양새로 걸친 그녀가 엉거주춤한 자세로 공중에 앉아 있음을 알아차린다. 그녀를 상대할 때마다 K 박사

---

* 에렌슈타인의 시 「자살자」의 한 구절.
** 카프카의 친구이자 저널리스트 펠릭스 벨치의 사촌. 결혼 전 이름은 리제 벨치다.

는 모종의 사교적인 감정이 끓어오르는 것을 느끼거나 끝없는 두통에
시달린다. 대관람차와 보티프 성당 첨탑보다 더 높이 상승하는 비행기
에 올라탄 그들이 장난삼아 사진 촬영을 했을 때, K 박사 스스로도 의

아한 일이지만, 그는 그런 높은 허공에서 미소 비슷한 것을 지어 보인
유일한 인물로 남는다.

9월 14일, K 박사는 트리에스테로 간다. 그는 남부 철도의 좁은 객실
구석에 홀로 앉아 족히 열두 시간을 보낸다. 일종의 마비 증세가 서서
히 그를 장악한다. 차창 밖 풍경은 꼬리에 꼬리를 물고 나타났고, 믿을
수 없을 만큼 비현실적인 나머지 햇빛의 모조품처럼 보이는 가을 햇살
에 온통 잠겨 있다. 그 자신도 영문 모를 일이지만, 몸을 거의 1밀리미
터도 움직이지 않고 꼼짝없이 있었음에도 K 박사는 그날 밤 아홉시 십
분 실제로 트리에스테에 있게 된다. 이미 어둠이 도시를 장악하고 있
다. K 박사는 마차를 전세내어 지체 없이 항구 근처의 호텔로 향한다.
마부의 널찍한 등 바로 뒤에 앉아 있는 자신의 모습은 스스로 생각하
기에 매우 비밀스럽고 묘한 인상을 풍기는 듯하다. 거리의 행인들이 걸

음을 멈추고 그를 쳐다보는데 그 눈길은 마치, 저 사람이 이제야 왔군, 하고 말하는 것 같다.

호텔에 도착한 그는 두 손으로 뒤통수를 받친 채 침대에 똑바로 누워 천장을 올려다본다. 거리에서 울리는 외마디 고함이 커튼을 흔드는 바람을 타고 방안으로 밀려든다. 이 도시에 북쪽에서 온 여행자들을 죽음으로 몰고 가는 청동 천사가 있다는 것을 아는 K 박사는 밖으로 나가기를 갈망한다. 어질어질할 정도로 피곤한 상태와 반쯤 잠이 든 상태의 경계에서 그는 항구의 골목길을 누비고 다니다가, 그야말로 자유로운 남자의 처지로 보도 가장자리에 서서 기다리고 있을 때면 지면에서 한 뼘 정도 떨어진 허공에 둥실 떠 있는 듯한 느낌이다. 방 천장을 빙글빙글 돌며 반사하는 빛은 금방이라도 천장이 뚫릴 것이며, 그래서 단단하게 닫힌 무엇인가가 나타날 것을 공표하는 계시다. 벌써 회반죽이 가루가 되어 부슬부슬 떨어져내린다. 자욱한 석고 먼지의 구름 사이로, 어두침침한 가운데 푸른빛이 도는 보라색 천을 두른 어떤 형상이 커다랗고 하얀, 비단처럼 광채나는 날개를 너울거리며 서서히 내려오는데, 그 형상은 온몸이 황금끈으로 칭칭 감겼고 추켜올린 팔에는 수평으로 뽑아든 검이 하나 들려 있다. 정말로 천사로구나, K 박사는 잠시 멈추었던 숨을 다시 내쉬면서 생각했다. 온종일 천사는 나를 향해 날아오고 있었던 거야, 그걸 믿지 못한 내가 알아차리지 못한 거지. 이제 천사가 나에게 말을 걸어오겠구나, 하고 생각한 K 박사는 눈을 내리감았다. 하지만 그가 다시 눈을 뜨자, 여전히 그곳에, 다시 닫힌 천장에서 상당히 아래까지 하강해 있던 것은 살아 있는 천사가 아니라 선원용 술집에서 천장에 매달아두곤 하는 뱃머리 장식인 채색된 나무조각상에 불과했다. 또 검 손잡이는 양초를 세워두는 받침대 역할을 하며, 촛농이 흘러내려 고이는 자리이기도 했다.

다음날 아침 가벼운 폭풍이 몰려오는 날씨에 K 박사는 경미한 멀미에 시달리면서 아드리아해를 건넜다. 베네치아에 도착하여―이렇게 표현하는 것이 가능하다면―육지에 발을 디딘 다음에도 한참 동안 그의 육체 내부에서 파도가 흘러넘친다. 숙소인 샌드워스 호텔에서 그는, 아마도 불쾌감이 점차 누그러지며 생겨났음이 확실한 갑작스러운 낙관적인 흥분 상태에 휩싸여서 베를린에 있는 펠리체에게, 이제 자신은 곧, 그의 머릿속에서 떨리는 전율이 지시하는 대로, 저 도시 안으로, 저 도시가 그와 같은 여행자에게 제공하는 내용 속으로 뛰어들어갈 것이라고 편지를 쓴다. 비록 밖에는 엄청난 폭우가 쏟아지면서 투명한 회녹빛 막이 도시의 실루엣을 온통 뒤덮고 있지만 그것이 그의 계획을 방해하지는 않을 것이며, 아니 방해가 되기는커녕 도리어 더 좋다고, 왜냐하면 그 덕분에 빈에서 보냈던 며칠 동안의 시간을 말끔히 씻어낼 수 있기 때문이라고 썼다. 하지만 이 편지 내용만으로 K 박사가 그날, 9월 15일에 호텔방을 떠났다는 사실을 증명할 수는 없다. 여기 이 자리에 그냥 있는 것조차 철저하게 불가능한 그에게, 이미 심신이 와해되기 직전까지 가 있는 상태에서, 거기다 바위까지도 휩쓸어버릴 맹렬한 물벼락이 쏟아지는 밖으로 나간다는 일은 더더욱 불가능했다. 그러므로 K 박사는 그날 호텔에 머문다. 저녁 무렵, 어스름한 로비 조명에 의지하여, 그는 다시 펠리체에게 편지를 쓴다. 자신이 이 도시에서 추구했던 일이 이제는 물거품이 되었다고. 외출을 할 수 없었고, 라고 그는 아름다운 증기선 그림이 인쇄된 호텔 인장 아래에 절망의 문장을 서둘러

잇는다. 지금 자신은 혼자라고, 호텔 직원들 말고는 대화를 나눌 그 누구도 곁에 없다고, 자신의 불행이 차고 넘친다고, 하지만 지금 이 상태는, 적어도 그가 확실히 말할 수 있는 바로는, 자신에게 부합하는 것이며, 초월적인 어떤 법칙으로부터 선고받았고, 그러므로 자신은 결코 거역하지 못하고 종말의 순간까지 짊어지고 가야 할, 바로 그런 상태라고.

　베네치아에서 보낸 며칠이 K 박사에게 실제로 어떤 시간이었는지, 우리는 구체적으로 알 길이 없다. 하지만 음울한 기분이 나아지지는 않았던 것 같다. 그렇다, 그런 가라앉은 기분이야말로 K 박사가 스스로 짐작했듯이, 이 도시, 그의 눈에는 우스꽝스럽게만 보이는 신혼여행객들이 도처에 널려 있음에도 그에게 깊은 인상을 준 것이 분명한 베네치아라는 도시 앞에서 자신을 지탱할 수 있게 해준 유일한 방패였던 것이 사실이다. 이 얼마나 아름다운가, 하고 그는 느낌표와 살짝 비틀린 어법으로 표현하는데, 그러한 표현 덕분에 느낌은 순간이나마 언어 자체를 초월하여 흘러넘치게 되는 것이다. 이 얼마나 아름다운가, 그리고 우리 인간은 이 아름다움을 얼마나 하찮게 여기고 있었는가! 하지만 K 박사는 더 구체적인 묘사를 하지 않는다. 그러므로 이미 말했던 것처럼 우리는 그가 정확히 어떤 것을 보았는지 알지 못한다. 그가 두 칼레 궁전을 실제로 구경했다는 어떤 확실한 증거도 찾을 수 없다. 두 칼레 궁전의 납으로 지붕을 댄 감옥이 몇 달 후 그가 소송과 징벌에 관한 상상을 형상화하는 데 중요한 역할을 했을 것으로 추측되지만 말이다. 우리가 아는 것은 단지 K 박사가 베네치아에서 나흘을 머물렀다는 것, 그런 다음 산타루치아 역에서 기차를 타고 베로나를 향해 떠났다는 사실뿐이다.

베로나에 도착한 그는 역에서 곧장 중앙대로를 건너 시가지 안으로 들어섰고, 좁은 골목길을 이리저리 돌아다니다가 피곤해질 무렵 산타 아나스타시아 성당 안으로 방향을 잡았다. 감사한 마음과 거부감이 뒤섞인 감정으로 선선하고 어둑어둑한 내부에서 한동안 휴식을 취한 그는 다시 일어서 성당을 나서면서 육중한 기둥 발치에서 수백 년 동안이나 무거운 성수대를 받치고 있는 난쟁이 석상의 대리석 곱슬머리를, 마치 아들이나 막냇동생의 곱슬머리 만지듯 손가락으로 쓰다듬었다. 펠레그리니 예배당으로 통하는 출입문 위에 그려진 피사넬로의 성 게오르기우스 벽화를 그가 보았는지는 불확실하다. 그 사실을 뒷받침해주는 증거는 아무 데도 없으므로. 그래도 K 박사가 어두컴컴한 실내와 환한 외부를 연결하는 출입구의 문지방 위에 선 순간, 비록 잠시 동안이지만 자신이 막 빠져나오고 있는 그 출입문을 통해서 똑같은 성당의 문으로 다시 들어서고 있는 듯한, 이 장소가 자신이 꿈속에서 보았던, 무시무시할 정도로 무수한 개체로 끝없이 늘어나며 자기 분열을 일으키던 바로 그곳이라는 생각이 들었다는 사실은 증명할 수 있을지도 모른다.

저녁 무렵 K 박사는 점점 더 많은 인간이, 재밋거리를 찾는 것 이외의 다른 어떤 목적도 없어 보이는 인간들이 거리로 쏟아져나온다는 사실을 알아차리기 시작했다. 둘이 쌍을 이루거나 셋, 경우에 따라서는 더 많은 사람이 무리를 지어 서로 팔짱을 낀 채로 거리를 쏘다니고 있었다. 8월이 되면서 도시의 모퉁이마다 마주치게 되는 원형극장 오페라 공연의 벽보, 그 안에서 자꾸만 눈에 들어오는 아이다AIDA라는 철자, 마치 이 도시 자체를 연극무대인 것처럼 느끼게 하는 베로나 시민의 과시적 태평스러움과 자기들끼리의 결속성은 모두 그가 비정상적이며 외톨이임을 가르쳐주기 위해 연출된 상황이라는 생각이 들었다. K 박사는 그 생각에서 영영 벗어나지 못했고, 그래서 단지 서둘러 영화관으로, 아마도 산세바스티아노의 파테 극장 안으로 도피함으로써 간신히 마음을 진정시킬 수 있었다. 울면서, 라고 그는 다음날 데센차노에서 일기에 썼다. 울면서 자신은 어두운 영화관 내부에 앉아 영사기 불빛 속에서 먼지 입자들이 떨리듯 어른거리며 화면의 모양을 바꾸는 광경을 지켜보았다고. 그러나 데센차노의 일기에는 K 박사가 그날, 9월 20일 베로나의 극장에서 무엇을 보았는지에 관한 언급은 없다. 정말로 그는 내가 시립 도서관에서 찾아본 것처럼 그날 파테 극장에서 상영된, 이탈리아 국왕 비토리오 에마누엘레 3세가 참석한 자리에서 열린 기병대의 열병식을 포함한 시사뉴스와 다른 극장에는 전혀 내걸리지 않았던 영화 〈심연의 교훈〉을 보았던 것일까. 아니면 그가 본 것은 내가 처음에 추측했듯이 1913년 오스트리아의 극장에서 대성공을 거두었던 작품, 그러니까 1820년 5월 13일 스카피넬리라고 하는 한 남자에게 영혼을 팔아버리면서 결국에는 사랑과 목숨까지도 잃게 된 불행한 프라하의

대학생을 다룬 영화일까.* 그 영화에는 이례적으로 야외촬영 장면이 나
오는데, 스크린에서 빛으로 어른거리는 자신의 고향 도시의 실루엣 풍
경뿐만 아니라 그가 자신의 도플갱어로 생각했을 가능성이 큰 주인공
발두인의 드라마도 K 박사에게 깊은 인상을 남겼을 것이다. 마치 발두
인이 검은 옷을 입은 스스로의 형상에서 절대로 피할 수 없으며 결코
벗어날 수도 없는 운명의 형제를 발견한 것처럼. 프라하 제일의 검객인
발두인은 이미 첫번째 장면에서부터 거울 속 자신의 모습 앞에 서 있
는데 거울 속 형상은 너무나 놀랍게도 금세 거울 밖으로 빠져나오더니,

이후 모든 평화를 강탈해가는 유령이 되어 그의 주변을 맴돌게 되는
것이다. K 박사가 프라하의 페트르진 언덕에서 있었던 그 결투를 「어
느 투쟁의 기록」에서 다시 묘사했던 것은 이 영화를 본 뒤가 아닐까.
결투 도중 상대편에게 극히 개인적이며 자기 파괴적인 연애사를 늘어
놓다가 구석으로 밀리던 주인공이 마침내 다음과 같은 사실을 실토할
수밖에 없게 되는 식의 이야기를 쓴 것은. 고백합니다, 나는 약혼한 몸
입니다. 그런 다음 구석으로 몰리던 그 사람에게 남은 방법이라고는 순

---

* 도플갱어 같은 존재를 다룬 에드거 앨런 포의 단편 「윌리엄 윌슨」과 알프레드 드 뮈
세의 시 「12월의 밤」을 각색한 영화 〈프라하의 학생〉을 가리킨다.

간적인 침묵에 빠진 동행을 권총으로 쏘아 완전히 떨쳐버리는 것인데, 무성영화는 대개 그런 상황을 권총에서 한줄기 연기가 흘러나오게 함으로써 처리한다. 시간의 흐름 자체마저 초월해버린 그 순간 비로소 발두인은 서서히 자신의 광증에서 빠져나오게 된다. 그는 숨을 크게 내쉬는데, 그와 동시에 총알이 자신의 가슴을 관통하는 것을 느끼며 도발적인 그 죽음의 화면 아래쪽 가장자리에 쓰러져 숨을 거둔다. 그리고 그때 사라져가는 빛이 되어 펄럭이는 전체 장면은 죽어가는 영웅의 소리 없는 아리아로 바뀐다. 오페라에서 흔히 등장하는 그런 종류의 최후의 경련, K 박사가 직접 묘사한 대로, 멜로디를 부르는 목소리에 깃든 그러한 정처 없음을 그는 전혀 우스꽝스러운 과장으로 여기지 않았으며, 도리어 우리 삶에 자연스럽게 소속된 불행을 표현하는 방식으로 생각했다. 우리는 일생 동안, 하고 그가 일기의 다른 면에 또 기록해둔 바, 나무판자 위에 누운 채 죽어가는 것이다.

9월 21일, K 박사는 가르다 호수의 남안에 위치한 데센차노에 머무른다. 프라하에서 온 노동자 상해보험회사 부사무관을 맞이하기 위하여 데센차노 주민들이 한꺼번에 광장으로 모여들었다. 그러나 K 박사는 호숫가의 수풀에 누워 갈대들 사이로 흔들리는 물결을 바라보고 있다. 그의 오른편에는 좁고 길쭉한 시르미오네 곶이 호수를 향해 뻗어 있고 왼편에는 마네르바로 이어지는 아득한 호안이 펼쳐진다. 아무것도 하지 않고 호숫가에 그냥 누워 있기. 이것은 심신이 여유로울 때 K 박사가 가장 좋아하는 일 중 하나다. 예를 들면 언젠가 프라하에서 회사 일로 알게 된 신분이 상당히 높은 어떤 신사가 쌍두마차를 타고 그의 곁을 휙 스쳐지나갔을 때처럼, 스스로 사회적 신분을 하강시키는 기쁨

(그가 직접 기록해놓은 것처럼, 그냥 기쁨일 뿐이다) 같은 것, 그는 그
런 일을 즐긴다. 하지만 데센차노에서는 이 정도의 소박한 행운도 잘
따라주지 않는다. 그러기는커녕 병에 걸리고 마는데, 한두 군데만 아프
고 마는 병이 아니다. 그의 마음에 위안이 되는 것은 이제 자신이 어디
에 있는지 아무도 모른다는 사실뿐이다. 그날 오후 데센차노 주민들이
얼마나 오래 프라하의 부사무관을 기다리며 서 있었는지, 그리고 마침
내 실망을 안고 흩어져서 집으로 돌아간 것이 언제쯤인지 알려진 것은
없다. 아마도 그중 누군가는 다음과 같은 한마디를 남겼을 수도 있다.
우리가 희망을 품고 기다리는 인물은 항상 간절함이 사라진 다음에야
나타난다고.

실망한 데센차노 주민들보다 결코 덜하지 않을 극도의 우울과 고통의 날을 보낸 후 K 박사는 증기선을 타고 어두워질 무렵 하르퉁겐 박사가 운영하는 리바의 수치료 시설에 도착하여 그곳에서 석 주를 보낸다. 몸 뒤로 놋쇠 사슬을 매듭짓는 기다란 초록색 앞치마를 걸친 하인이 K 박사를 방으로 안내한다. 방 발코니에 선 그는 절대적인 고요 속에서 막 내려앉은 어둠에 잠긴 저편 호수의 전경을 바라다본다. 사물은 모두 푸른빛 속에 잠긴 푸른빛이며, 그 어떤 것도, 심지어는 저멀리 호수 위로 한참 떠가고 있는 증기선조차 움직이지 않고 정지해 있는 것만 같다. 다음날부터 치료 일과가 시작된다. 갖가지 냉수 요법과 그에게 처방된 전기요법 치료를 받으면서 K 박사는 가능한 한 지극히 평온한 상태로 들어가고자 한다. 그러나 펠리체와의 관계에서 그가 겪는 아픔, 그리고 펠리체가 K 박사에게서 느끼는 아픔이, 마치 살아 있는 생

명체로 화하여 그에게 덤벼드는 것처럼 자꾸만 그를 엄습한다. 아침에
잠에서 깨어날 때 특히 심하지만 식사시간에도 그를 놓아주지 않는다.
그는 자신의 몸이 마비되었다는 생각이 들고, 그래서 식기를 손에 들고
있기조차 버겁다고 여기게 된다.

K 박사의 오른편에는 늙은 장군 한 명이 앉아 있는데, 대개는 말이
없는 편이지만 간혹 입을 열어 폐부를 찌르는 말을 한마디씩 던지는
사람이다. 그런 장군이 한번은, 밥을 먹을 때마다 식탁의 한쪽에 항상
펼쳐두는 책에서 눈을 떼고 불쑥 이런 말을 한다. 나에게 가장 친숙하
다고 할 수 있는 세상의 사물 두 가지는 군사작전용 모형을 움직이는

모래상자와 군대의 전황 보고인데, 적어도 나의 생각이 맞는다면 이 두 가지 사물의 논리 사이에는 조건을 파악할 수 없는 드넓은 벌판이 가로놓여 있는 셈이다. 우리의 감각으로 잡히지 않는 사소한 요인들이 항상 결정적인 역할을 하고 있지 않은가! 세계사를 뒤바꾼 주요 전투들이 바로 그런 요인들의 작용을 받았던 것이다. 사소한, 하지만 워털루에서 전사한 오만 군사와 말들의 생명과 비견될 정도로 비중 있는 요인들. 생사를 결정짓는 것은 결국 사소하면서도 특별한 비중의 문제, 그것이다. 그런데 그 점을 가장 정확하게 파악하고 있던 사람은 어떤 유명한 장군도 아닌 바로 스탕달이었으며, 그러므로 이제 말년에 이른 나는 아무런 성찰이 없는 채로 죽어가는 것을 피하기 위하여 스탕달을 공부하고 있다. 인간이 핸들을 한번 돌리는 것만으로, 그런 의지만으로, 수많은 변수와 연관된 사물의 행로에 영향을 미칠 수 있으리라는 상상은 사실 참으로 허황된 것이다.

옆 사람의 말에 귀를 기울이면서 K 박사는, 비록 이 말이 굳이 자신을 향한 것은 아님을 알면서도, 마음에서 일렁이는 가벼운 신뢰의 물결을 알아차렸고 일종의 말없는 연대가 결성된다는 느낌을 받는다. 또한 언급해야 할 사실은 이때 K 박사의 왼쪽 자리에 한 소녀가 앉아 있었는데, 소녀는 자신의 오른쪽에 있는 말없는 남자, 즉 K 박사에게 자극을 받아 무엇인가 마음의 슬픔을 느끼는 듯했고 그 모습이 그의 눈에 들어오기 시작했다는 점이다. 체격이 왜소한 소녀는 제노바에서 왔다고 했는데 외모부터 이탈리아적인 분위기가 물씬 풍겼지만 실제 고향은 스위스며, 대화를 시작하면서 알게 된 것이지만 어조가 매우 독특하게 어두웠다. 그런 목소리로 그녀가 그에게 말을 걸 때마다―이건 극히 드물게 일어난 일이긴 하지만—K 박사는 그것이 설명할 수 없이 묘한 친근함의 징표라는 생각이 들곤 하는 것이다. 비록 몸이 아픈 소녀였지만 그는 그녀에게서 귀한 가치를 발견했고, 얼마 지나지 않아 오후면 그녀와 함께 소풍을 떠나 호수 가운데로 노를 저어가기도 한다. 호수의 수면을 뚫고 솟아난 절벽들이 눈부신 가을 햇살을 받고 높이 서 있으며 주변은 온통 초록에 가까운 빛으로 싸여 눈에 들어오는 풍경 전체가 마치 앨범 속 그림 같고, 멀리 보이는 산들은 앨범의 여주인을 위해 감각이 뛰어난 한 예술애호가가 앨범 여백에 그려넣은 추억의 스케치처럼 보인다.

그곳 야외에서 아마도 일시적으로 건강해졌다고 느끼고 또한 평온하고 조용한 분위기 덕분에 어느 정도 고통에 무감각해진 그들은 서로 자신의 병력을 털어놓는다. K 박사는 육체를 배제한 사랑의 이론을 단편적으로 풀어놓는다. 그런 사랑에는 가까이 있거나 멀리 있는 것 간에 아무런 차이가 없다. 적어도 우리가 눈을 뜨고 있는 한 행복의 근원은 자연이지 이미 오래전에 자연으로부터 유리된 우리의 육체가 아님을 알 수 있다. 하지만 어리석은 연인들은, 사랑에 빠지면 대부분 다 어리석어지기 마련인데, 아예 눈을 감아버리거나, 결과적으로는 마찬가지지만, 욕망으로 흐려진 눈을 찢어져라 크게 떠버리기 마련이다. 그렇게 되면 인간은 성욕으로 그 어떤 때보다 더 대책 없는 상태로 빠져들게 된다. 이제 머릿속에서 제멋대로 자라나는 상상은 걷잡을 수가 없다. 끊임없는 변화와 반복을 요구하는 강박이 인간을 굴복시킨다. 이미 그가 여러 번의 경험을 통해서 잘 알고 있듯이 일단 그런 강박에 사로잡히면 모든 것이, 인간이 영원히 붙들어놓고 싶어하는 사랑하는 사람의 형상조차도, 허공에 산산이 흩어지고 만다. 그런데 참으로 신기하게도, 그가 인식하기에 광증과 실제로 맞닿아 있는 것이 분명한 그런 상태에서 벗어나는 방법은, 상상으로 만들어낸 검은색 나폴레옹식 사령관 모자를 그 자신의 자의식 위에 씌워주는 일이다. 그런데 바로 이 순간 그에게 가장 필요 없는 사물이 바로 그런 사령관 모자다. 왜냐하면 이 호수 위에서 그들은 그야말로 육체가 거의 없는 상태에 가깝기 때문이며, 그들 개개인의 무의미성을 통찰할 수 있을 정도로 자연에 걸맞은 혜안을 갖게 되었기 때문이다.

K 박사가 평소의 소망을 담아 만들어낸 이론 강연이 끝난 후, 이들은 그 내용에 어울리도록 다음과 같은 사항에 합의했다. 즉 앞으로 다른 어느 누구에게도 상대편의 이름을 누설하지 않고, 사진이나 쪽지, 그 어떤 메모도 주고받지 않을 것이며, 앞으로 며칠 뒤 이들이 서로 헤어져야 할 날이 닥쳤을 때 아무런 말 없이 상대편을 그냥 홀가분하게 놓아주기로 말이다. 하지만 그건 약속처럼 그리 간단하지만은 않았다. 작별하는 순간 K 박사는 제노바 소녀가 많은 사람 앞에서 훌쩍거리는 걸 막기 위해 갖가지 우스꽝스러운 행사를 치러야 했다. 마침내 K 박사가 증기선 선착장까지 데리고 간 그녀가 불안한 걸음걸이로 좁다란 트랩을 지나 배 위로 올라서는 장면을 지켜보았을 때, 문득 며칠 전 저녁의 일이 떠올랐다. 그들은 우연히 몇몇 다른 이와 함께 있었는데, 그중 매우 부유하고 매우 우아하면서 젊은 한 러시아 여인이 한편으로는 권태롭고 한편으로는 극도의 좌절감으로 말미암아—우아한 사람들은 그렇지 못한 사람들 사이에 있을 때면 항상 패배할 수밖에 없는 입장이고 그 역은 훨씬 드물게 성립하는 법이니까—카드를 꺼내어 탁자에

펼쳤던 것이다. 흔한 일이지만 사람들이 뽑아든 카드는 대부분 별 의미를 말해주지 못했을 뿐 아니라 진지하게 받아들일 만한 내용도 아닌, 어쩐지 장난처럼 보이는 것이었다. 하지만 제노바 소녀의 순서가 되자 그녀가 뽑아든 카드들은 모두 한결같이 명백하게 한 가지 운세를 내보였다. 러시아 여인이 설명하기를, 그것은 제노바 소녀가 일생 동안 소위 결혼 상태라고 하는 단계에 이르지 못하리라는 예언이라고 했다. 그 순간 K 박사는 참으로 기묘하다는 생각이 들었다. 하필 다른 여인도 아닌 그 소녀, 현재 그의 연모를 한몸에 받고 있으며, 그녀가 그를 처음으로 바라보던 순간 영롱한 물빛 눈동자에 사로잡힌 나머지 이후 그가 마음속으로 항상 인어 여인이라고 부르던 그런 소녀에게 일생에 걸친 독신의 운명이 점괘로 나와버리다니, 처녀로 늙어 죽기에 어울리는 면모를 전혀 갖추지 않았는데. 아니, 단 한 가지 그럴 만한 예외가 있다면 그건 머리 모양일 거야, 그래, 그건 인정할 수밖에 없겠지, 하고 그는 오른손을 뱃전에 가만히 기댄 그녀가 왼손을 들어 그에게 최후의 인사로 허공에다 무엇인가 서툴고 불분명한 손짓을 만들어 보이는 광경을 지켜보며 생각했다.

증기선은 선착장을 떠나 무적을 여러 번 울리며 호수를 향해 몸을 틀고 나아가기 시작했다. 물의 여인 운디네는 여전히 뱃전에 기대어 꼼짝없이 서 있다. 모습을 알아보기 어려워질 때까지. 마침내 배는 거의 보이지 않을 정도로 멀리 가버리고, 단지 수면에 만들어진 하얀 물보라만이, 점차 꺼져가는 흔적이 되어 남아 있을 뿐이다. K 박사는 요양소로 돌아오면서 문득 이런 확신이 들었다. 그 카드점을 칠 때, 숫자만 나와 있는 카드들이 아닌, 숫자와 사람이 함께 새겨진 카드들은 매번 그와 최대한 멀리 떨어진 채 한구석에 몰려서 나타났는데, 그것은 분명 K 박사 자신의 운세를 암시해준 것이리라. 그렇다, 한번은 카드에 딱 두 사람만 나와 있었고, 또 한번은 아예 한 명도 없기조차 했는데, 보기 드문 예외가 분명한 그 점괘가 나오자 카드를 나누던 러시아 여인이 그를 치훑으면서 말하기를, 그는 리바의 요양객 중 유례가 없을 정도로 더없이 독특한 인물임에 틀림없다고 했다.

물의 여인이 돌아가버린 다음날 이른 오후 K 박사는 그 시각의 습관대로 자리에 누워 휴식을 취하는 중이었는데, 그의 방 앞 복도를 분주하게 오가는 다급한 발걸음 소리를 들었다. 잠시 후 소리가 사라지고 평온한 일상의 고요가 찾아오는가 싶었지만 다시금 새로운 발소리가, 이번에는 반대 방향으로 향하며, 정적을 뒤흔들었다. 늘 조용하기만 한 요양소의 질서를 깨뜨리는 이 소란의 원인이 무엇인지 알아보려고 K 박사가 방문을 열고 밖을 내다보자, 흰 가운을 펄럭이면서 막 모퉁이로 사라지는 하르퉁겐 박사와 그뒤를 따르는 두 간호사의 모습이 눈에 들어왔다. 그날 오후 늦은 시각, 요양소의 모든 병실에 독특하고도 조심스러운 분위기가 흘렀으며 차 마시는 자리에서는 직원들도 극도로 말을 아끼는 기색이 역력했다. 요양소의 투숙객들은 마치 부모에게 침묵으로 벌을 받는 아이들처럼 모종의 당혹감이 담긴 눈빛을 서로 교환할 뿐이었다. 저녁 식탁, K 박사의 오른쪽, 식사시간이면 항상 곁에 앉아 어느새 친근함과 호감을 불러일으키는 상대가 되었고 그래서 제노바 소녀가 떠나버린 지금 허전함을 메워주리라고 K 박사가 은근히 기대했던 경기병부대 퇴역 장군 루트비히 폰 코흐의 자리는 비어 있었다. 이제 K 박사와 같은 식탁에서 식사를 하는 사람은 아무도 없었다. 마치 전염성 고통이라는 천형을 받기라도 한 것처럼, 오직 혼자서 접시를 마주하고 있을 뿐이다. 다음날 아침이 되자 요양원에는 헝가리의 노이지들 출신 육군소장 루트비히 폰 코흐가 전날 이른 오후에 사망했다는 고지가 나붙는다. K 박사는 하르퉁겐 박사에게 찾아가 자세한 사정을 알려달라고 졸랐고, 폰 코흐 장군이 오래전부터 소지하고 다니던 자신의 군사용 권총을 이용해 스스로 목숨을 끊었다는 사실을 듣게 된다. 하르퉁겐 박사가 어수선한 몸짓까지 섞어 설명해준 바에 따르면, 불가사의하게도 코흐 장군은 심장과 머리를 동시에 관통하도록 총을 발사하는 데 성공했다는 것이다. 사람들이 도착했을 때 장군은 안락의자에 앉은 채로 죽어 있었고, 무릎 위에는 그가 항상 읽던 소설책이 펼쳐진 채로 놓여 있었다고 했다.

10월 6일 리바에서 거행된 그의 장례식은 참으로 쓸쓸했다. 장군은 아내도 자식도 없었고, 유일한 친척은 장례식에 참석할 수 있을 만큼 적시에 소식을 통보받지 못했다. 하르퉁겐 박사와 간호사 한 명, 그리고 K 박사가 유일한 조문객이었다. 마지못해 자살자의 장례를 주도하게 된 목사는 자신의 임무를 최대한 대충대충 해치웠다. 추도사도 오직 한마디뿐이었다. 대자대비하신 분이여, 지금 침묵하는 이 서글픈 영혼에게 ─ 목사가 두 눈을 부릅뜬 채 질타하는 목소리로 말하기를, 오직 침묵하며 서글퍼할 뿐인 이 남자에게 ─ 영원한 안식을 허락하소서. 이후 몇 마디 웅얼거리는 기도와 함께 장례식이 끝났고, 목사의 더없이 소박한 기도 내용에 적극 동조하는 마음이었던 K 박사는 약간의 거리를 두고 하르퉁겐 박사를 뒤따라 요양원으로 돌아왔다. 그날 10월의 햇살이 유난히 따뜻하게 비추었으므로 K 박사는 모자를 벗어 손에 들고 있어야 했다.

K 박사가 종종 홀로 생각했듯이, 리바에서 보낸 그 가을은 아름다우면서도 충격적이었다. 그 시기의 일들은 이후 수년의 세월이 흘러서도 K 박사의 기억에 길고 어두운 그늘을 남기며 사라지지 않았다. 마음의 흐릿한 그늘 속에서 점차 형체를 드러내며 나타난 것은 불가사의할 정도로 높다란 돛대와 불길하게 주름진 돛을 단 범선의 윤곽이다. 범선

이, 마치 물 위로 들어올린 채 운반되는 것처럼, 소리도 없이 리바의 조그만 항구로 들어서는 데는 삼 년이라는 시간이 걸린다. 어느 이른 아침, 범선은 항구에 정박한다. 푸른색 가운을 입은 남자가 배에서 내려 닻줄을 고리에 고정시킨다. 은단추가 달린 검은 윗도리를 입은 두 남자가 뒤에서 들것을 운반해 나오는데, 들것의 커다란 꽃무늬 덮개 아래에 누운 것은 사람의 몸이 분명하다. 그 몸의 주인은 사냥꾼 그라쿠스다. 이미 자정 무렵에 수탉만큼 몸집이 큰 비둘기가 창을 통해 침실 안으

로 날아와 귓가에 대고 직접 알려주었으므로, 리바의 시장인 살바토레는 그가 도착한다는 소식을 알고 있다. 비둘기는 말했다, 내일 사냥꾼 그라쿠스의 시신이 도착하니 이 도시의 이름으로 그를 맞이하라고. 잠시 생각에 잠겨 있던 살바토레는 일어나서 필요한 것들을 준비하라고 지시해두었다. 그리하여 이 이른 시각, 지팡이를 끼고, 그리고 검은 장갑을 낀 오른손으로 검은 상장을 두른 실크해트를 들고 시청으로 들어서면서 그는 자신의 지시가 충실히 이행된 것을 확인하고는 만족스러운 기분을 느낀다. 긴 복도 양측에는 이미 소년 열다섯 명이 도열해 있고, 청사의 꼭대기층 맨 뒷방에는, 이미 청사 입구에서 그를 맞이한 선장이 미리 말해주었듯이, 사냥꾼 그라쿠스가 안치되어 있다. 아무렇게나 무성하게 자란 봉두난발 머리칼, 텁수룩한 수염, 그리고 갈색으로 그을린, 아무런 표정도 읽을 수 없을 정도로 거칠고 투박해진 피부에 싸인 한 남자.

그날 사냥꾼과 리바의 시민 대표 사이에 오간 회담의 유일한 증인인 우리 독자들은, 사냥꾼 그라쿠스가 어떤 인생을 살았는지 아는 바가 많지 않다. 알려진 것은 단지 그가 오래전에, 까마득하게 오래전에, 당시만 해도 숲을 흔하게 돌아다니던 늑대들을 몰아내라고 슈바르츠발트에 파견된 사냥꾼이었으며, 어느 날 영양을 쫓다가―이 부분이야말로 지금껏 들어본 그 어떤 이야기보다 더욱 독특하게 날조된 허위라는 생각이 들지 않는가?―실수로 절벽에서 떨어져 죽었는데, 그를 저세상으로 실어다주어야 할 배의 키잡이가 그라쿠스의 고향 숲의 지독히 아름다운 어두운 초록빛 전경에 일순 마음을 빼앗기는 바람에 방향을 잃어버렸고, 그리하여 이후로 그라쿠스는 영영 안식에 다다를 수 없는 몸이 되었으며, 그라쿠스 자신의 입으로 전하는 대로, 이 세상의 모든 물과 물을 떠다니며 한번은 이 항구, 한번은 저 항구에서 상륙을 시도해왔다는 것이다. 그런데 애초에 누구의 잘못 때문에 그가 이러한 엄청난 불행을 영원히 짊어지게 되었는지, 그리고 도대체 잘못이라면 그것이 어떤 잘못인지는 전혀 설명하지 않는다. 하지만 이 이야기를 구상한 작가가 다름아닌 K 박사이므로, 나는 결코 항해를 끝낼 수 없는 사냥꾼 그라쿠스의 영원한 방랑이 의미하는 것이 사랑의 갈망에 대한 속죄라는 생각이 든다. K 박사는 그 자신이 펠리체에게 보낸 수많은 박쥐-편지*에 썼듯이, 언제나 외양으로도 그리고 법적으로도 향유의 여지가 없는 그런 지점에서만 사랑의 불길에 휩싸였기 때문이다. 모호하게만 들리는 이러한 마음의 상태를 좀더 명확한 어휘로 설명하기 위해 K 박사는 "그저께 밤"이라는 단어로 어느 에피소드를 시작한다. 그 에피소드에는 프라하에 사는 유대인 서점 주인의 아들이며 이미 마흔 살은 족히 된 남자가 정당하지 못한 열정의 화신으로 등장하는데, 그 정당하지 못한 열정이야말로 그가 편지에서 말하고 싶어하는 것의 정체다. 끌리는 점이라고는 아무데도 없고 도리어 비호감을 자아내는 편인 이 남자는 일생 동안 단 한 번도 성취나 만족을 맛보지 못했고 아버지 소유의 좁다란 서점 안에서 온종일 지내면서 벽에 걸어둔 기도용 천의 먼지를 털거나, K 박사가 직접 묘사했듯이, 대개는 점잖지 못한 음란한 내용의 책들 틈새로 골목길을 내다보면서 살아가는 사람이다. 이 불쌍한 인간

---

* 질 들뢰즈와 펠릭스 가타리의 『카프카—소수적 문학을 위하여』에 나오는 문장 "편지들은 박쥐와 같다"를 암시하는 조어다. 이들은 카프카가 편지 쓰기라는 '흡혈 행위'를 통해 자신의 창조력을 키웠다고 분석했다.

은, K 박사에게도 낯설지 않은 사실이지만, 스스로를 독일인이라 여기고 그래서 매일 밤 저녁식사를 마친 후 독일인 클럽에 간다. 독일 카지노 클럽의 회원으로서 하루의 마지막 시간을 그곳에서 자신의 환상에 취한 상태로 보내기 위해서다. K 박사는 펠리체에게 썼다, 그런데 그저께 밤 있었던 어떤 에피소드에서 그 별 볼 일 없는 인간이, 너무도 기이하여 K 박사 스스로도 온전히 납득이 가질 않지만, 바로 그를 매혹에 떨게 한 당사자였노라고. 그저께 밤 나는 우연히 그 남자가 집을 나서는 장면을 보게 되었습니다, 하고 K 박사는 썼다. 그는 나를 향해서 걸어왔습니다. 그런데 그 모습이, 내가 기억하고 있는 한창 젊었던 시절의 그와 똑같이 느껴진 겁니다. 그의 등은 유난히 넓었고 걷는 모양새는 독특하게 건장해 보였는데, 실제로 체격이 건장한 것인지 단순히 덩치만 지나치게 큰 것인지 잘 구별할 수가 없습니다. 어쨌든 그는 뼈대가 상당히 굵은데다가 이를테면 아래턱이 매우 발달한 체형인 게지요. 당신, 이해할 수 있나요, 하고 K 박사는 썼다. 이해할 수 있나요(제발 대답해줘요!), 왜 내가 은밀한 욕망에 몸을 떨면서 첼트너가세 골목 끝까지 이 남자를 따라갔는지, 왜 그의 뒤를 따라 배수로로 접어들었는지, 그리고 그가 독일인 클럽의 출입구 안으로 사라지는 것을 왜 말할 수 없는 쾌감에 젖은 채 지켜보았는지.

이 부분에서 K 박사는, 충족되지 못한 채 남아 있는, 인정하고 받아들일 수밖에 없는 애틋한 욕망에 대한 그리움을 거의 고백한 것이나 마찬가지다. 하지만 그는 갑자기 시간이 늦었다는 이유를 들어 편지를 서둘러 끝냈는데, 그 편지의 처음에 그는 펠리체의 여조카 사진 이야기를 하며 다음과 같은 언급을 했었다. 그렇습니다, 이 아이는 정말이지 사랑을 받을 수밖에 없습니다. 사진을 찍는 순간 아틀리에에서 어떤 끔찍하고 무서운 사건이라도 목격한 듯 두 눈에 두려움이 가득 담긴 아이. K 박사에게는 세상에서 가장 끔찍하고 소름끼치는 두려움이 사랑의 두려움이지만, 그 순간 아이에게서 그 두려움을 거두어주기 위해서는 어떤 종류의 사랑이라도 무조건 필요한 것이 아니었을까? 다른 무엇보다도 스스로 삶을 떠나갈 능력이 가장 부족한 인간이, 침대에 누워서만 치유가 가능한 병에 걸렸고, 그에게 궁극의 구원을 베풀어줄 시장을 마주하게 된다면, 사냥꾼 그라쿠스가 그랬던 것처럼, 황홀한 무아지경 속에서 미소를 지으며 시장의 무릎에 손을 올리는 행위를 어떻게 피할 수가 있겠는가.

귀향

1987년 베로나에서 이런저런 글쓰기에 몰두하며 여름의 막바지를 보냈지만 겨울까지 그곳에서 계속 머물 수는 없었으므로 10월 한 달은 브루니코 한참 위쪽 숲 주변에 있는 호텔에서 묵었다. 회색빛 눈구름 사이로 그로스베네디거 산봉우리가 이루 말할 수 없이 신비스럽게 드러나던 어느 오후, 나는 영국으로 돌아가기로 마음먹었고 떠나기 전 어린 시절 이후 한 번도 찾지 않았던 W를 잠시 들르기로 했다. 인스브루크에서 샤트발트 방향으로 가는 교통편은 하루에 한 번 운행하는 버스뿐, 게다가 내가 알아볼 수 있었던 정보로는 아침 일곱시에 출발했으므로, 결국 브렌네르 고개를 경유하여 오전 네시 반경 인스브루크에 도착하는, 불쾌한 기억으로 남아 있는 야간 급행버스를 탈 수밖에 없었다. 인스브루크에 갈 때마다 그곳 날씨는 계절에 상관없이 최악이었는데,

그날도 우중충하기 짝이 없었다. 기온은 오 도나 육 도를 결코 넘지 않는 듯했고, 무거운 구름이 너무도 낮게 드리워서 집들의 지붕을 가릴 정도였으며 당연히 아침노을도 볼 수 없었다. 게다가 비까지 주룩주룩 내렸다. 그러므로 시내로 들어가거나 인 강변을 따라 산책을 한다는 것은 애초부터 불가능했다. 나는 텅 빈 역 광장을 내다보았다. 번들거리는 검은 포도 위를 가끔씩 느리게 지나가는 자동차는 바다 깊은 곳으로 후퇴한, 이미 멸종되었다고 알려진 어떤 양서류의 최후 개체처럼 보였다. 개표소도 전부 문을 닫았고 소매 없는 우의 차림의 체구가 작은 남자 하나가 있을 뿐이었다. 물방울이 뚝뚝 떨어지는 우산을 카빈총이라도 되는 듯 끝을 위로 하여 어깨에 걸친 그 남자는 절도 있는 걸음걸이로 왔다갔다하면서, 마치 무명 병사의 묘지를 지키는 순찰병처럼, 일정한 거리에 이르면 규칙적인 동작으로 몸을 돌려 방향을 바꾸었다. 어디서 오는지는 알 수 없지만 노숙인들이 하나둘 나타났다. 모두 열댓 명이 모여들었는데 그중 하나는 여자였다. 거기다 놀랍게도 괴서 맥주 한 상자가 마술처럼 나타나 노숙인들 한가운데에 자리잡았다. 지도상의 국경을 훌쩍 뛰어넘어 통용되는, 전체 티롤 지방 특유의 극단적 음주 문화라는 특성으로 강하게 결속된 이들 인스브루크의 노숙인은 이제 막 시민적 삶으로부터 떨어져나온 사람부터 완전히 망가진 상태에 다다른 사람까지 골고루 섞여 있었는데, 한 모금씩 들이켜면서 일제히 철학적인, 심지어 신학적인 열변을 토했으며, 하루하루 있었던 소소한 사건들을 비롯하여 그 일들이 일어난 배경과 원인까지 죄다 덧붙여 떠들어댔고, 그중 특히 목청이 큰 몇몇은 한창 말하는 도중에 자꾸만 말문이 막혀 문장을 끊어먹는다는 특징이 있었다. 노숙인들이 보여주는 더없이 과장된 연극적 호들갑과 단정적인 말투 때문에 그들의 열변은 격한 토론처럼 보였으며, 누군가 한껏 경멸의 표시로 쳐대는 손사래조차, 마음을 적당한 언어로 표현하지 못해 나온 행동임에도, 보통의 무대 배우들에게는 전혀 알려지지 않은 어떤 미지의 특별한 예술기법이라는 인상을 주었다. 아마도 그것은 노숙인들이 예외 없이 오른손에 맥주병을 들고 있던 탓에 왼손만으로 몸짓 연기를 할 수밖에 없는 상황에 기인한 것이리라. 그들을 한참 관찰하고 있자니, 배우들을 교육할 때 처음 한 일 년간 오른손을 등뒤로 묶어놓고 연기 훈련을 쌓게 하는 것도 의미 있으리라는 생각이 들었다. 그렇게 노숙인들을 지켜보는 사이 어느새 역 안을 바삐 왔다갔다하는 출근자들 수가 점차 늘어났고, 노숙인들은 하나둘 어디론가 흩어져버렸다. 정각 여섯시가 되자 티롤 분위기를 물씬 풍기는 식당들이 문을 열었다. 역 구내식당의 삭막함이 익숙하기는 했지만 이곳의 삭막함은 내가 아는 그 어떤 구내식당보다도 더욱 압도적이었다. 식당에서 모닝커피를 주문하고 『티롤러 나흐리히텐』을 뒤적였는데, 티롤 커피와 티롤 신문 둘 다 내게 어쩐지 호의적이지 않다는 느낌이 들었다. 거기다 웨이트리스에게 티롤식 치커리 커피*에 대해, 적어도 내 생각으로는 그다지 기분 나쁘지 않을 수위에서 한마디하자 웨이트리스가 아주 적대적인 표정을 지으며 사납게 대꾸했는데, 원래 나쁜 일은 연이어서 온다는 말을 생각하면 그다지 이상할 것도 없었다.

밤새도록 잠을 설치며 버스를 타고 온데다 온몸이 꽁꽁 얼어 있는

---

* 치커리 뿌리를 덖은 차. 커피 맛과 유사해서 유럽에서는 전쟁중 물자 공급이 용이하지 않을 때 특히 선호되었다.

상태에서 마주친 인스브루크 웨이트리스의 호전적인 뻔뻔스러움은 독처럼 신경을 파고들었다. 그녀의 입에서 나온 철자들이 눈앞에서 흔들리면서 이리저리 돌아다니는 바람에 내면이 온통 차갑게 굳어버리는 듯한 느낌을 몇 번이나 맛보았다. 버스를 타고 시내를 빠져나올 즈음에야 서서히 마음이 풀렸다. 여전히 빗줄기는 억수같이 쏟아졌고, 자욱한 비안개 덕분에 가까운 건물들조차 겨우 윤곽을 알아볼 수 있을 정도였으며 그 뒤편의 산들은 어디 있는지 형체조차 보이지 않았다. 버스가 정류장에 멈추자 검은 우산을 쓰고 길가에 일정한 간격으로 서 있던 늙은 여인 중 한 명이 올라탔다. 정류장을 지나칠 때마다 이렇게 올라탄 늙은 티롤 여인들은 곧 무리를 이루었고, 어린 시절에 많이 들어서 익숙한, 새가 지저귀듯 목 안쪽에서 끓어오르는 사투리로 끊임없이 이야기를 나누었는데, 그 내용은 요즘 비가 매일 쏟아지는 바람에 이 지역 전체의 산비탈 지반이 불안해졌다는 것이 대부분, 아니 전부라고 해도 좋을 정도였다. 땅 위에서 썩어가는 건초와 땅속에서 썩어가는 감자도 주된 걱정거리였으며, 그밖에도 벌써 삼 년째 아무런 결실을 맺지 못하고 있는 까치밥나무 열매, 올해는 8월 초가 되어서야 겨우 개화를 시작하는 바람에 지금 꽃이 핀 상태로 속절없이 온통 비에 젖기만 하는 딱총나무, 그리고 먹을 만한 열매는 하나도 거두지 못할 것이 분명해 보이는 사과 수확에 대해서도 부지런히 화제에 올렸다. 사람들이 버스 안에서 점점 태양광과 온기가 줄어들며 시들시들해지는 날씨에 대해 이야기하고 또 이야기하는 동안 바깥 날씨는 서서히, 하늘의 구름이 처음에는 아주 약간이었지만 점차 더욱더 많이 걷히면서, 조금씩 맑게 개고 있었다. 어느덧 인 강의 모습이 눈에 들어왔다. 여기저기 넓게 펼

처진 자갈밭들 사이로 곡류를 이루는 물줄기를 지나니 아름다운 초록빛 풀밭도 나타났다. 해가 구름 사이로 모습을 드러내면서 하늘 아래 풍광 전체가 광채를 받아 영롱하게 빛나기 시작하자, 티롤 여인들은 하나둘 입을 다문 채 창밖으로 스쳐가는 기적 같은 자연의 자태를 말없이 쳐다보기만 했다. 나도 그들과 별반 다르지 않았다. 눈에 들어오는 모든 사물과 풍경은—우리는 그때 인 계곡을 빠져나와 페른파스 협로를 향하는 중이었는데—새로 칠을 해놓은 듯 더없이 신선했으며, 자욱한 연무가 피어오르는 숲과 새하얀 구름이 높이 떠 있는 파란 하늘의 그림 같은 모습은, 남쪽에서 막 도착해 몇 시간 동안 티롤 지방의 우중충함에 질려하던 나에게 무슨 계시의 광경처럼 느껴졌다. 한번은 초록빛 들판을 돌아다니는 하얀 닭 몇 마리가 눈에 들어왔는데, 닭들은 비가 그친 지 얼마 되지 않았는데도, 주인의 집에서—그들의 작은 체구를 감안할 때—엄청나게 먼 거리까지 와 있었다. 안식처에서 멀리, 망망한 들판 한가운데로 용감하게 걸어나온 작은 닭 무리에 어째서 그토록 깊은 감명을 받았는지, 지금도 알지 못한다. 그 일뿐만 아니라 때때로 어떤 특정한 사물이나 광경을 마주하면 큰 감동의 물결이 마음속에서 소용돌이치는데, 도대체 어떤 점이 감정을 그토록 뒤흔드는 것인지 스스로도 설명할 길이 없다. 우리가 탄 버스는 점점 더 높이 올라갔다. 산비탈에는 낙엽송들의 눈부신 색채가 불꽃처럼 현란했으며 산 정상에서 꽤 낮은 아래쪽 지역까지 눈이 내렸던 흔적이 있었다. 버스는 페른파스 협로를 가로질러 달렸다. 바윗돌로 이루어진 산비탈이 무너질 때마다 마치 머리카락 사이를 파고드는 손가락처럼 아래쪽 숲속에 쑥쑥 떨어져 박히는 낙석들이 놀라웠으며, 물안개에 싸인 채 희미하고 느릿하게, 적어도 내가 알아차릴 수 있는 한에서는 전혀 형체의 변화 없이 절벽 위에서 낙하하고 있는 시냇물도 마찬가지였다. 급커브 길목에서 버스가 몸체를 돌릴 때는 차창 밖으로 고개를 내밀고 까마득한 협곡을 내려다보았는데, 계곡 아래에는 어린 시절 우리 가족이 운전기사 필이 모는 170 디젤 자동차를 타고 처음 티롤 지방으로 소풍을 왔던 날 세상에 존재할 수 있는 모든 아름다움의 완전한 결정체로 내게 각인되었던 페른슈타인 호수와 사마랑거 호수가 암녹색 수면을 드러내고 있었다.

정오 무렵―티롤 여인들은 벌써 로이테, 바이센바흐, 할러, 탄하임, 그리고 샤트발트 등의 정류장에서 내린 뒤―마지막 남은 유일한 승객인 나를 태운 버스는 오버요흐의 국경 검문소에 도착했다. 그사이 날씨는 한번 더 바뀌어 있었다. 점점 무거워지는 짙은 구름으로 잔뜩 뒤덮인 탄하임 계곡은 그늘 속에 어둡게 가라앉아 신에게 버림받은 음울한 장소라는 인상을 주었다. 그 어디에도 움직이는 모습이라고는 찾아볼 수 없었고, 계곡 안쪽을 향해 끝을 알 수 없게 아득히 이어지는 도로 위에도 자동차 한 대 보이지 않았다. 계곡 한쪽에는 안개에 가린 산들이 벽을 이루었고 다른 쪽은 축축한 늪지가 펼쳐졌는데, 늪지 뒤편에는 필스 강의 지반이 융기하여 솟아난 지대 위로 오직 검푸른색 가문비나무들만이 모인 프론텐 숲이 원추 모양으로 형성되어 있었다. 마리아 라인에 산다는 국경 검문소의 담당 공무원은 퇴근길에 W에 들러서 내 가방을 엥겔비르트*에 떨어뜨려주겠다고 약속했다. 궂은 날씨밖에 기대

---

* '천사 여관'이라는 뜻의 독일어.

할 게 없는 이 계절에 대해 그와 몇 마디 한탄을 나누고 난 다음, 덕분에 훨씬 가볍고 작은 가죽 배낭 하나만 어깨에 메고 국경의 늪지대를 건너 크루멘바흐 방향으로 알프슈타이크 협곡을 내려간 후, 운터요흐와 파이퍼뮐레를 지나 W로 진입하는 엥게 플레트로 접어들었다. 알프슈타이크 협곡은 도저히 한낮이라고는 믿기 힘든 어둠에 싸여 있었다. 단지 내 왼편 시냇물, 길에서는 보이지 않는 물줄기 위로 희미한 빛이 허공에 떠 있을 뿐이었다. 큰 가지가 없는, 칠십 년이나 팔십 년은 되어 보이는 가문비나무들이 산비탈에 들어서 있었다. 협곡 가장 밑바닥에서 자라난 나무들조차 길이 나 있는 산중턱보다 훨씬 더 높이 암녹색 가지 끝을 치켜들고 있었다. 위쪽에서 불어온 바람이 나무를 살짝 흔들 때마다 나뭇잎에 고여 있던 물방울이 비처럼 흠뻑 쏟아져내렸다. 중간중간 빛이 스며드는 장소에는 이미 오래전 잎사귀가 모두 떨어져버린 너도밤나무가 한두 그루씩 자라나 있었는데, 가지와 몸통은 일 년 내내 지속되는 습기로 시커멓게 변해 있었다. 계곡 아래쪽에서 흐르는 물소리 외에는 그 어떤 소리도 들리지 않았고 새 한 마리 울지 않았으며, 오직 고요뿐이었다. 점점 가슴이 답답해지는 느낌이 협곡 아래로 내려갈수록 더욱 강렬해졌고, 동시에 주변이 더욱 어두워지고 공기는 더 차가워지는 듯했다. 협곡을 반쯤 내려오면 사람들이 폭포와 물웅덩이를 내려다보거나 반대로 하늘을 올려다볼 수 있는, 일종의 연단처럼 생긴 탁 트인 장소가 있는데, 그곳에서 계곡의 풍경을 둘러보니 특별히 어느 방향이 더 그렇다고 판단할 수 없을 정도로 모든 것이 섬뜩하고 기괴했다. 나는 끝 모르고 치솟아 있는 나무들 사이로 하늘을 올려다보았다. 짙은 납빛으로 가라앉은 허공에서는 이미 눈보라가 시작되고 있었지만 휘날리는 눈송이들이 협곡 안으로 밀고 들어오지는 못했다. 협곡의 나머지 절반을 다 내려오자 크루멘바흐의 초원지대가 펼쳐졌다. 숲의 짙은 어둠 속에서 빠져나오기 직전 가장 끝에 있던 나무 그늘 아래 한참 동안 선 채, 흰색과 밝은 회색으로 흩날리며 천지를 가득채우고 있는 눈을 황홀하게 바라보았다. 그 어떤 소리도 없이 고요하게 내리는 눈은 축축하고 황량한 들판 위에서 자신의 미약한 색채마저 완전히 꺼뜨리고 있었다. 숲 경계에서 멀지 않은 곳에 크루멘바흐 예배당이 있는데 너무 규모가 작아서 한 다스 이상의 사람들이 한 번에 예배를 드리거나 묵상에 잠기는 것은 불가능해 보였다. 잠시 동안 담장으로 둘러싸인 예배당 건물 안에 들어가 앉았다. 손바닥만한 창으로 바깥에서 펄펄 날리는 눈송이들을 바라보고 있으니 배를 타고 망망대해 한가운데를 항해하고 있는 느낌이 들었다. 예배당 내부의 습기찬 석회 냄새는 바다 냄새로 바뀌었다. 거센 해풍이 이마를 후려쳤고 땅바닥은 파도에 마구 흔들리는 갑판이 되어 있었다. 바다는 산맥들 너머로 범람하며 아득한 저편에서 넘실댔고, 나는 바다를 항해하는 여행자였다. 사방의 벽이 목선으로 변하는 환각도 남달랐지만, 크루멘바흐 예배당에서 본 것 중 가장 기억에 남는 것은 이미 절반은 곰팡이로 뒤덮여 엉망으로 망가진, 18세기 중엽 어느 솜씨 없는 화가가 그린 것이 분명한 십자가를 지고 가는 그리스도 수난화였다. 어느 정도 온전하게 남아 있는 그림의 나머지 절반도 명확하게 알아볼 수 있는 부분은 고통과 분노에 일그러진 얼굴들, 비틀린 신체, 그리고 내리칠 것처럼 치켜든 팔 하나 정도가 고작이었다. 어두운색으로 처리된 의복들은 마찬가지로 형체를 분간하기 힘든 배경에 섞여들어 있었다. 그래서 그림을 마주하고 일단 식별할 수 있는 것들만 보고 있자면, 이리저리 분리된 얼굴들과 손들이 어둠 속을 둥둥 떠다니며 치고받는 유령의 전쟁터가 연상되었다. 어린 시절 나를 항상 데리고 다녔던 할아버지는 이곳 크루멘바흐 예배당에도 데리고 왔을까. 예전이나 지금이나 나는 전혀 기억해낼 수가 없다. 하지만 크루멘바흐 예배당과 같은 종류의 유사한 교회 건물은 W 근처에 수도 없이 많이 널려 있고, 그런 교회에서 내가 보았던 또는 느꼈던 인상 다수가 내 의식 깊은 곳에 남아 있을 것이다. 잔혹한 성화들이 자아내던 공포스러운 기억과 더불어 당시 교회 안을 채우고 있던 완전한 고요와 정적을 다시 한번 느껴보고자 하는, 하지만 영원히 이루어지지 못할 갈망의 형태로 말이다. 눈보라가 좀 잠잠해지자 나는 다시 길을 나섰다. 브랜테를 지나 크루멘바흐 시내를 따라 운터요흐까지 가서 그곳의 히르슈비르트* 식당에서 잠시 몸을 녹인 뒤, 왔던 길보다 두 배는 더 남은 도보여행에 필요한 에너지를 비축하기 위해 빵을 곁들인 수프를 먹으며 반 리터들이 티롤 맥주를 마셨다. 식사를 하면서, 아마도 크루멘바흐 예배당에서 본 초라한 성화의 영향 때문이겠지만 티에폴로를 떠올리지 않을 수가 없었다. 티에폴로는 1750년 가을 두 아들 로렌초와 도메니코를 데리고 베네치아를 떠나 브렌네르 고개를 넘는 길에 치를에서 만난 사람들의 충고를 듣고, 호수를 건너 티롤을 떠나는 대신 서쪽으로 텔프스를 거쳐 소금마차 행렬을 따라 페른파스 협로와 가이히트파스 협로를 넘어 탄하임 계곡을 통과한 뒤 오버요흐와 일러 계곡을 건너 저지대로 나아가기로 했는데, 나는 이 경로에 오래전부터 사로

---

* '사슴 여관'이라는 뜻의 독일어.

잡혀 있었다. 당시 티에폴로는 분명 예순 가까이 되었고 게다가 통풍까지 앓고 있었다. 그런 그가 찬바람 부는 겨울날 뷔르츠부르크 궁전 천장 겨우 반 미터 아래에 설치된 받침대 꼭대기에 누워 있다. 회반죽과 물감이 튀어 범벅이 된 얼굴을 하고 오른팔의 통증을 이를 악물고 참으면서 다른 손으로 점 하나하나에 젖은 회반죽을 바르는, 세계적인 예술품이 될 거대한 천장화에 도료를 꼼꼼히 칠하고 있는 모습이 눈앞에 떠오른다. 아마도 같은 해 겨울 크루멘바흐의 화가도, 세계적인 대작을 그려낸 티에폴로에 못지않은 노력과 열성을 기울여 열네 점으로 이루어진 그리스도 십자가 수난화 연작에 전력을 다했을 것이다. 티에폴로의 모습과 크루멘바흐의 화가를 골똘히 생각하며, 이미 오후 세시가 되었을 즈음, 조르크슈로펜 산과 조르크알페 산 아래 들판을 지나 파이퍼 밀레 바로 앞 도로에 도착했다. 여기서부터 W까지는 한 시간 남짓이면 충분했다. 엥게 플레트에 도착하니 해가 막 저물고 있었다. 왼편에는 강이 흘렀고 오른편에는 물방울이 뚝뚝 떨어지는 바위 절벽이 있었다. 20세기가 시작될 무렵 사람들은 여기 이 바위 절벽을 폭파하여 도로를 냈다. 이제 앞쪽으로 보이는 것은, 조금의 미동도 없이 높이 버티고 선 검은 전나무 숲이 전부였다. 나는 그 숲을 뒤로하고 계속 걸어갔다. 이 마지막 남은 길은 말 그대로 끝없이, 기억 속 장면과 똑같은 모습으로 앞쪽으로 쭉 뻗어 있었다. 엥게 플레트에서 1945년 4월, 전시 막바지에 이른바 최후의 전투가 벌어졌다. 그 전투에서 로젠하임 출신 스물네 살 알로이스 티메트, 슈투트가르트 출신 마흔한 살 에리히 다임러, 출신지 불명의 열일곱 살 루돌프 라이텐스토르퍼, 뵈르네케 출신의 (출생년도가 불분명한) 베르너 헴펠이, W에 오늘날까지 서 있는 묘지의 철십자

에 적혀 있는 표현대로라면, 조국을 위해 전사했다. W에서 보낸 짧은
유년기 동안 여러 번 그 최후의 전투 이야기를 들었다. 어린 시절, 얼굴
에 검은 얼룩을 칠하고 총을 겨눈 자세로 나무 뒤에 웅크린 전투병들
의 모습을 얼마나 자주 상상했는지 모른다. 상상 속에서 용감한 군인들
이 까마득한 계곡 위 바위들을 훌쩍훌쩍 뛰어다닐 때 나는 너무 놀라

서 숨을 죽이거나 무서움에 눈을 질끈 감는데, 그 순간 군인들은 허공에 그대로 정지한 채 멈추었다.

엥게 플레트를 벗어났을 때는 이미 밤이었다. 들판에서 흰 밤안개가 피어올랐다. 그리고 저 아래편 약간 떨어진 강줄기 옆에는 내가 학교에 입학한 직후인 1950년대에, 계곡 전체를 환하게 밝힌 대화재로 목조건물 전체가 검게 타버렸던 제재소가 서 있었다. 이제 어둠은 도로 위까지 낮게 내려왔다. 입자가 고운 석회석으로 도로가 덮여 있을 때만 해도 밤길을 걷기가 훨씬 수월했다는 생각이 문득 머리를 스쳤다. 별이 하나도 없는 캄캄한 밤에도 환한 띠가 되어 여행자의 앞길을 안내했던 길. 순간 극심한 피로가 갑자기 몰려와 한 걸음 더 떼기가 어려워졌다. 게다가 그때 불현듯 깨달은 것은, 이상하게도 운터요흐를 지나면서부터 나를 추월해가거나 마주오는 자동차가 단 한 대도 없었다는 점이다. W의 첫번째 집이 나타나기 직전인 석조 다리 위에서 나는 오랫동안 가만히 서 있었다. 규칙적으로 흐르는 아흐 강의 물소리에 귀를 기울였으며 모든 사물의 윤곽을 감싸고 있는 어둠을 응시했다. 다리 곁으로 펼쳐진 들판은 토사와 재 따위를 버리는 곳으로 갯버들과 벨라도나, 가시풀, 버배스컴, 마편초와 쑥이 자랐고, 전후에는 여름마다 집시들이 와서 지내곤 했다. 1936년 주민 건강 지원책의 일환으로 세워진 수영장으로 가려면 이 집시 야영지를 지나야 했는데, 이 근처에 오기만 하면 어머니는 항상 나를 팔에 안았다. 집시들이 노상 하는 이런저런 작업에 몰두하다가 문득 고개를 쳐드는 것을, 하지만 겁이라도 먹은 듯 다시 시선을 떨구는 광경을 어머니의 어깨 너머로 목격했다. 그때 마을 사람 중 집시들에게 말을 건 이는 한 명도 없었으리라고 생각한다. 그리

174

고 내가 아는 한 집시들도 행상을 하거나 점을 친다며 마을에 들어오지 않았다. 그들이 어디에서 왔는지, 어떻게 전쟁통에 살아남을 수 있었는지, 또한 왜 하필 아흐 강변의 그 황량한 들판에 여름 캠프를 설치했는지, 지금 와서 생각해보면 모든 것이 의문투성이다. 그 의문은 특히 전쟁중 맞은 첫번째 성탄절에 아버지가 어머니에게 선물이라며 가져왔던 앨범을 펼쳐볼 때마다 더욱 커졌다. 그 앨범에는 이른바 폴란드 침공* 기념사진이라는 것들이 담겨 있었는데, 모든 사진에는 흰색 잉크

로 깔끔하게 설명이 적혀 있었다. 그중 몇 장은 체포한 집시들을 찍은 것이다. 철조망 뒤편에서 집시들이 친절한 미소를 띠고 서 있다. 슬로바키아 어딘가의 먼 후방, 아버지가 전쟁 발발 몇 주 전 공병대와 함께 배치받은 장소였다.

---

* 1939년 9월 독일, 소비에트연방, 슬로바키아가 폴란드를 침공한 사건이다.

나는 거의 삼십 년 동안 W를 찾지 않았다. 비록 그 오랜 세월 동안
—그보다 더 오랜 세월이란 나에게 결코 존재하지 않았을 터—W와
관련된 장소, 알타흐 늪, 교구 숲, 하슬라흐로 가는 가로수길, 급수장,
페터슈탈의 페스트 병사자 묘지, 슈라이에 있는 곱사등이 도퍼의 집 등
이 수없이 많은 밤과 낮의 꿈에서 끊임없이 나타났고 그래서 예전보다
더욱 친근해져버린 상태기는 하지만, 지금 이 뒤늦은 귀향이라는 현실
에서 눈앞에 펼쳐진 마을은 세상의 다른 어떤 장소보다 나에게 낯설게
다가왔다. 흐릿한 마지막 빛 속에 잠긴 도로를 따라 일단 한 바퀴 둘러
보니 마을 전체가 근본적으로 완전히 바뀌어 있음을 알게 되었는데, 어
떤 의미에서 그 사실은 차라리 안도감을 자아냈다. 문 위에 1913년이
란 숫자와 함께 사슴뿔을 장식해놓고 외벽에 판자를 두른 숲관리인의
조그만 빌라는 나무가 자라는 작은 정원을 포함하여 몽땅 휴가객을 위
한 별장으로 변해 있었고, 차양을 친 아름다운 탑이 딸려 있던 소방건
물도 사라지고 없었다. 그 탑은 화재를 대비해 소방호스를 보관하던 곳
이었다. 농가들은 모두 예외 없이 개축되었고 주임신부의 사제관, 보좌
신부의 숙소, 학교, 출퇴근 시간이 칼같이 정확해 그가 나타날 때마다
할아버지가 시계를 맞추곤 했던 외팔이 서기 퓌르구트의 직장인 마을
관공서, 치즈를 만들던 오두막, 빈민 구호소, 미하엘 마이어의 철물잡
화 수입상품 판매점 등이 완전히 바뀌었거나 아예 없어져버렸다. 우리
가족이 몇 년간 이층에 세들어 살았던 엥겔비르트 건물로 들어서면서
도, 이곳이 예전에 알던 장소라는 느낌은 조금도 들지 않았다. 여관은
실내장식은 말할 것도 없고 지하실부터 지붕 밑 다락방까지 말끔히
개조를 했기 때문이다. 지금이야 전국적으로 유행하는 새로운 독일알

프스 지방 스타일로 반짝반짝하게 치장해놓고 손님들에게 깔끔한 숙소를 제공하는 곳이지만 사실 예전에는 농부들이 밤늦도록 쭈그리고 앉아서 술이나 퍼마시는, 특히 겨울철이면 정신을 잃을 정도로 만취하는 장소로 악명이 높았다. 그럼에도 엥겔비르트가 이 지역에서 흔들리지 않는 입지를 구축할 수 있었던 것은, 항상 담배 연기가 자욱했으며 살면서 본 것 중 제일 복잡하게 꼬인 난로 연통이 천장 바로 아래를 지나가던 여관 주점 말고도, 결혼식이나 장례식이 열릴 때 마을 주민 절반은 모여 앉을 수 있는 넓은 홀을 갖추었기 때문이다. 그뿐만 아니라 엥겔비르트 홀에서 두 주에 한 번씩 〈해적의 사랑〉〈니콜로 파가니니〉〈토마호크〉〈수도승, 소녀 그리고 헝가리 보병〉 등 유성영화가 주간뉴스와 함께 상영되곤 했다. 하얀 자작나무 수풀을 헤치고 가는 군인들, 널따란 평원에서 사냥하는 아메리칸인디언들, 장애인 악사가 감옥 담벼락 아래서 카덴차를 빠르게 연주하고 있는 동안 감방 안에서 쇠창살을 톱질하는 그의 동료, 프로펠러가 여전히 조금씩 돌고 있는 비행기에서 트랩을 걸어내려오는, 한국에서 돌아온 아이젠하워 장군, 곰의 앞발에 가슴팍이 찢겨나간 채 비틀거리며 계곡으로 내려가는 사냥꾼, 그런가 하면 국회의사당 앞에 멈추어선 폭스바겐 뒷자리에서 기어나오는 정치인도 볼 수 있었다. 그러나 매주 빠지지 않고 뉴스에 등장했던 장면은 베를린이나 함부르크 등의 대도시에 산더미처럼 쌓여 있는 폐허의 잔해였다. 당시 전쟁에 대해서 아무것도 몰랐던 나는 그런 폐허의 풍경을 전쟁이 남긴 상흔과 연결할 수 없었고, 단지 대도시의 환경이란 원래가 모두 저런 것이로구나 하는 막연한 느낌만을 받았다. 그러나 엥겔비르트에서 보았던 모든 작품 중 가장 깊고도 커다란 인상을 남긴 것은, 아마도 1948년이나 1949년이었을 텐데, 그해 겨울 내내 몇 번이나 반복해서 공연된 연극 프리드리히 실러의 〈강도들〉이었다. 어두컴컴한 장막이 덮인 엥겔비르트의 홀에 이웃 마을에서까지 몰려든 관객들 틈에 앉아서 적어도 대여섯 번은 보았다. 그 시절 이후 많은 연극을 관람했지만 그때 그 〈강도들〉처럼 압도적인 충격을 불러일으킨 작품은 다시없었다. 혹독한 추위가 몰아치는 자신의 황무지에 서 있는 모어 노

인, 어깨를 곧추세우고 돌아다니는 소름끼치는 프란츠, 잃어버린 아들이 보헤미아의 숲에서 돌아오는, 매번 나를 미칠 듯한 흥분으로 몰아넣

었던 장면, 움직임이 거의 없는 독특하고도 절제된 동작으로 몸을 돌리며 시체처럼 창백한 아말리아가 이렇게 말한다. 들어봐요! 방금 문이 삐걱거리는 소리를 내지 않았나요? 그녀는 계속해서 말한다. 자신의 사랑은 뜨거운 사막의 모래 알갱이 하나하나를 우거진 녹색 수풀로 만들어버릴 정도라고. 하지만 그 말을 하면서도 그녀는 눈앞에 서 있는 강도 모어가 자신이 애타게 그리워하면서도 산 넘고 물 건너 멀리 떨어져 있다고 믿는 바로 그 사람임을 알아차리지 못한다. 당시 그 연극을 볼 때마다 이야기에 너무나 깊이 빠져들었던 나는 매번 아말리아에게 직접 나서서 말해주고 싶었다. 고뇌와 고통으로 가득찬 감옥에서 빠져나와 당신이 간절하게 꿈꾸는 사랑의 천국으로 들어가려면, 눈앞의 인물을 향해 잠깐 손을 뻗기만 하면 된다고 말이다. 하지만 공연 도중 끼어드는 무모한 용기를 차마 낼 수 없었고, 그리하여 무대 위에서 벌어지는 사건에 하마터면 포함될 수도 있었을 사건의 다른 국면은 내 안에 그대로 묻혔다. 2월 초, 공연이 다 끝나갈 무렵 〈강도들〉이 역참 건물 옆의 풀밭 야외무대에 오른 적이 있었는데, 그 공연을 계획한 가장 결정적인 이유는 사진 촬영을 위해서였다. 그것은 겨울날 한 편의 동화 같았다. 반드시 야외무대의 바닥이 눈으로 뒤덮였기 때문만은 아닌 것이, 실내에서 공연을 할 때도 어차피 무대 바닥에 눈을 깔았던 것이다. 동화적인 효과의 원인은 진짜 말을 타고 나타난 강도 모어에서 비롯된 것으로, 엥겔비르트의 홀에서라면 어림도 없었을 일이다. 그 일로 나는 생애 처음으로 어떤 인식을 얻었는데, 말이라는 동물은 그 자체가 어딘지 모르게 혼란스러워하는 듯한 인상을 준다는 점이다. 그날 역참 풀밭에서 있었던 야외공연은 W에서 가장 마지막으로 공연된 〈강

도들〉이기도 했다. 이후 매년 사육제 기간이면 배우들은 공연 의상을

걸치고 사육제 행렬과 어울려 행진을 했고, 소방대원들이며 어릿광대
들과 함께 단체사진을 찍었다. 엥겔비르트의 프런트에서 벨을 울려도

한참 동안 아무런 기척도 없다가, 말수가 극단적으로 없는 한 여인이 불쑥 모습을 보였다. 그 어디서도 문이 열리는 소리를 듣지 못했고 그녀가 들어서는 것을 보지 못했는데, 신기하게도 홀연히 눈앞에 나타난 것이다. 노골적인 불신이 담긴 눈으로 그녀는 나를 사정없이 훑어보았는데, 오랫동안 방랑을 한 탓에 딱한 지경으로 변한 내 몰골 때문인지, 그때 나를 장악하고 있던, 그녀로서는 도저히 이해하기 힘들 어떤 정신적인 진공 상태를 눈치챘기 때문인지는 알 수 없었다. 나는 거리 쪽으로 난 이층방 하나를 빌리겠다고 말하면서, 숙박 기간이 얼마가 될지 아직 모르겠다고 알렸다. 숙박업소에 11월이라는 달은 죽음의 시즌이나 마찬가지이므로 여관에 남아 있는 최소한의 직원들은 체크아웃을 하고 떠나가는 마지막 손님이 마치 영영 이승을 하직이라도 하는 것처럼 애통해하는 것이 보통이고 그래서 거리가 내다보이는 이층의 방 하나를 내주는 것이 현실적으로 아무런 문제가 없음이 너무나 분명한데도, 그녀는 숙박부를 이리저리 들추어보면서 한참이나 뜸을 들인 다음에야 겨우 열쇠를 건네주었다. 내게 열쇠를 주는 태도도 기이하여, 추워서 몸이 오그라드는 사람처럼 왼손으로 스웨터를 꽉 움켜쥔 채 다른 한 손으로 불편하고 엉거주춤한 자세로 그 일을 해치웠는데, 아무래도 내가 보기에는 그렇게 함으로써 수상하기 짝이 없는 11월의 투숙객에 대해 조금이라도 생각할 시간을 더 벌어보겠다는 심산 같았다. 직업란에 '특파원'이라고 기재하고 그 아래 복잡한 영국 주소를 적은 내 숙박부를 그녀는 눈썹을 추켜세운 채 한참 동안 뚫어져라 들여다보았다. 그도 그럴 것이, 도대체 영국의 특파원이, 그것도 11월에, 걸어서—면도도 안 한 모습으로!—W까지 올 일이 뭐가 있으며, 또 무엇 때문에 엥겔비르트에 무기한으로 방을 빌린단 말인가. 게다가 짐은 어디 있느냐는 그녀의 물음에 내가 오늘 저녁때 오버요흐의 국경 검문소 직원이 이곳으로 가져올 것이라고 대답하자, 산전수전 다 겪어 이제는 사업 관련 사항이면 뭐든지 다 정통해 있을 듯한 그녀의 얼굴에 마침내 뭐가 뭔지 도무지 알 수 없다는 표정이 떠오르고 말았다.

건물 개조가 이루어졌다는 점을 감안해보았을 때, 내가 빌린 방의 위치가 우리 가족의 거실이 있던 곳과 정확히 일치하는 것이 분명했다. 거실의 실내장식은 양친의 솜씨였다. 그 이삼 년 사이 경제가 거침없이 부흥했고, 과거 저물어가던 공화국의 소위 십만 제국군에 복무하던 아버지가 새로운 군대에서 막 차량 하사관 승진을 눈앞에 두고 있을 때였다. 그것은 단순히 앞으로 안정된 생활을 전망해볼 수 있는 요소에 그치는 것이 아니라, 어떤 면에서는 그 이상의 의미가 있는 자리였다. 그러므로 사회적 위치에 걸맞게, 즉 어디에도 명시되어 있진 않지만 통용되던 규범에 맞추어 꾸민, 당시 형성중이던 소위 계급 없는 사회를 대표하는 평균치 부부의 취향에 정확히 부합하는 그 거실은, 양쪽 모두 W 내지 바이에른의 외진 시골 출신이고 여러 면에서 볼 때 결코 녹록치 않은 청소년기를 거쳤던 부모님에게는 아마도 확실한 사회적 신분을 획득했음을 증명해주는 중요한 상징이었을 것이다. 일단 거실에는 거대한 몸집의 찬장이 버티고 있었다. 그 안에는 식탁보와 냅킨, 은식기, 성탄절 장식품 등을 넣어 보관했고, 특히 장 앞부분에 불쑥 튀어나온 유리문 달린 장식 선반에는 갖가지 도자기를 비롯해 내 기억에 의하면 단 한 번도 꺼내서 사용한 적이 없는 중국제 다기 세트를 놓아두었다. 손뜨개 덮개가 놓인 작은 탁자 위에는 이상한 색으로 칠한 질그

롯이 하나, 양옆으로 크리스털 화병 두 개가 대칭을 이루며 서 있었다. 이외에도 길이를 늘일 수 있는 식탁과 의자 여섯 개, 수공예품 쿠션 세트가 놓인 소파 하나, 매번 자리를 바꾸며 벽에 걸었던 조그만 검은 액자에 담긴 알프스 풍경화 두 점이 있었고, 흡연용 탁자에는 담배와 시가 케이스, 요란한 색채의 도자기 촛대, 사슴뿔과 놋쇠로 만든 재떨이와 부엉이 형상의 시가 절단기를 놓았다. 그뿐만이 아니라 일반 커튼과 레이스 달린 흰 천 커튼, 천장의 조명 장치와 스탠드를 차치하더라도 대나무로 된 꽃장식대가 거실 인테리어에 한몫을 하고 있었는데 장식대 각 칸마다 아프리카 보리수, 전나무 가지, 게발선인장, 가시나무가 식물 분류의 엄격한 서열에 따라 자리잡고 있었다. 그밖에도 빼놓을 수 없는 것은, 거실장 위에서 자신만의 건조한 방식으로 시간을 알려주던 시계와 거실장 앞쪽 장식칸의 중국제 다기 세트 곁에 놓여 있던, 아마 실로 제본된 셰익스피어와 실러, 헤벨 그리고 주더만 등의 희곡작품들이다. 그것은 민중무대연맹에서 제작한 염가판 도서로, 생전 연극을 보러가야겠다는 생각을 한 적이 단 한 번도 없고 더구나 희곡을 읽겠다는 생각은 더더욱 없었던 아버지가 어느 날 갑자기 문화인이 되고 싶다는 열망에 휩싸인 나머지 외판원에게 모조리 사들인 물건이었다. 지금 내가 아래쪽 거리를 내려다보고 있는 이 창문, 그리고 이 창문이 있는 객실의 모습은 그때의 거실과는 아득할 만큼 달라졌지만, 나 자신은 그때와 겨우 한순간의 숨결만큼만 떨어져 있을 뿐, 설사 내가 잠든 사이 그 옛날 거실 시계의 괘종 소리가 내 꿈을 향해 울린다 해도 나는 조금도 놀라지 않았으리라.

W의 다른 건물들처럼 엥겔비르트도 널찍한 입구가 일층과 이층을

관통하며 집을 둘로 나누는 구조였다. 일층의 한쪽 전체는 홀, 다른 쪽은 식당과 주방, 냉동고와 남자용 공동 화장실이 자리잡고 있었다. 이층에는 엥겔비르트를 임대해서 운영하는 외다리 잘라바가 아내와 함께 살고 있었다. 잘라바는 전쟁이 끝난 뒤 마을에 나타난 사람이었고 매우 아름다웠던 아내는 이 고장을 혐오하는 기색을 숨기지 않았다. 잘라바는 우아한 정장과 핀으로 고정하는 넥타이가 아주 많았다. 그의 의상 목록이 W에서는 매우 희귀한 편에 속하기는 했지만 내가 당시 그를 남다른 인물로 느끼게 된 것은 그의 외다리와 깜짝 놀랄 정도로 잽싸게 목발을 움직이는 환상적인 솜씨 때문이었다. 사람들은 잘라바를 라인 지방 사람이라고 했는데, 오랫동안 나는 그 표현 자체를 매우 신비스럽게 여겼고 그것이 인간의 어떤 성격 유형을 나타내는 용어라고 믿었다. 이층에는 우리 가족과 잘라바 부부 이외에도 엥겔비르트의 소유주인 로지나 초벨이 살았다. 로지나는 몇 년 전 여관 경영에서 손을 뗀 이후 종일 어두컴컴한 방안에서 칩거하다시피 지내는 중이었다. 팔걸이의자에 앉아 있거나, 실내를 왔다갔다하거나, 혹은 긴 소파에 누워 지내면서. 그녀가 붉은 포도주를 너무 마셔서 기분이 우울한 건지 기분이 우울해서 붉은 포도주를 마시는 건지 아무도 알지 못했다. 그녀가 무엇인가 일을 하는 모습을 본 사람은 아무도 없었다. 쇼핑을 가지도 않았고 요리나 세탁을 하거나 방을 치우는 일도 없었다. 나는 그녀가 정원에 나와 있는 것을 딱 한 번 목격했다. 그녀는 한 손에 칼을, 다른 한 손에는 정원에서 잘라낸 파 한 단을 들고서 배나무 꼭대기를 올려다보는 중이었다. 로지나의 집 방문은 대개는 잠겨 있지 않았고, 그래서 나는 종종 그녀의 집으로 들어가서 커다란 앨범 세 권에 수집해놓은 그림엽서들을 구경했다. 그럴 때 한 손에 와인글라스를 든 여주인은 보통 탁자에 함께 앉아, 내가 엽서의 그림을 손으로 가리키면 그 도시의 이름을 알려주기도 했다. 그러다보니 시간이 흐르면서 우리 사이에는 자연스럽게 쿠르, 브레겐스, 인스브루크, 알타우제, 할슈타트, 잘츠부르크, 빈, 플젠, 마리엔바트, 바트 키싱겐, 뷔르츠부르크, 바트 홈부르크, 그리고 프랑크푸르트암마인 같은 지명만으로 이루어진 대화가 길게 오갔다. 이탈리아에서 가져온 그림엽서도 셀 수 없이 많았다. 볼차노, 리바, 베로나, 밀라노, 페라라, 로마, 그리고 나폴리. 그중 한 장에는 연기가 치솟는 베

APOLI - CONO DEL VESUVIO

수비오 화산 봉우리가 담겨 있었는데, 영문을 알 수는 없지만 그 엽서는 내 부모의 앨범으로 옮겨왔고, 그래서 지금은 내 수중에 있다. 로지

나의 세번째 앨범에는 주로 유럽이 아닌 먼 외국 사진들이 담겨 있었는데, 특히 인도 동편의 네덜란드령 식민지를 비롯해 중국과 일본 등 동아시아의 풍경이 많았다. 수백 장이 넘는 이런 그림엽서는 엥겔비르트의 원 소유주였던 로지나 초벨의 남편이 모은 것이다. 로지나와 결혼하기 전 상속받은 상당한 액수의 유산을 죄다 세계여행을 다니는 데 써버린 그는, 지금 벌써 몇 년째 침대에만 누워서 지내는 신세였다. 사람들은 그가 로지나의 방과 이어진 뒷방에 살고 있고, 허리에 치유 불가능한 커다란 상처를 입었다고들 했다. 역시 소문에 따르면 그는 청소년 시절 몰래 시가를 피우다 아버지에게 들키지 않으려고 급히 바지 주머니에 숨겼고, 그러는 통에 화상을 입었다고도 했다. 당시 화상은 금방 나았지만 쉰 무렵에 재발해 점점 악화되었고, 결코 아물 줄 모른 채 매년 더 커지기만 하는 상처 때문에 얼마 지나지 않아 그가 죽게 될 것이라는 말이 돌고 있었다. 그 내용은 내가 이해하기에는 좀 복잡했지만 어쨌든 일종의 심판의 말처럼 생각되었으므로, 가끔 엥겔비르트의 주인이 형형색색의 불길 속에서 순교하는 광경을 그려보았다. 하지만 엥겔비르트의 주인 남자를 직접 눈으로 본 일은 한 번도 없고, 원체 말수가 거의 없는 여주인이 남편에 관해서 언급하는 것도, 적어도 내 기억으로는 한 번 들은 적이 없다. 몇 번인가, 옆방에서 주인 남자가 코고는 소리를 들은 것 같기도 하다. 세월이 흐르면서 기억은 더욱 희미해져서, 과연 엥겔비르트의 주인 남자라는 인물이 실제로 존재했는지, 내가 혼자 상상으로 만들어낸 인물은 아닌지 확신이 서질 않는다. 하지만 당시 W에서 일어난 일들을 곰곰이 떠올려보면 여관 주인이 존재했다는 사실 자체는 의심의 여지가 없어 보인다. 엥겔비르트 주인 부부에게는 나보다 나이가 약간 위인 요하네스와 막달레나라는 아이들이 있었는데, 막달레나를 낳은 이후 여주인이 심각한 음주에 빠져드는 바람에 육아를 할 형편이 아니어서 아이들을 숙모네 집으로 보내야 했다. 이상하게도 여주인은 나에게는 매우 관대했다. 아마도 나를 돌봐야 한다는 의무가 없었기에 그럴 수 있었으리라. 나는 종종 그녀의 침대에 걸터앉아서, 그녀는 침대 머리맡에 나는 발치에 앉은 채로, 내가 외우는 모든 것을 그녀 앞에서 읊어나갔다. 주기도문은 물론이고, 성모송을 비롯해 그녀가 이미 한참 전부터 결코 입에 올린 적이 없는 온갖 기도문을. 지금도 눈을 감은 채 머리를 침대 난간에 기댄 그녀의 모습이 선하다. 보조탁자의 대리석 상판 위에 잔과 라고 디 칼다로* 병을 내려놓고 기도 소리에 귀를 기울이는 모습, 고통과 안락이 수시로 교차하며 나타나던 그 표정이. 또 그녀는 매듭 만드는 법도 알려주었으며 내가 집으로 돌아갈 때마다 나를 쓰다듬어주곤 했다. 이마에 얹힌 그녀의 엄지손가락 감촉이 오늘날까지 느껴진다.

엥겔비르트의 길 건너 맞은편에는 암브로제 가족이 사는 젤로스하우스가 있었다. 어머니는 그 집을 수시로 드나들었다. 어머니보다 열 살 정도 어린 그 집 아이들이 자랄 때 자주 돌봐주었던 어머니는 그들과 아주 가까운 사이였던 것이다. 암브로제 집안은 이미 19세기에 티롤 지방 임스트에서 W로 이주해왔는데도, 마을에서는 뭔가 흠잡을 일이 있을 때마다 그들을 티롤 사람들이라고 불렀다. 하지만 평소에는 그들의 집 이름을 따서 암브로제 대신 젤로스 마리아, 젤로스 레나, 젤로

---

* 볼차노 근처에서 생산되는 포도주 상표.

스 베네딕트, 젤로스 루카스, 젤로스 레기나라고 불렀다. 젤로스 마리아는 몸집이 육중하고 동작이 느렸다. 남편 밥티스트가 죽은 지 수년이나 지났는데도 여전히 검은 옷만 걸치고 다녔으며 하루종일 터키식 커피만 끓이며 지냈다. 아마도 그것은 남편 밥티스트를 추모하는 행위였을 것이다. 건축가였던 밥티스트가 일차대전이 일어나기 전 열여덟 달 동안 콘스탄티노플*에서 일했을 때 터키식 커피 끓이는 법을 배워왔을 터다. W와 인근에 있는 큰 건물 거의 대부분, 그러니까 학교, 하슬라흐의 병원, 지역 전체에 전력을 공급하는 수력발전소가 모두 건축가 암브로제의 제도판 위에서 설계되었고 그의 감독하에 지어졌다. 그는 너무 이른 나이, 서른셋이 되던 해 노동절에 뇌졸중으로 죽었다. 사람들이 발견했을 때 밥티스트는 귀에 연필을 꽂고 손에는 컴퍼스를 든 채 자신의 사무실 안 밀착인화기 위로 쓰러져 있었다. 젤로스 가족은 밥티스트가 남긴 유산, 그리고 그가 생전에 사두었던 집 두 채와 경작지에서 나오는 수익으로 살았다. 밥티스트의 사무실은 세를 주었는데 세입자는 공교롭게도 스물다섯 정도의 에르크렘이라는 터키인이었다. 에르크렘은 어디서 왔는지 아무도 몰랐지만 어쨌든 변혁의 와중에 W로 흘러들어온 인물이었고, 자기 부엌에서 엄청난 양의 터키 과자를 만들어 장에 내다팔았다. 어쩌면 젤로스 마리아에게 터키식 모카커피 끓이는 법을 가르쳐주고 자신만 아는 경로로 암시장의 커피를 젤로스 마리아에게 조달한 사람이 에르크렘일 가능성도 있다. 젤로스 레나는 언젠가 에르크렘의 아이를 낳았는데, 아기는 사람들 말마따나 불행 중 다행으

---

* 이스탄불의 옛 이름.

로 일주일 만에 죽었다. 농부 에르드의 검은 말이 끄는 크고 검은 장의마차가 작고 흰 아기용 관을 싣고 묘지로 향하는 광경이 아직도 기억난다. 구덩이를 파는 내내 빗물이 가장자리에 쌓아올린 진흙더미를 타고 자꾸만 조그만 무덤 속으로 흘러내리던 광경도. 그 일이 있은 후, 또는 그 직전 에르크렘은 W에서 종적을 감추었고 뮌헨으로 가서 열대과실 상점을 차렸다고 한다. 레나는 캘리포니아로 이주하여 전신 기술자와 결혼했지만 교통사고로 부부 모두 세상을 뜨고 말았다.

밥티스트에게는 결혼하지 않은 세 누이가 있었다. 바베트, 비나, 마틸트는 젤로스하우스 이웃에 살았다. 그리고 역시 결혼하지 않은 페터 아저씨도 있었는데 마차 만드는 장인이었던 그의 작업장은 젤로스하우스 뒤편에 있었다. 전쟁이 끝난 후, 아마 예순이 다 되었을 그는 아랫마을을 여기저기 돌아다니며 사람들이 일하는 모습을 기웃거렸다. 그리고 어쩌다 한번 직접 손에 연장을 들고 마당이나 정원을 약간씩 들쑤셨다. 다른 모습은 거의 본 적이 없다. 이미 여러 해 전부터 아저씨는 정신이 조금씩 이상해지고 있었던 것이다. 마차를 만드는 일도 점차 어려워졌다. 주문을 받기는 하지만 절반 정도 일한 다음, 어떤 경우에는 아예 시작도 하지 않은 채 손을 놓아버렸다. 그리고 언제부턴가 사이비 건축가 흉내를 내어 복잡한 설계도면을 그리는 일에 정성을 쏟았다. 예를 들면 아흐 강에 물막잇둑을 설치하겠다든지, 교구 숲에서 가장 큰 전나무 꼭대기를 빙 둘러싼 연단과 그 아래 나선형 계단을 만들어, 일년에 한 번 정해진 날 신부님이 연단에서 교구 숲을 향해 연설할 수 있도록 하겠다는 것이었다. 아저씨는 이런 계획들을 도면에 그리고 또 그렸지만 아쉽게도 대부분 사라져버렸고, 사실상 그중 어느 것 하나 실제로 건설된 것은 거의 없었다. 단 하나 젤로스하우스의 지붕 밑 천장에 박아넣어 만든 소위 정자라는 것만이 예외였다. 용마루 아래 1미터쯤 되는 지점에 마룻바닥을 설치하고, 그 윗부분의 기와를 제거한 다음 용마루를 관통하여 위로 올라오게 목조 뼈대를 만들어 세운, 사방이 유리로 된 전망대 공간이었다. 그 전망대에 서면 마을의 지붕들 너머 멀리 늪지대가 한눈에 들어왔고, 넓게 펼쳐진 들판을 지나 산 아래 계곡에서 거무스름하게 솟아난 숲의 그늘까지 볼 수 있었다. 이 정자가 완성되기까지는 상당히 오랜 시간이 소요되었고, 혼자서 상량식을 치른 페터 아저씨는 일주일이나 전망대에서 내려오지 않았다. 전쟁 초기 대부분을 그곳에서 낮에는 잠자고 밤에는 별을 관찰하며 홀로 보냈다고 한다. 그렇게 관찰한 별자리들은 아주 큰 짙은 청색 마분지에 그려놓았다. 경우에 따라서는 여러 등급을 다양하게 표시해가면서. 그래서 그 마분지를 유리 전망대의 나무틀에 붙여놓으면 머리 위에서 별들이 반짝이는 천공이 펼쳐지는 모양이므로, 정말로 천체투영관 플라네타륨에 들어와 있다는 착각이 들 정도였다. 전쟁이 끝나갈 무렵 젤로스 베네딕트는 아직 겁 많은 아이에 불과했는데도 라슈타트의 하사관 학교로 보내졌고 그러자 페터 아저씨의 상태는 눈에 띄게 악화되었다. 그즈음 그는 자신이 그린 천구좌표를 잘라 만든 망토를 걸치고 마을 인근을 여기저기 정처 없이 돌아다니며, 깊은 우물 밑바닥이든 높은 산꼭대기든 관계없이, 그리고 설사 대낮이라 할지라도 별을 보는 것이 가능하다는 말을 하곤 했다. 아마도 이제는 어둠이 내리면—예전에는 밤이 오는 것을 무척 좋아하여 간절한 마음으로 기다렸지만—이유 없는 겁에 질려 귀를 막거나 팔다리를 마구 버둥거려야 하는 자신의 처지를 그런 식으로라도 위안해보려

는 의도였을 것이다. 그래서 사람들은 계단 첫번째 층계참에 외부 조명이 달린 칸막이방을 하나 마련해 늦은 오후가 되면 알아서 들어가 잘 수 있도록 침대를 설치해주었다. 그런 이후로 지붕의 정자는 아무도 사용하지 않았다. 그러다 제재소에 불이 나던 날 사람들은 그 전망대를 떠올렸다. 그날 젤로스 가족과 이웃들이 모두 정자로 올라가, 활활 타는 거대한 화염의 혓바닥이 하늘을 집어삼킬 듯 넘실거리며 자욱하게 퍼져나가는 연기구름의 아랫부분을 환하게 밝히는 광경을 구경했다. 하지만 페터는 보이지 않았다. 그는 제재소 화재가 있던 그해에 프론텐의 병원으로 실려갔다. 갑자기 그 어떤 사람도, 젤로스 집안의 가장 아름다운 딸이며 그가 평소 가장 신뢰하던 레기나조차, 그에게 음식을 먹일 수 없게 되었기 때문이다. 하지만 페터 아저씨는 병원에 오래 갇혀 있지 않았다. 입원 첫날밤 병원에서 사라진 아저씨는 병실에 이런 쪽지 한 장을 남겼다고 한다. "훌륭하신 의사 선생님! 나는 티롤로 돌아갑니

다. 존경의 마음을 담아서, 페터 암브로제." 이후 벌어진 수색 작업은 아무런 성과를 거두지 못했다. 오늘날까지 사람들은 그의 소식을 전혀 모른다.

W에 머문 첫날에는 엥겔비르트를 떠나지 않았다. 밤새도록 어지러운 꿈에 시달리다가 동틀 무렵에야 간신히 잠이 든 나는, 평소라면 절대 불가능한 일이었겠지만, 그날 오전이 다 지나갈 때까지 늦잠을 잤다. 그리고 오후는 텅 빈 식당에 앉아 메모를 하고 글을 쓰면서 그와 관련된 여러 가지 생각에 빠져 보냈다. 저녁이 되자 하나같이 눈에 익은 인근 농부들이 식당으로 들어왔다. 하지만 어린 시절에 본 얼굴로만 기억하고 있던 탓에 그들이 중간 과정 없이 순식간에 늙은 모습으로 건너뛰어버렸다는 생각이 들었다. 신문을 읽는 척하면서 그 너머로 농부들의 대화를 듣고 있으니 조금도 지루하지 않아서, 라고 디 칼다로를 한 잔 한 잔 주문하며 계속 앉아 있었다. 등받이 없는 의자에 쪼그려 앉은 농부들은 예전에 그랬던 것처럼 대부분 모자를 쓰고 있었으며, 그들의 머리 위에는 거대한 그림이 하나 걸려 있었다. 어린 시절에도 그 자리에 그대로 걸려 있던 그 벌목화는 세월이 흐르면서 시커멓게 색이 변해 한눈에 봐서는 무엇을 그린 것인지 알아차리는 것이 불가능해 보였다. 한참 주시하고 난 다음에야 그림의 표면에서 벌목꾼들의 형상이 환영처럼 두드려져 보였다. 베어낸 나무의 껍질을 벗기고 몸통을 묶는 작업을 하는 벌목꾼들은 무서울 정도로 큰 동작으로 팔다리를 휘두르고 있었다. 아마도 그것은 노동과 전쟁을 신성시하려는 의도가 배어 있기 때문일 것이다. 그 작품을 그린 화가는 보나마나 수없이 많은 벌목화를 남긴 요제프 헹게였다. 1930년대는 헹게에게 최고의 전성기였고

그의 명성은 뮌헨까지 퍼졌다. W에서는 물론이고 인근 지방 어디서도 갈색으로 채색된 그의 벽화를 마주치는 일이 흔했다. 그의 그림의 주된 모티프는 벌목꾼 이외에도 밀렵꾼, 봉기의 깃발을 휘날리는 농민 등이 었는데, 단지 어떤 특정 대상을 표현하겠다는 구체적인 의지가 있을 때만 예외적으로 바뀌었다. 그중 하나가 제펠더하우스에 그려져 있는 벽

화다. 할아버지가 살았던 제펠더하우스 꼭대기층 지붕 밑 방은 내가 태어난 장소이기도 했다. 숙련 대장공 제펠더 노인은 자동차경주 그림이야말로 전쟁 발발 몇 년 전에 개업한 자신의 철공소뿐 아니라 이제 W에 막 시작된 새로운 시대의 기운에 딱 들어맞는다고 생각했다. 심지어 마을 외곽에 있는 변전소에는 물의 힘을 알레고리적으로 표현한 벽화를 걸어놓기도 했다. 그런데 나는 헹게의 그림만 보면 영문 모를 불안이 내면에서 꿈틀댔다. 특히 하늘을 향해 몸을 세우고 똑바로 서 있는

여인이 그려진 라이파이젠 협동조합의 프레스코 작품이 그랬다. 풀베기에 나선 여인이 수확기의 들판을 등진 채 정면을 향하고 있는 그림이었는데, 나는 그녀 뒤편의 들판이 끔찍한 전쟁디 같다는 인상에서 벗어날 수가 없었고, 그 그림 앞을 지나갈 때마다 너무 무서워서 눈길을 다른 데로 돌렸다. 그런 점에서 화가 헹게는 다양한 소재에서 역량을 발휘했다고 할 수 있다. 하지만 자신만의 예술관에 따라 작업할 수 있을 때면, 그는 반드시 벌목꾼을 그렸다. 심지어 전후에 여러 가지 이유로 그 특유의 장엄한 기념비적 화풍 유행이 지나갔을 때조차 벌목꾼 그리기를 멈추지 않았다. 끝내 그의 집 전체가 벌목꾼 그림으로 뒤덮여버리는 바람에 그 자신이 움직일 공간도 부족했다고 한다. 그의 사망기사 내용에 따르면 헹게는 그림을 그리다가 죽음을 맞았고, 아찔하게 가파른 계곡 비탈에서 나무썰매를 타고 내려오는 벌목꾼을 묘사하던 중이었다고 한다. 화가 헹게의 작품을 생각하면 떠오르는 것이 있다. 일

곱 살인지 여덟 살이 될 때까지 직접 본 회화라고는 교회당에 걸려 있
던 종교화를 제외하면 헹게의 그림이 거의 전부였는데, 벌목화나 십자
가를 진 예수 그림, 그리고 백마에 올라탄 주교 성 울리히가 땅바닥에
쓰러진 훈족을 짓밟고 넘어가는 모습이 묘사된 대형 레히펠트 전투 그
림이─물론 레히펠트 전투 그림에 등장하는 말들도 일제히 미쳐 날뛰
는 눈빛을 갖고 있기는 마찬가지였고─나에게는 모두 예외 없이 오직

파괴적인 인상만을 남긴 것 같다는 느낌이다. 기록을 어느 정도 마친 다음 엥겔비르트 식당을 떠나면서 다시 한번 헹게의 그림을 바라보았다. 재회한 헹게의 그림에서 파괴의 인상을 예전보다 덜 느꼈다고 자신

있게 말할 수는 없다. 아마도 그 반대일 가능성이 크다. 하지만 어쨌든 그 점이 나를 그림에서 그림으로 계속 이끈 것은 사실이다. 나는 들판을 지나 구릉지 주변에 흩어져 있는 마을들을 돌아다녔고, 비힐까지 올라갔으며, 아델하르츠, 엔트할프 데어 아흐, 베렌빙켈과 융홀츠, 로이테 부근 마을을, 하슬라흐와 오이를 거쳐 슈라이와 엘레크를, 어린 시절 할아버지와 함께 다녔던 모든 경로를 따라, 너무나 강렬한 기억으로 남아 있는, 그러나 고백하건대 이제는 거의 완전히라고 해도 좋을 만큼 무의미해진 경로를 따라 걷고 또 걸었다. 온종일 이런 산책을 마친 뒤 저녁이면 기진맥진한 상태로 엥겔비르트로, 그리고 상반되는 내용이 담긴 나의 글로 돌아왔다. 단상을 적는 작업은 최근 들어 어느새 나의 정신적인 지지대가 되어 있었다. 비록 글을 쓰는 중에도 화가 헹게의 사례와 예술 자체에 대한 의문이 어떤 경고처럼 눈앞을 가로지르기는 했지만 말이다.

수소문한 결과, 젤로스 가족 중 아직 W에 살고 있는 사람은 루카스뿐이었다. 그는 젤로스하우스가 아닌 그 옆의 작은 집에서, 예전에 바베트, 비나, 마틸트의 상점이었던 곳에서 살고 있었다. W에 머문 지 열흘쯤 흘렀을 때 나는 드디어 루카스의 집을 찾아가보기로 했다. 나를 보자마자 루카스는 이미 수차례 엥겔비르트를 드나드는 나를 보고 아는 사람이라는 생각은 했지만, 어떻게 아는 사이인지는 기억해낼 수 없었다고 했다. 지금 곰곰이 생각해보니 그가 나를 알아본 것은 어린 시절의 얼굴 덕분이 아니라 내 할아버지의 걸음걸이가 지금의 내 걸음걸이와 놀랍도록 똑같았기 때문이라고, 엥겔비르트의 문을 나서면서 할아버지도 나처럼 일단 멈추어서서 날씨를 살피는 버릇이 있었다고 했다. 루카스는 나의 방문이 기쁜 듯했다. 쉰이 되던 해까지 건축용 함석 제조업체에서 일했으나 관절염으로 점점 몸이 굽는 바람에 조기 은퇴를 한 그는, 아내가 문방구점을 경영하는 동안 온종일 집안의 소파에서 시간을 보내고 있었던 것이다. 정말이지 한 번도 상상해본 적이 없다고, 한옆으로 일단 밀려난 사람에게 하루가, 시간이, 그리고 인생이 얼마나 느리게 흘러갈 수 있는지를, 하고 그는 말했다. 그를 더더욱 힘들게 하는 것은, 독일 북부 지역의 기업가와 결혼해 살고 있는 레기나를 제외하면 자신이 암브로제 집안의 유일한 생존자라는 사실이라고 했다. 그는 티롤에서 행방불명되었다는 페터 아저씨의 이야기와 곧이어진 어머니의 죽음을 전하며, 죽기 몇 주 전부터 육중하던 체중이 무서운 속도로 빠지는 바람에 마지막에는 아무도 어머니를 알아볼 수 없을 정도였다고 말했다. 어린 시절부터 항상 무슨 일이든 함께해온 바베트 고모와 비나 고모가 죽음까지 같은 날 맞이한 기이한 사실에 대해서도 한참을 설명했다. 한 명은 심장 이상으로, 또 한 명은 그 일에 대한 충격으로 죽었다고 했다. 미국에서 레나와 남편의 목숨을 앗아간 자동차 사고에 대해서는 아무리 애써도 자세한 정보를 얻을 수가 없다고 전했다. 아마도 부부는 새로 구입한 올즈모빌 자동차―루카스도 사진으로 보아 알고 있던 타이어에 흰 줄무늬가 있는 그 자동차―를 몰고 가다가 도로를 벗어나 절벽으로 추락했으리라고 추측할 뿐이었다. 마틸트는 건강하게 여든이 넘을 때까지 장수했는데 그것은 그녀가 정신적으로 가장 각성한 사람이었기 때문일 것이다. 마틸트 고모는 인간으로서 최선이라고 할 수 있는 죽음을 맞았다. 한밤중 자신의 침대에서 잠든 상태로 떠났던 것이다. 다음날 아침 루카스의 아내가 전날 잠자리에 든 모습 그대로 죽어 있는 마틸트를 발견했다고 한다. 베네딕트에 대해서는 상세한 이야기를 피했다. 단지 베네딕트가 불운을 만나 비참하게 살다 갔으며, 이제는 자신의 차례라고 말할 뿐이었다. 회한이라고는 전혀 스며 있지 않는, 담담한 투로 내뱉은 그 문장을 끝으로 암브로제 가족사를 종결지은 루카스는, 나에게 무슨 이유로 그토록 오랜 시간이 흐른 후에 그것도 하필이면 11월에 다시 W를 찾을 생각이 들었느냐고 물었다. 나는 매우 장황하면서도 군데군데 모순이 섞인 대답을 했는데, 놀랍게도 루카스는 그것을 금방 이해했다. 그는 특히, 세월이 흐르면서 많은 일이 내 안에서 저절로 설명되고, 그럼에도 그 일들이 더욱 선명해지는 것이 아니라 반대로 더욱 수수께끼처럼 변해간다는 말에 민감하게 반응했다. 나는 이어서 말했다. 과거에서 끌어올린 그림들을 더 많이 모으면 모을수록 그것들이 과연 내가 기억한 대로 흘러갔던 것인지가 더욱 모호해질 뿐이라고, 왜냐하면 과거에 속한 그 무엇도 평범하지 않기 때문이라고, 또한 설사 그렇지 않다 해도 최소한 경악스러운 것이기 때문이라고 말이다. 루카스는, 자신은 요즘 온종일 이 소파에 누워서만 지내거나 움직인다 해도 별 중요하지 않은 사소한 집안일이나 하면서 보내는 것이 고작이므로 과거에 자신이 꽤 괜찮은 골키퍼였다는 사실이 좀처럼 받아들여지지가 않는다고, 또 지금은 수시로 찾아오는 우울증 때문에 고통받고 있는데 그 옛날 자신이 정말 마을에서 알아주는 어릿광대 배우였는지 믿을 수가 없다고 말했다. 그렇다, 루카스가 사육제 때마다 익살꾼 역할을 맡아 했던 것은 나도 기억한다. 몇 년 동안 그만한 재능을 보이는 후계자를 도저히 찾지 못했기 때문이다. 지난날의 영광을 떠올리자 통풍으로 굳은 루카스의 손이 움직이기 시작했다. 그는 자신이 축제 마당에서 엄청나게 커다란 사육제 가위를 어떻게 다루었는지 시범을 보였다. 그렇게 하려면 힘과 균형감각이 절대적으로 필요하다고 강조하면서 말이다. 또 그는 여자들이 조금이라도 방심하고 있으면 그 틈을 타 뒤쪽에서 어릿광대 딱따기를 치마 아래로 단숨에 집어넣었다고 회상했다. 사육제 행렬이 지나갈 때 위층에서 방문을 닫고 있으므로 안전하다고 착각한 여자들은 마음 편하게 창문에 모여들어 고개를 내밀고 거리를 내려다본다. 그 틈을 노려 집 뒤편의 창고나 화단의 시렁을 타고 올라가 깜짝 놀래주는 것이다. 결코 인정한 적은 없지만 여자들도 은근히 마음속으로 이런 것을 즐거워했다고. 또 아무 말 없이 주방에 불쑥 들어가 구워놓은 과자를 접시째 들고 나와 거리에서 마구 뿌린 적도 잦았다. 그러면 특히 여자들이 열광해 열렬히 박수를 보내며 한참 동안 그를 따라다녔다고 한다. 마침내 접시를 다 비우고 나서야 여자들은 사람들에게 나누어준 그 과자가 원래 자신들의 것이있음을 알아차린다는 이야기였다.

사육제 이야기를 하다보니 인쇄업자 슈페히트의 이름까지 나왔다. 루카스의 아내가 운영하는 문방구는 원래 슈페히트의 가게였다. 슈페히트는 사육제가 될 때까지 상점 쇼윈도에 크리스마스트리를 그대로 세워두었다. 아니, 대림절 네번째 주에 처음 갖다놓은 그 나무는 사육제뿐 아니라 보통은 부활절이 올 때까지 바늘잎이 다 떨어진 몰골로 쇼윈도를 장식했다고 루카스는 말했다. 그래서 나중에는 누군가 나서서 슈페히트에게, 적어도 성체축일 행렬이 지나갈 때는 반드시 트리를 치워야 한다고 말해주어야 했다는 것이다. 슈페히트는 이미 1920년대부터 두 주에 한 번씩 꼬박꼬박, 그 누구의 도움도 받지 않고 혼자 네

면으로 된 신문을 발행하고 있었다. 기사를 쓰고 교정과 편집을 하며, 조판과 인쇄를 하던 그는, 많은 인쇄공처럼, 지나칠 만큼 골똘히 생각

에 잠기는 스타일이라고 했다. 게다가 오랫동안 납을 만지는 일을 해온 까닭에 날이 갈수록 체구는 점점 더 왜소해지고 머리칼은 더욱 하얗게 세었다. 슈페히트라면 나도 잘 기억한다. 그의 상점에서 처음에는 석필을, 그다음에는 펜촉을 사야 했다. 학교에서 사용하는 펄프지로 만든 공책도 샀는데 그 공책에 글씨를 쓰다보면 자꾸만 펜촉이 걸려서 움직이지 않았다. 둥근 쇠테 안경을 쓴 슈페히트는 일 년 내내 바닥까지 끌리는 회색빛 면으로 만든 망토를 걸치고 있었으며, 누군가 달랑거리는 종이 달린 그의 상점 문을 밀고 들어서면 항상 기름걸레를 손에 든 채 뒤편 인쇄소에서 걸어나오곤 했다. 밤이 되면 그는 식탁에 앉아 램프 불빛 아래서 자신의 신문에 실을 기사나 보도문을 작성했다. 루카스는 슈페히트가 매주 작성한 기사를 스스로 교정하면서 그중 상당 분량을 신문에 실을 만한 수준이 못 된다고 여겨 폐기해버렸을 것이라고 믿었다. 시간이 흘러 우리가 마신 라고 디 칼다로 술병이 거의 비었을 즈음,

루카스는 나에게 집안을 보여주며, 바베트와 비나가 카페 알펜로제를 운영하던 장소, 람보우세크 박사의 진료실 자리, 그리고 세 고모들의 침실과 거실 등을 보여주었다. 작별인사를 나눌 때 나는 새를 연상시키는 통풍 걸린 손가락으로 내 손을 오랫동안 감싸쥐고 있는 루카스에게, 그만 괜찮다면 몇 번 더 찾아와 과거의 시간에 속한 채 여전히 현존하는 일들에 대해 더 이야기를 나누고 싶다고 했다. 루카스는 좋다고 했다. 기억과 관련된 일들은 참으로 신비롭다고, 그리고 소파에 누워서 지나간 일들을 회상할 때면 이제야말로 비로소 백내장을 수술해야 할 때가 아닌가 하는 느낌이 든다고 말했다.

그날 저녁 엥겔비르트에서 두번째 라고 디 칼다로를 비우면서 카페 알펜로제에 관한 정보를 몇 가지 알아낼 수가 있었다. 처음 카페를 열자고 한 사람이 원래 바베트와 비나였는지, 결혼하지 않은 누이들의 생계를 걱정한 밥티스트인지는 아무도 기억하지 못하는 아득한 과거사가 되어버렸다. 확실한 것은 카페 알펜로제가 한때 존재했고, 바베트와 비나가 죽는 날까지─비록 그 무렵에는 아무도 그 카페에 가는 사람이 없었지만─영업을 해나갔다는 점이다. 여름이면 카페 앞마당 가지를 친 보리수나무의 이파리가 아름다운 그늘을 드리우는 곳에 녹색 철제 탁자와 편안한 녹색 의자 세 개가 놓였다. 카페 문은 항상 열려 있으며, 거의 일 분에 한 번씩 비나가 문밖으로 나와 혹시 손님이 정원에 와 있지 않은지 살폈다. 그런데 정확히 무엇 때문에 카페 알펜로제에 손님이 없었는지는 듣지 못했다. 흔히 말하는 휴가객이라는 이들, 여름을 보내려고 W에 오는 외지 사람들이 당시에 없기는 했지만 그것이 전부는 아닐 테고, 아마도 바베트와 비나가 카페와 와인바를 너무 노처녀스러운 분위기로 운영해서 마을의 남자 손님들을 끌어올 수 없었기 때문일 수도 있다. 카페를 막 열었을 때 바베트와 비나 자매가 어떤 모습이 었는지는 나나 루카스는 알지 못했다. 다만 어렴풋이 추측하건대, 애초의 그녀들 자체, 혹은 그녀들이 되고자 원했던 모습은 해가 거듭할수록 반복되는 실망과 헛된 희망의 되풀이 속에서 완전히 산산조각나고 말았다는 점이다. 오랜 세월에 걸친 끝없는 좌절과 실망의 연속, 그러면서 이들의 심신은 쇠락하고 망가져갔고 종국에는 늙어빠진 두 할망구에 불과한 존재로 변해버린 것이다. 비나가 앞치마를 말끔하게 쓰다듬으며 카페 안과 앞마당을 온종일 왔다갔다하고 바베트는 부엌에서 내내 행주를 접었다 폈다 하면서 준비했어도 당연히 아무런 소용이 없었다. 자매들은 카페를 현상 유지하는 데만도 안간힘을 써야 했고, 설사 손님이 찾아왔다고 해도 능숙하게 맞이할 수 있었을 것 같지 않다. 수프 하나를 끓이는 데도 자매는 서로에게 도움이 되기보다는 방해만 되었고, 일주일에 한 번 케이크를 굽는 것도 루카스 말로는 토요일 하루를 종일 잡아먹는 본격적인 대행사였다고 하니 말이다. 그럼에도 한 주가 끝나면서 케이크를 구울 시기가 다가오면, 그것도 한 주는 사과 케이크 그다음 주는 구겔호프* 하는 식으로 번갈아서 만들었는데, 바베트는 비나만, 비나는 바베트만 바라보는 식이었다고 한다. 어렵사리 케이크가 완성되면 격식에 따라 몇 단계 축하식을 치른 뒤 두 자매가 함께 그들이 접대실이라고 부르는 방으로 운반해 날랐고, 그곳에서 막 만들어진 신선한 상태로 유리 뚜껑을 덮어 케이크 진열대에, 지난주 토요일

---

* 뾰족한 모자 모양으로 구운 발효 과자.

에 만든 사과 케이크 내지 구겔호프 옆자리에 모셔두었다. 그래서 혹시 그날 토요일 오후에 들를 손님이 두 가지 케이크 중에서, 즉 지난주에 만든 사과 케이크와 새로 만든 구겔호프 혹은 새로 만든 사과 케이크와 지난주에 만든 구겔호프 중에서 마음에 드는 것을 선택할 수 있도록 했다. 일요일 오후만 되어도 손님들의 선택권은 유효하지가 않았다. 바베트와 비나가 일요일 점심때 커피를 마시면서 지난주에 만든 사과 케이크 혹은 지난주에 만든 구겔호프를 먹어버릴 것이기 때문이다. 케이크를 먹을 때 바베트는 포크를 이용했고 비나는 항상 케이크를 커피에 적셔 먹었는데, 바베트는 비나의 이 습관을 혐오했지만 끝내 버리게 하지 못했다. 오래된 케이크를 먹어치워 배가 부른 자매는 한두 시간 동안 별 대화 없이 침묵 속에서 앉아 있었다. 케이크 진열대 위쪽 벽에는 연인 한 쌍이 자살하는 그림이 걸려 있었다. 겨울밤, 연인이 죽음을 맞이하는 최후의 순간에 짙은 구름 사이로 달이 떠오른다. 두 연인은 조그만 나무 널빤지 끝부분에 서서 이제 막 결정적인 마지막 한 걸음을 내디디고 있다. 소녀의 발과 남자의 발이 동시에 아득히 깊은 나락을 향해 허공을 밟는다. 숨이 멈춘다. 그리고 중력의 법칙에 따라 그들의 몸이 추락하는 것이 실제로 느껴진다. 지금 기억나는 것은 단지 소녀가 머리에 엷은 녹색 베일을 두르고 있었다는 것, 그리고 남자의 검은색 망토가 바람에 펄럭이고 있었다는 것뿐이다. 그림 아래에 앞으로 한 주 동안 손님들에게 제공할 케이크가 놓여 있었고, 추가 달린 시계가 똑딱거리며 돌아갔다. 십오 분마다 종을 치는 시계는 매번 종이 울리기 전에 한참 동안 끼익하는 소리를 냈는데, 또다시 십오 분이란 시간이 사라졌음을 차마 알릴 수 없노라고 진저리를 치는 것 같았다. 여름이면 커튼 틈으로 늦은 오후의 밝은 햇살이 스며들었고 겨울에는 희미한 저녁빛이 탁자를 비추었다. 탁자 한가운데는 총검처럼 몸을 꼿꼿이 세운 커다란 산세비에리아가 늘 그랬던 것처럼 꼼짝도 하지 않는 자세로 서 있었다. 긴 세월이 흔적도 없이 흘러가는 것을 지켜본 그 식물을 중심으로 알펜로제의 모든 것이 비밀스럽게 회전하고 있었음을 암시하듯이.

보통 일주일에 한 번 할아버지는 마틸트를 만나러 카페 알펜로제에 들렀다. 방문의 목적은 주로 카드놀이를 몇 차례 하면서 이런저런 대화도 나누는 것인데, 할아버지와 마틸트 사이에 이야깃거리가 떨어질 일이란 절대 없었을 것이다. 두 사람은 대개 접대실에서 마주 앉았다. 마틸트가 그 누구도, 설사 할아버지라 해도 외부인을 집안으로 들이지 않았기 때문이다. 할아버지가 방문할 때마다 마틸트를 최고 판관으로 생각하며 더없이 존경하는 바베트와 비나는 당연하다는 듯 부엌으로 물러나 머물렀다. 할아버지는 카페 알펜로제에 갈 때, 다른 곳을 갈 때와 마찬가지로 나를 데려간 적이 많았는데, 할아버지와 마틸트가 카드를 섞고 패를 떼고 나누고 게임을 즐긴 뒤 옆에 놓인 카드의 점수를 계산한 다음 다시 섞는 동안, 나는 곁에 앉아서 딸기주스를 홀짝였다. 할아버지는 오랜 습관대로 카드놀이를 할 때 항시 모자를 썼다. 그러다 게임이 다 끝나고 마틸트가 커피를 끓이려고 주방으로 가면 그제야 모자를 벗고 손수건으로 이마의 땀을 닦아냈다. 할아버지와 마틸트가 커피를 마시면서 무슨 이야기를 했는지는 도무지 떠오르지 않는다. 그도 그럴 것이 나는 그들이 대화를 시작할 때 항상 정원으로 나가 녹색 철제 탁자 앞에 앉아 올 때마다 마틸트가 꺼내주던 오래된 지리부도를 들여

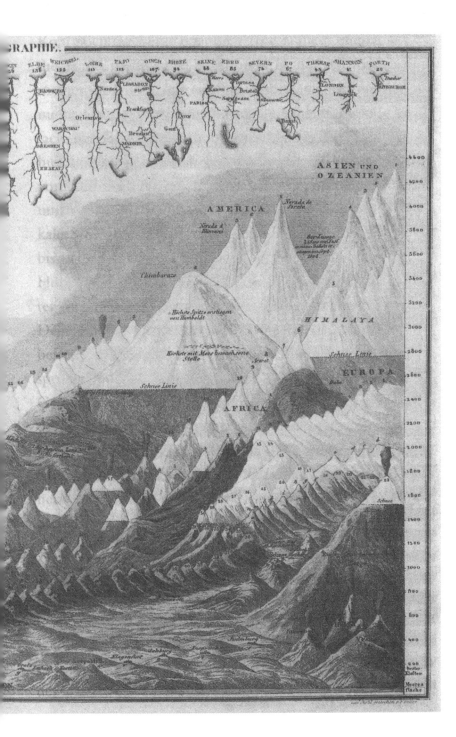

GRAPHIE.

다보았기 때문이다. 그 책에는 세계에서 가장 긴 강들과 가장 높은 산봉우리들을 길이와 높이 순서대로 비교해서 나열한 면이 있었고, 놀랄 만큼 정교하고 화려하게 채색된 지도들 위에 아주 먼 오지를 비롯해 당시 막 알려진, 지구상 미지의 세계나 다름없는 장소들까지 모두 기록되어 있었다. 그런 신비한 지명이 인쇄된 깨알 같은 글자들은—과거의 지도 제작자들이 세계를 전부 해독할 수 없었던 것과 마찬가지로—극히 일부만 해독할 수 있었으므로, 비밀과 맞닿아 있는 것들은 모두 상상의 내용을 필연적으로 함유하는 것은 아닌가 하는 느낌이 들었다. 날씨가 나쁜 계절에는 지리부도를 들고 좁다란 나무계단을 올라 가장 꼭대기 층계참 바닥에 앉아 읽었다. 빛이 드는 창을 높다랗게 낸 벽에는 산돼지 한 마리가 어두운 숲에서 엄청난 추진력으로 달려나와 숲으로 둘러싸인 개활지에서 아침식사를 하던 사냥꾼을 놀라게 하는 장면을 그린 유화가 한 점 걸려 있었다. 안색이 새파래지며 혼비백산하는 사냥꾼과 산돼지의 모습 이외에도 날아다니는 접시와 음식물 한 점 한 점이 엄청나게 상세한 화법으로 묘사된 그림의 제목은 아르덴 숲에서였는데, 평범하고 아무 문제 없어 보이는 이 제목이 나에게는 그림 자체가 묘사하는 상황을 뛰어넘어 훨씬 더 위험스럽고 수상쩍으며 뭔가 음습해 보이기까지 한 분위기로 다가왔다. 더구나 마틸트는 나에게 위층의 방문은 어느 하나도 열면 안 된다고 말했는데, 그 말이 '아르덴 숲'이라는 이름이 불러일으키는 비밀스러움을 더욱 배가했다. 그녀는 특히 다락방에는 절대 올라가서는 안 된다고, 그곳에는 으스스하다고 말할 수밖에 없는 사냥꾼이 살고 있다고 했는데, 그 표현은 마틸트 특유의 말솜씨 때문에 아주 설득력 있게 들렸다. 그러므로 위층으로 올라가는 층계참은 허용된 영역의 경계선인 셈이었고, 따라서 유혹의 손길을 가장 강렬하게 느끼는 장소였다. 조마조마한 불안을 억누르던 나는 할아버지가 접대실을 나와 모자를 쓰고 마틸트에게 작별의 악수를 건넬 때면 마치 구원이라도 받은 듯한 기분이 들었다.

다시 루카스를 방문한 어느 날 우리는 함께 다락방으로 올라갔다. 아마도 내가 먼저 한번 올라가보자고 제안했을 것이다. 루카스는 다락방의 모습이 예전과 크게 달라지지는 않았을 거라고 했다. 고모들이 죽고 나서 이 집을 물려받은 뒤 다락방을 한 번도 치우지 않았기 때문이다. 다락방 가득 층층이 쌓여 있는 온갖 기구와 잡동사니를 정돈하는 일은 이미 당시에도 그에게 너무 힘이 부쳤던 것이다. 루카스의 설명대로였다. 다락방의 상황은 보기만 해도 저절로 숨이 탁 막힐 듯했다. 셀수 없이 많은 상자와 바구니가 천장까지 겹겹이 쌓여 있었고, 갖가지자루와 가죽제품, 방울, 끈, 쥐덫, 벌꿀 수집용 틀을 비롯한 온갖 형태의 주머니가 천장 서까래에 매달려 있었다. 한구석에는 베이스튜바가 켜켜이 고운 먼지를 뒤집어쓰고서도 금속성의 광택을 희미하게 발하고 있었으며, 그 곁에 한때 붉은색이었을 깃털이불 위에는 오랫동안 방치된 엄청나게 큰 빈 말벌집이 있었다. 두 가지 사물, 놋쇳빛 튜바와 수천 겹짜리 회색 종잇더미를 연상케 하는 말벌집은 다락방을 지배하는 절대 정적 속으로 서서히 용해되어가는 어떤 말없는 존재의 상징처럼 보였다. 하지만 그 정적을 그대로 신뢰할 수는 없었다. 사방에 널린 옷상자며 장롱, 그리고 완전히 닫히지 않은 몇몇 박스 등에서 상상 가능한 모든 종류의 생활용품과 옷가지가 어지럽게 삐져나와 있었기에, 누구라도 이곳에 들어서면 이런 온갖 물건이 자기들 멋대로 돌아다니면서 나름대로의 진화를 겪다가, 사람이 들어서는 순간 시치미를 떼고 움직이지 못하는 사물들처럼 동작을 일시적으로 멈춘 것이라는 생각이 들기 때문이다. 책장 하나가 내 시선을 붙잡았다. 백 권은 되어 보이는 마틸트의 책들이 허물어져 책장 주변에 어지럽게 쌓여 있었다. 한마디 덧붙이면 그 책들은 현재 내 수중에 있으며, 날이 갈수록 더 소중한 존재가 되어가는 중이다. 책의 종류는 다 말할 수도 없이 다양해서, 19세기의 문학작품들을 비롯해 북극 탐험기와 기하학 책과 건축구조역학 서적, 밥티스트의 것이 분명한, 편지 예문이 실린 터키어 사전과 이외에도 뛰어난 상상력을 발휘한 종교문헌이 수도 없이 많았는데, 17세기와 18세기 초반에 나온 이런 기도집 중 일부에는 내세에서 우리를 기다리고 있을 온갖 고통을 노골적으로 묘사한 삽화가 실려 있었다. 또한 놀랍게도 바쿠닌, 푸리에, 베벨, 아이즈너, 란다우어 등의 관념적인 저작이 포함된 논문집들과 릴리 폰 브라운의 자전소설도 한 권 있었다. 마틸트가 어떤 여유로 이런 책들을 갖게 되었는지 묻자 루카스는, 마틸트는 언제나 무엇인가를 공부하고 있었으며 그래서, 이 점은 나도 기억이 나는 바지만, 마을에서 약간 괴짜로 알려져 있었다고만 대답했다. 그녀는 일차대전 직전 레겐스부르크의 예수수도회 수녀원에 들어갔지만 전쟁이 채 끝나기도 전에 루카스 자신은 잘 모르는 어떤 특별한 이유로 수녀원을 떠났고, 이후 몇 달 동안, 소위 붉은 시기*라고 불리는 기간에 뮌헨에 머물렀는데, 그곳에서도 뭔가 좋지 않은 일로 충격을 받은

---

* 1918년 11월 혁명을 이어받아 뮌헨에 소비에트 형태의 공산당 정부가 세워진 1919년 4월 7일부터 우익 민족주의 자유군단에 의해 무력 진압된 5월 2일까지 약 한 달간 지속되었던 바이에른 소비에트 공화국 존립 시기를 가리킨다.

OFFICIUM

Für die abgestorbene Seelen in dem
Fegfeur.

듯 거의 말을 잃은 상태로 나중에 되돌아왔다고 했다. 물론 그때는 루카스 자신이 태어나기도 전이지만 어머니가 마틸트 고모의 일에 대해서 종종 이야기해주었기 때문에 지금도 생생하게 기억하고 있다고도 했다. 말하자면 수녀원을 나온 마틸트가 공산주의 깃발 아래 있던 뮌헨과 완전히 연을 끊고 마침내 W로 돌아왔다는 이야기였다. 하지만 어머니는 심기가 불편할 때면 마틸트를 광신도라고 하기도 했다. 그러나 고향으로 돌아와 다시금 마음의 평정을 되찾은 마틸트는 설령 그런 말을 들어도 전혀 신경쓰지 않았다. 신경쓰기는커녕 갈수록 자신의 은둔 생활에서 더더욱 큰 행복을 누리는 것처럼 보였고, 스스로 지극히 경멸하던 마을 사람들과 어울려 살면서 수십 년간 한 번의 예외도 없이 검은 옷 내지 망토 차림을 하고 항상 모자를 썼으며, 날씨가 궂으나 화창하나 상관없이 비를 피할 만한 물건을 들고 돌아다녔는데 그러면서도 늘 어딘가 유쾌하고 즐거운 기운을 간직하고 있었다고—이건 내 기억과도 부합한다—루키스는 말했다.

다락방의 물건을 계속 구경하면서, 머리카락이 죄 빠져버린 도자기 인형, 도요새 새장, 벽걸이용 선반, 또는 낡은 송아지가죽으로 만든 연장 등 이것저것 손에 잡히는 대로 물건을 집어들고 루카스와 함께 그것들이 어떻게 이 집에 있게 되었는지, 또는 어떤 사연을 안고 있는지 이야기하던 도중, 다락방 창문으로 비스듬히 비쳐드는 햇빛 뒤편에서 한번은 분명하게 한번은 희미하게 변해가면서 형체를 드러내고 있는, 군복을 걸친 어떤 물체가 시선을 끌어당겼다. 자세히 들여다보자 그것은 정말로 오래된 재단용 인형으로, 연회색 바지에 상반신에는 역시 연회색 웃옷을 걸쳤는데, 웃옷에 달린 칼라와 소맷부리, 레이스 등은 원래 풀처럼 짙은 초록빛이었을 것이고 단추는 한때 황금색으로 빛났을 것이 분명했다. 나무로 제작된 인형의 머리에는 마찬가지로 연회색 모자가 수탉 꽁지깃과 함께 얹혀 있었다. 아마도, 다락방 창틈으로 스며들어온 빛의 소립자들이 무중력의 상태로 회오리치며 날아오르고 그 영롱하게 반짝이는 베일 뒤편에 숨겨져 있었기 때문이겠지만, 인형은 처음부터 나에게 무척 비밀스러운 느낌으로 다가왔고, 몸체에서 풍기는 고요한 전쟁의 냄새는 그 신비감을 더더욱 부추겼다. 하지만 내 눈을 그대로 신뢰할 수 없었던 내가 인형에게 가까이 다가가 몸통뿐인 인형의 팔 부분에 내용물 없이 축 늘어진 채 달려 있는 군복 팔소매를 건드리자, 너무나 충격적이게도 소매는 그대로 한줌의 먼지가 되어 풀썩 허물어져버렸다. 나는 알고 있는 지식을 총동원하여 추리를 해보았고, 그 결과 인형이 입고 있는 초록색 장식이 섞인 연회색 군복은 1800년경 프랑스와 싸우기 위해 비정규군을 조직했던 오스트리아 사냥꾼들의 옷일 가능성이 매우 높다는 결론을 내렸다. 그 추측은 루카스가 들려준 말로 더욱 신빙성을 얻었고, 내 회상은 또다시 마틸트에게로 거슬러올라갔다. 루카스는, 젤로스의 먼 선조가 티롤에서 징집된 천인부대*의 대장으로 브렌네르 고개와 아디제 강을 넘고 가르다 호수를 지나 북이탈리아 평원으로 진격한 적이 있으며, 그곳에서 벌어진 참혹한 마렝고 전투에서 다른 모든 티롤 징집병과 함께 전사했다고 말했다. 마렝고 전투에서 몰사한 사냥꾼 부대라는 티롤의 역사적 사건은 나에게 결코 단순하지 않은 의미를 던진다. 어린 시절 카페 알펜로제에 방문할 때

---

* 1860년 이탈리아 가리발디 장군의 부르봉 왕국 원정에 함께한 천 명가량의 청년들을 일컫는다. 이 원정은 이탈리아 통일운동중 일어난 가장 극적인 사건으로 꼽힌다.

마다 사냥꾼이 살고 있는 다락방에 올라가면 안 된다는 말을 들었는데, 물론 형상은 층계참에 앉아서 머릿속에 그려보던 것과는 좀 다르기는 하지만, 그런 사냥꾼이 실제로 있었다는 것이 지금 판명된 셈이기 때문이다. 어린 시절 혼자 상상의 날개를 펼쳤고 종종 꿈속에도 나타났던 사냥꾼은 키가 큰 이방인이었다. 그는 양가죽으로 만든 둥근 테의 높은 모자를 이마 깊숙이 눌러쓰고 폭이 넓은 갈색 외투 위에 마구를 연상시키는 질긴 끈으로 허리를 묶은 모습이었다. 무릎 위에는 날이 짧은 단검과 희미하게 광채나는 칼집이 놓여 있었으며 발에는 튼튼한 박차가 달린 장화를 신고 있었다. 그의 한 발은 바닥에 쓰러진 포도주병을 밟고 있으며 바닥을 디디고 있는 다른 발은 비교적 똑바로 세웠는데 뒤꿈치와 박차가 나무 바닥을 파고들 것처럼 보였다. 나는 어린 시절 꿈에서 그 사냥꾼을 여러 번 보았고, 심지어 오늘날까지 꿈꾸곤 한다. 꿈속에서 그 이방인 사냥꾼이 나를 향해 손을 내밀면 나는 겁이 나 죽을 지경인데도 그에게 점점 다가가는 것이다. 아주 가까이 다가가 그의 몸에 닿을 수 있는 거리까지. 그렇게 그를 건드린 손은 먼지투성이가 되어버리고, 나는 새까매진 오른손 손가락을 세상의 그 무엇으로도 도저히 복구 불가한 재앙의 상징인 듯 눈앞에 들어 바라본다.

1940년대 말까지 건물 일층에는 카페 알펜로제와 마주보는 자리에서 루돌프 람보우세크 박사가 병원을 운영하고 있었다. 람보우세크 박사는 전쟁이 끝나고 얼마 안 되어 모라비아*에서, 내 기억이 맞는다면 미쿨로프일 텐데, 안색이 창백한 아내와 아직 어린 두 딸 펠리치아와 아

---

* 체코 동부 지방. 다뉴브 강의 지류인 모라바 강이 관류한다.

말리아를 데리고 W로 왔다. 박사와 아내에게 그것은 세상 끝으로의 유배나 다름없었을 것이다. 자그마하고 살이 쪘으며 언제나 대도시에서나 어울릴 법한 옷차림을 하고 다녔던 남자가 영영 W에 뿌리내리지 못했던 일은 사실 놀라운 것은 아니다. 항상 침울한 그의 얼굴은 어딘지 모르게 이국을 떠오르게 했는데, 백인종과 다른 인종의 피가 섞인 인상이라고 말하는 편이 가장 적당할 것이며, 그의 검고 큰 눈동자는 늘 눈꺼풀로 절반이나 덮여 있었고, 온몸으로 드러나는 회피적인 태도와 행동은 그가 이미 태생적으로 우수에 젖은 인간임을 누설하고 있었다. 내가 아는 한 람보우세크 박사는 W에 사는 동안 내내 어느 누구와도 친한 사이가 되지 못했다. 마을에서는 그가 의도적으로 사람을 피하는 성격이라고 알려져 있었고 나 또한 단 한 번도 길에서 그와 마주친 기억이 없다. 람보우세크 박사는 알펜로제 건물이 아니라 학교 관사에 살았기에 이론상 규칙적으로 학교 관사에서 알펜로제로, 알펜로제에서 학교 관사로 왕복해야 했을 것이 분명한데도 말이다. 이렇게 확연히 눈에 띄지 않는 방식으로 존재하다보니 람보우세크 박사는 당시 거의 일흔에 가까운 나이에도 매일 아침저녁으로 츤다프 750 오토바이에 올라타고 마을 여기저기뿐 아니라 인근 언덕까지 오르락내리락하며 주변 지역 전체를 왕진하러 다니던 피아촐로 박사와 너무나 대조적인 인상을 남겼다. 위급 상황에서는 수의사 역할까지도 떠맡을 준비가 되어 있으며 평생 일하다가 죽을 각오가 서 있는 것이 분명한 피아촐로 박사는 겨울이고 여름이고 귀마개가 달린 조종사 모자에 무시무시하게 생긴 고글, 그리고 가죽옷에 가죽 행전을 차고 다녔다. 마을에는 그의 도플갱어라고 할 수 있는 인물이 하나 있었는데, 마찬가지로 더는 젊다고 할 수 없는 부름저 신부였다. 부름저 신부 또한 이미 예전부터 병자성사를 집전하러 가는 길에 항상 오토바이를 애용했고, 성유, 성수, 소금, 조그만 은십자가, 그리고 성체 등 성사용품을 배낭에 넣어 지고 다녔다. 그런데 그의 배낭이 피아촐로 박사의 배낭과 도저히 분간이 되지 않을 정도로 똑같이 생긴 까닭에, 언젠가 한번 부름저 신부와 피아촐로 박사가 아들러비르트* 식당에서 우연히 함께 앉아 있을 때 서로 착각하여 상대방의 배낭을 들고 가버린 일이 있었다. 그리하여 피아촐로 박사는 성사용품을 갖고 다음 환자에게 갔으며 부름저 신부는 침상에서 영원한 구원을 기다리고 있는 교구 주민에게 의료기구가 든 배낭과 함께 도착했다는 일화다. 피아촐로 박사와 부름저 신부는 단지 배낭만 똑같았던 것이 아니라 체구도 비슷했으므로 마을이나 마을 바깥 길 어딘가에서 오토바이를 타고 가는 검은 옷차림을 한 사람을 만났을 때, 만약 피아촐로 박사 특유의 유별난 습관, 즉 오토바이를 몰면서 징 박은 장화를 발 받침대에 올리지 않고 인진을 위해서 늘 노로 포석이나 눈 위로 질질 끌면서 다니는 습관이 아니었다면, 그 사람이 의사인지 신부인지 한눈에 알아보기가 쉽지는 않았을 것이라고들 했다. 이런 본토박이 의사와 경쟁을 한다는 것이 람보우세크 박사에게 얼마나 힘들었을지 쉽게 상상이 간다. 그런 이유로 람보우세크 박사는 영혼과 육체를 구원한다며 사방팔방으로 뛰어다니는 두 특사와는 정반대의 입장을 고수하여 최대한 밖으로 나오지 않는 편을 택한 것이다. 하지만 그렇다고 하여 람보우세크 박사가 의사로서 그를 인정하고 찾아오는 환자들의

---

* '독수리 여관'이라는 뜻의 독일어.

방문까지 기쁘게 받아들이지 않았다고는 말할 수 없다. 종종 나는 어머니가, 특히 역참 건물에 사는 모자 상인 발레리 슈바르츠와 이야기할 때 람보우세크 박사의 의술을 치켜세우며 칭찬하는 것을 들었다. 람보우세크 박사와 같은 모라비아 지방 출신은 아니지만 보헤미아에서 온 발레리는 자그만 몸집에 비해 가슴이 컸는데, 내가 그 정도로 육중한 가슴을 지닌 사람을 본 것은 그녀 말고는 펠리니의 영화 〈아마르코드〉에 나온 담뱃가게 여주인 한 사람뿐이다. 그러나 아무리 어머니와 발레리가 입에 침이 마르도록 람보우세크 박사를 칭송한다 해도, 여전히 마을 사람들은 람보우세크 박사에게 진료를 받으러 갈 생각 자체를 아예 하지 않았다. 누군가 몸이 불편하면 자동적으로 피아촐로 박사를 불러오는 것이 당연지사였고, 그러다보니 람보우세크 박사는 매일매일, 한 달 두 달이고, 일 년 이 년이고 거의 대부분을 알펜로제 건물 진료실에 홀로 앉아 있었던 것이다. 적어도 내가 할아버지를 따라 알펜로제의 마틸트를 방문할 때면, 반쯤 열린 문틈으로 항상 람보우세크 박사가 혼자 가구도 거의 없이 휑한 진료실 회전의자에 앉아 뭔가를 쓰거나 읽는 모습 또는 하릴없이 가만히 창밖을 내다보는 광경이 보였다. 몇 번인가 그의 진료실 문지방 가까이까지 가보기도 했다. 거기서 혹시 그가 나를 발견하고 안으로 들어오라고 부르지 않을까 기다렸지만 매번 전혀 알아차리지 못했거나, 이방인 꼬마에게 먼저 말을 걸 엄두를 내지 못하는 듯했다. 1949년의 한여름, 엄청나게 무더웠던 어느 날의 일이다. 할아버지와 마틸트는 접대실에서 열띤 토론중이었고, 나는 한참 동안 가장 높은 층계참에 앉아 다락방 들보가 삐걱거리는 소리와 더불어 바깥에서 희미하게 스며들어오는 다른 여러 가지 소리, 멀리서 규칙적으로 커졌다 작아졌다를 반복하는 전기톱 소리와 수탉의 외로운 울음소리에 귀를 기울이고 있었다. 그러다가 할아버지의 방문이 다 끝난 것도 아닌데, 어느 순간 나는 아래로 내려가 람보우세크 박사에게 상처가 벌어져 날이 갈수록 악화되어 괴로워하는 엥겔비르트 주인의 화상을 치료해줄 수 있는지 한번 물어봐야겠다는 생각이 들었다. 그날따라 이상하게 진료실 문이 닫혀 있었지만 나는 용기를 내어 안으로 들어갔다. 진료실 내부는 창가에 서 있는 보리수나무의 이파리를 뚫고 들어온 한여름의 짙은 초록빛 햇살에 깊이 잠겨 있었다. 그리고 그 어떤 소리도 나지 않는 완전한 정적. 람보우세크 박사는 늘 그렇듯이 진료용 회전의자에 앉아 있었는데, 평소와 다른 것이라면 책상에 엎드려 있다는 점이었다. 옷소매를 절반쯤 걷어올린 왼팔 팔꿈치 위에는 비정상적일 정도로 커보이는 그의 머리가 약간 비틀린 모양새로 올려져 있었고 움직임 없이 굳어버린, 하지만 여전히 아름다운 검은 눈동자가 약간 튀어나온 채 허공을 빤히 응시하고 있었다. 나는 아주 조심하면서 진료실을 빠져나와 다시 다락방 바로 아래 층계참, 앉아 있던 자리로 올라간 후 그곳에서 할아버지와 마틸트가 접대실에서 나오기를 기다렸다. 진료실에서 본 것에 관해서는 할아버지에게 단 한 마디도 하지 않았는데, 그 이유는 무섭기도 했지만 그보다는 스스로도 눈으로 본 광경을 믿을 수가 없었기 때문이다. 집으로 돌아가는 길에 할아버지는 시계공 에벤트호이어 가게에 수리를 맡겨놓은 회중시계를 찾으러 들렀다. 가게 문을 열자 문 위에 달린 종이 댕그랑거리며 울렸고, 조그만 가게 안에는 사방을 가득 채운 수많은 시계가, 대형 시계, 진자시계, 거실용 또는 주방용 시계, 자명종, 그리고 회중시계와 손목시계가, 시계 한 개만으로는 시간을 잠식하기에 충분하지 않다는 듯이 일제히 재깍거리며 돌아가고 있었다. 평상시처럼 왼쪽 눈에 확대경을 낀 에벤트호이어가 할아버지와 회중시계의 고장 원인에 대해 이야기를 나누는 동안, 나는 진열대 뒤편에 있는 어둑한 골방을 바라보았다. 그곳에는 물뇌증을 앓고 있는 에벤트호이어의 막내아들 오이스타흐가 높다란 의자에 앉아 몸을 가볍게 이리저리 흔들고 있었다. 그날 저녁 람보우세크 박사의 부인은 알펜로제 건물의 진료실에서 차갑게 식은 채 죽어 있는 남편을 발견했다. 이후 그녀는 곧바로 딸들을 데리고 W를 떠났다. 나중에 발레리 슈바르츠가 어머니에게 속삭이는 것을 얼핏 들으니, 람보우세크 박사는 사실은 모르핀중독자였으며 그런 이유로 항상 피부가 누런색이었다고 했다. 그래서 나는 한동안 모라비아 지방 사람들을 다른 이름으로 모르핀중독자라고도 부르며, 그들이 사는 고향땅은 몽골이나 중국만큼이나 멀리 떨어진 곳에 있다고, 그렇게 믿고 지냈다.

우리가 엥겔비르트의 위층에 살던 내내 매일 저녁 무렵이면 나를 사로잡는 소망이 있었는데, 그것은 아래층 여관 식당으로 내려가서 탁자와 의자를 치우고 바닥 청소와 술잔 닦는 일로 바쁜 로마나를 도와주는 것이었다. 그것은 청소나 설거지 등의 일이 재미있어 보여서가 아니라 바로 로마나 때문이었고, 오직 어떻게든 로마나 가까이에 최대한 오래 있고 싶다는 마음에서 비롯된 것이었다. 로마나는 베렌빙켈에 사는 소작인 가족의 두 딸 중 맏이였다. 낮은 언덕 위에 자리한 그 가족의 집은 다른 농가들과 비교할 때 장난감이나 다름없는 조그만 토지가 딸려 있었다. 그녀의 집을 떠올릴 때마다 성서에 나오는 노아의 방주가 생각났다. 그곳에는 모든 것이 둘씩 짝을 지어 있는 것처럼 보였기 때문이다. 로마나의 부모 말고도 로마나와 리자베트라는 두 딸, 암소와 수소가 한 마리씩 있었고 염소 두 마리, 돼지 두 마리, 그리고 거위도 두 마리였다. 단지 고양이와 닭은 많았는데, 이들은 집에 가만히 앉아 있지 않을 때면 주변 먼 들판까지 나가 서성이며 돌아다녔다. 또한 흰 비둘기도 아주 많아서 지붕 위에 여기저기 앉아 있거나 근처 하늘을 빙글빙글 돌며 날아다녔다. 로마나의 집 지붕은 인근 지역에서는 아주 보기 드문 형태인 귀마루 지붕이었는데, 널빤지를 이어붙인데다가 흰 얼룩투성이어서 그 작은 집은 마치 언덕 위에 좌초한 조각배처럼 보였다. 매우 영리한 사람이었던 로마나의 아버지는 내가 그 집 앞을 지나갈 때마다 항상 꽁초를 피우면서 창문으로 밖을 빤히 내다보았다. 그 모습은 노아가 방주의 작은 창구멍을 통해서 바깥을 관찰하는 것 같았다. 로마나는 매일 오후 다섯시에 베렌빙켈에서 엥겔비르트로 넘어왔는데, 나는 종종 그녀를 마중하러 다리까지 나갔다. 당시 스물다섯 살을 넘지는 않았던 로마나는 나에게 지극한 아름다움의 화신 자체였다. 그녀는 키가 컸고, 시원스럽고 넓은 얼굴에 눈동자는 물처럼 연한 회색이었다. 담황색 머리채는 숱이 매우 많아서 조랑말의 갈기를 연상케 했다. 하나같이 작고 가무잡잡하며 빈약한 머리숱을 땋아내린, 예외 없이 심술궂은 W의 여느 농부 아낙네들이나 처녀들과 로마나는 모든 면에서 확연하게 달랐다. 하지만 일반적인 기준에서 너무 많이 벗어나버렸기 때문인지, 눈에 띄게 아름다운 외모를 지녔지만 그녀는 그때까지 그어떤 남자로부터도 청혼을 받지 못했다. 저녁때 아버지에게 담배 한 갑을 사다준다는 등의 핑계로 엥겔비르트 식당으로 내려가보면, 매일 저녁 이미 아홉시쯤이면 항상 술이 거나하게 취한 농부들과 벌목꾼들 사이에서 로마나는 마치 다른 별에서 온 존재인 듯 날듯이 가볍게 돌아다녔다. 술꾼들이 모여 있는 밤 여관 식당의 분위기는 소름끼치도록 섬뜩하고 불쾌했으므로 만약 로마나가 있지 않았다면 혼이 빠진 듯 멍한 남자들이 득시글거리는 그 끔찍한 공간에 절대 발을 들여놓지 않았을 것이다. 간혹 꼼짝 않고 앉아 있던 술꾼 중 하나가 자리에서 부스스 일어서서, 마치 뗏목 위에라도 서 있는 것처럼 이리저리 비틀거리며 복도로 통하는 문을 열고 나가기도 했다. 기름때에 찌든 나무 바닥에는 흘린 맥주와 밖에서 들이친 눈으로 여기저기 웅덩이가 고여 있고, 실내를 가득채워버린 다음에야 겨우 삐걱거리며 돌아가는 환풍기 안으로 빨려들어가는 짙은 담배 연기, 젖은 가죽과 담요에 쏟아진 브랜디에서 풍기는 시큼한 악취가 식당 내부에 자욱했다. 갈색으로 도색된 벽의 위쪽에는 담비, 스라소니, 뇌조와 독수리 등 지금은 거의 멸종한 동물 박제들이 매달려 실내를 지켜보면서 한참 뒤늦은 복수의 시기를 노리는 중이었다. 농부들과 벌목꾼들은 대개 그룹을 지어 식당의 이쪽이나 저쪽 가장자리에 모여 앉는 것이 보통이었다. 식당 한가운데에는 커다란 철제 난로가 있었고, 겨울이면 이 난로의 불씨를 자주 들쑤셔주어 완전히 꺼지지 않고 계속 이글거리도록 했다. 아무도 신경쓰지 않는 가운데 홀로 앉아 있는 사람은 단 하나, 사냥꾼 한스 슐라크뿐이었다. 들리는 말로 슐라크는 외지, 그것도 네카어 강변의 코스가르텐 출신이고 수년 동안 슈바르츠발트의 광대한 영역으로 사냥을 다녔다고 한다. 하지만 이후 정확하게 알려지지 않은 어떤 사정 때문에 슈바르츠발트를 떠나 이곳 W로 왔으며, 바이에른 산림관리소의 일을 맡기 전까지 거의 일 년을 딱히 정해진 일거리가 없는 채로 지냈다. 사냥꾼 슐라크는 당당한 체구에 검은색 곱슬머리와 수염, 그리고 아주 깊숙이 자리잡은, 짙게 그늘진 눈동자의 소유자였다. 몇 시간 동안이나, 때로는 밤이 아주 깊을 때까지도 그는 자주 술잔을 앞에 놓고 그 누구와 한마디 말도 섞지 않은 채 홀로 앉아 있었다. 그의 발치에는 사냥개 발트만이 잠들어 있고, 목줄은 의자 등받이에 걸어둔 배낭에 단단히 매어두었다. 아버지의 담배 심부름으로 식당에 내려올 때마다 사냥꾼 슐라크는 늘 앉는 그 자리에 앉아 있었다. 마치 중요한 약속을 잊으면 큰일나는 사람처럼 눈에 확 띄게 비싸 보이는 금시계를 테이블 위에 올려두고 대개는 그것만 응시하고 있었지만, 사이사이 높다란 스탠드 뒤쪽으로 시선을 돌려, 끊임없이 맥주잔과 브랜디잔을 채우느라 바쁜 로마나를 절반쯤 감은 눈으로 쳐다보기도 했다. 기억에서 결코 사라지지 않는 12월 초 어느 날, 그해 겨울 최초로 계곡 아래까지 눈이 내려 쌓인 날이었는데, 저녁 식사 후 여관 식당으로 내려갔을 때 사냥꾼이 늘 앉던 자리는 비어 있었고, 너무나 이상하게도 로마나까지 어디에서도 보이지 않았다. 그래서 다섯 갑들이 담배를 사러 아들러비르트로 가야겠다고 생각하며 뒷문으로 나와 마당으로 들어섰다. 사방은 눈으로 가득하여 천지가 크리스털처럼 반짝였고, 내 머리 위로 밤하늘을 가득채운 무수한 별들이 영롱한 빛을 깜빡이고 있었다. 머리 없는 거인 오리온이 광채를 내뿜는 단검을 허리에 차고 막 검푸른 산그늘을 올라가는 중이었다. 한겨울 밤의 숨 막히는 장관 아래 나는 오래오래 서서 살을 에는 냉기에 몸을 맡긴 채, 하늘의 모든 발광체가 자신의 궤적을 따라 느리게 움직이며 내는 소리에 귀기울이고 있었다. 그때 내 눈에 무엇인가 얼핏 들어왔고, 장작을 쌓아둔 헛간의 열린 문 뒤에서 그림자 하나가 움직이는 것을 본 것만 같았다. 사냥꾼 슐라크였다. 헛간 안쪽에 있는 그는 한 손으로 칸막이벽을 버틴 채 바람을 정통으로 맞는 자세로 어둠 속에 서 있었는데, 전신을 계속해서 파도처럼 요동치는 기묘한 동작을 되풀이하는 중이었다. 그와 그가 왼손으로 꽉 붙들고 있는 칸막이벽 사이에는 이탄 더미 위에 올라서서 사지를 펼친 로마나가 있었으며, 희게 반사되는 눈의 빛 속에서 내가 확인한 것은, 책상 위에 엎드려 있던 람보우세크 박사의 눈동자와 마찬가지로, 커다랗게 부릅뜬 로마나의 눈이었다. 거센 신음과 가쁜 숨소리가 사냥꾼의 가슴팍에서 흘러나왔고 턱수염 사이로 하얀 입김이 솟아올랐다. 한 번 또 한 번, 파도가 한 차례씩 밀려올 때마다 그는 허리를 로마나 쪽으로 깊숙이 밀어붙였고 로마나 역시 같은 모양으로 점점 더 그에 화답해 몸을 밀착했으며, 그리하여 마침내 사냥꾼과 로마나는 서로 합치된 한 개의 형체, 더는 분리될 수 없는 하나의 형체를 이루어가고 있었다. 로마나나 사냥꾼 슐라크 중 누구도 내가 거기 있었다는 사실을 알아차리지 못했으리라고 믿는다. 나를 본 것은 사냥꾼의 개 발트만뿐이었다. 평소처럼 주인의 배낭에 연결된 목줄을 매단 발트만은 땅바닥에 놓인 배낭 뒤에 조용히 서서 내 쪽을 바라보았다. 그날 밤 한시인가 두시경에, 엥겔비르트의 사장인 외다리 잘라바는 여관 식당의 모든 물품과 집기를 산산조각내버렸다. 다음날 아침 학교 가는 길에 보니 식당 바닥은 깨진 유리 조각들이 거의 발목 높이까지 덮여 있었다. 오직 황폐라는 어휘만이 떠오르는 광경이었다. 심지어 교회당의 성합을 연상케 했던, 새로 구입한 발트바우어 초콜릿 유리 회전대까지 스탠드에서 떼어내 식당 안쪽으로 내던졌다. 식당 밖 복도 상황도 그보다 낫다고 할 수 없었다. 지하실로 내려가는 계단참에는 잘라바 부인이 앉아서 눈이 퉁퉁 붓도록 울고 있었다. 문이란 문은 모두 활짝 열려 있었고 은행금고같이 튼튼한 문짝을 만들어 단 얼음창고도 마찬가지였다. 창고 안에는 여름에 사용하려고 겹겹이 쌓아둔 얼음덩이들이 푸른 광채를 발하고 있었다. 그날 열려 있는 얼음창고를 보았을 때도 그랬지만, 나중에 시간이 흐른 후 그때의 광경을 기억할 때마다 아련하게 나를 사로잡는 장면이 있다. 로마나와 함께 얼음창고에 들어갈 일이 있으면 나는 항상 이런 상상을 했다. 우리가 실수로 이 안에 갇히게 되면 우리는 서로 껴안으리라. 그 상태로, 얼음이 온기 속에서 흘러내려 마침내 사라지듯이, 서서히 그리고 소리 없이 얼어붙고, 그렇게 목숨이 다해가겠지, 라고.

나에게 로마나만큼 의미 있는 또다른 존재인 라우흐 선생은 칠판에 균형잡힌 필체로 W에 닥쳤던 재앙의 연대기를 순서대로 썼고, 그 아래에 색분필로 불타는 집을 한 채 그렸다. 학생들은 노트에 깊숙이 고개를 파묻은 채 필기에 열중하면서, 간혹 머리를 쳐들어 칠판을 올려다보았고, 멀리 희미한 철자가 잘 보이지 않을 때면 눈을 가늘게 뜨기도 하면서 암울한 역사의 기록을 한 줄 한 줄 베껴 썼다. 그나마 진술 형태가 간략해서 어딘지 모르게 일말의 안도를 선사하는 듯한 지나간 날의 어두운 사건들. 1511년, 페스트로 일백다섯 명이 목숨을 잃었다. 1530년, 대형 화재로 일백 채의 집이 전소했다. 1569년, 큰 화재로 시장이 불타버렸다. 1605년, 대형 화재로 일백마흔 채의 건물이 잿더미가 되었다. 1633년, 스웨덴인들이 마을을 초토화했다. 1635년, 페스트로 주민 칠백 명이 사망했다. 1806년부터 1814년, 독립전쟁에서 W 출신 자원병 열아홉 명이 전사했다. 1816년부터 1817년, 수해로 흉년이 들었다.

1870년부터 1871년, 마을 청년 다섯 명이 전장에서 돌아오지 못했다. 1893년, 4월 16일 큰불이 나서 시장 거리 전체를 태웠다. 1914년부터 1918년, 고국을 위해 싸우다 이 지역의 아들 예순여덟 명이 전사했다. 1939년부터 1945년, 남자 일백스물다섯 명이 이차대전에서 돌아오지 못했다. 교실에는 종이 위를 사각거리는 조용한 펜촉 움직이는 소리만이 가득했다. 라우흐 선생은 타이트한 녹색 스커트 차림으로 아이들의 책상 사이를 걸어다녔다. 선생님이 내 자리 근처로 다가오는 것을 느낄 때마다 내 심장은 몸 밖으로 튀어나올 듯이 격렬하게 뛰었다. 그날은 영 해가 보이지 않을 듯 흐렸다. 아침의 희미한 여명이 정오가 될 때까지 흐릿하게 지속되다가 오후로 넘어가면서 저녁을 알리는 어둠으로 서서히 교체되고 있었다. 그래서 하교를 반시간 앞둔 그때까지 교실에 전등을 켜두어야 했다. 어둑한 교실 창문은 둥글고 하얀 전등과 필기에 열중한 아이들의 구부린 모습을 거울처럼 비추고 있었다. 반사되는 교실의 영상에 가려 창문 뒤편 사과나무들은 형체를 거의 알아보기 어려웠고, 마치 깊은 바닷속에서 자라나는 검은 산호초처럼 어둠 속에 자리잡고 있었다. 그날은 온종일 이상하리만큼 고요하게 가라앉은 분위기가 우리를 사로잡았다. 심지어 수위가 현관의 종을 쳐 수업의 종료를 알릴 때조차 우리는 평소처럼 환호성을 내지르는 대신 조용히 일어서서 한마디 말도 없이 저마다 얌전하게 가방을 쌌을 뿐이다. 라우흐 선생은 아이들 사이를 돌아다니며, 두툼한 겨울옷으로 무장한 아이들이 등에 책가방을 힘겹게 짊어지는 일을 한 명 한 명 도왔다.

학교 건물은 마을의 가장자리 언덕 위에 있었다. 학교를 빠져나올 때마다 나는, 잊히지 않는 기묘한 분위기가 감돌았던 그날도 마찬가지였지만, 습관처럼 눈앞에 펼쳐진 계곡 중심부에서 왼쪽으로 시선을 돌려 마을 지붕들 너머 가까운 산비탈의 숲과 그뒤로 깎아지른 듯 날카로운 윤곽을 그리며 솟아 있는 조르그슈로펜 산의 바위 능선을 바라보았다. 희미하게 창백한 흰빛의 대기 아래로 집들과 농가들이 무기력하게 흩어져 있고, 지나다니는 이 없는 도로와 길, 목초지가 스산하게 펼쳐진 광경이 보였다. 이 모든 풍경 위로 드리운 회색빛 하늘은 끝없이 아득했으며 마치 큰 눈이 내리기 직전처럼 무겁게만 보였다. 너무도 암울하여 미쳐버릴 것 같은 이 불투명한 허공을 고개를 움츠린 채 한없이 뚫어지게 쳐다보고 있노라면, 종국에는 허공에서 튀어나오듯 흩날리는 눈송이를 실제로 보았다고 믿어버릴 정도였다. 집으로 돌아가려면 학교 관사와 부목사 사제관을 지나 공동묘지의 높다란 담장을 따라 걸어야 했는데, 담장 끝에는 성 게오르기우스가 창끝으로 발아래 쓰러진, 그리핀처럼 생긴 짐승의 목구멍을 지치지도 않고 찔러대는 동상이 서 있었다. 그

담장을 지나 교구가 있는 산을 내려가 마을 위쪽 골목길을 통과했다. 대장간 앞을 지날 때 불에 탄 뿔 냄새가 흘러나왔다. 화덕에 지핀 불은 거의 꺼질듯이 잦아들었고, 무거운 쇠망치와 펜치, 줄 따위의 도구가 어지럽게 널려 있었다. 움직이는 것은 어디에도 없었다. W에서 한낮의

이즈음이란 남겨진 사물들만의 시간이었다. 평소라면 대장장이가 이글거리는 쇳덩이를 식히느라 늘 바지직거리는 소리로 요란할 냉각통의 물도 지금은 잔잔하기만 하여 열린 문을 통해 들어온 외부 세계의 풍경을 고요히 어른거리며 반사할 뿐이었고, 한없이 어두워 보이는 검은 수면은 마치 지금껏 그 누구도 건드리지 않은 것처럼, 태어날 때부터 오직 그러한 불가침 자체를 위해 존재해온 것처럼 보였다. 대장간 옆 쾨프 이발관 의자들도 마찬가지로 텅 비어 있었다. 그리고 손잡이를 접지도 않은 채 세면대의 대리석 상판 위에 그대로 놓여 있던 면도칼. 아버지가 집으로 돌아온 이후로는 매달 한 번씩 이발사 쾨프에게 가서 이발을 해야 했는데, 이발사가 가죽끈에 금방 간 예리한 면도칼로 내 목덜미를 면도할 때가 가장 공포스러운 순간이었다. 그 공포심이 얼마나 대단했는가 하면, 수년이 흐른 후 영화에서 살로메가 잘린 요한의 목을 은쟁반에 받쳐든 장면을 봤을 때도 곧장 이발사 쾨프가 떠올랐을 정도도. 그뿐만 아니라 요새도 나는 마음을 단단히 먹어야 이발소 문을 열 수 있다. 그런 내가 몇 년 전 베네치아의 산타루치아 역에서 자발적으로 머리카락을 자르러 이발소에 들어갔던 것은, 스스로도 두고두고 결코 이해할 수 없었던, 무엇에 홀린 듯한 예외적인 행위였다. 이발소 안은 들여다보는 것만으로 겁에 질려버렸지만 잡화점의 진열대를 바라보면 희망이 피어났다. 잡화점 주인 운진 여사는 당시 일종의 크리스마스 장식으로 진열장에 주사위 모양의 마가린 조각을 쌓아 피라미드를 만들었는데, 나는 하굣길에 잡화점 앞을 지날 때마다 이제 W에도 새 시대가 도래한다는 예감의 상징처럼 느껴지는 그 장식물에 열광했던 것이다. 하지만 마가린의 황금빛 광채를 제외하면 운진 여사의 가게에 있는 다른 모든 물건, 그러니까 나무함에 든 밀가루, 커다란 양철통 속의 구운 청어, 오이 피클이 담긴 병, 빙산처럼 거대한 시럽 덩이들, 파란색 무늬의 치커리 커피 상자, 젖은 천으로 싸놓은 에멘탈 치즈 등은 모두 한 시절의 서글픈 석양처럼 보일 뿐이었다. 그에 비해 마가린 피라미드는 오직 미래를 향해 솟아난 건축물과 마찬가지였기에, 나는 머릿속으로 피라미드를 점점 더 크고 높게 키워서 마침내 높이가 하늘을 찌를 듯 까마득해지는 모습을 상상하곤 했다. 그때 걷고 있던 인적 없는 골목길의 끝에 한 번도 본 적이 없는 자동차가 한 대 나타났다. 그것은 사방이 널찍하게 퍼진, 연두색 지붕을 얹은 연보랏빛 리무진이었다. 리무진은 아주 느린 속도로, 소음 하나 내지 않고 내 쪽으로 다가왔다. 상아처럼 새하얀 운전대 앞에 앉아 있던 흑인 기사는 내 곁을 지나가며 역시 상아처럼 새하얀 이를 드러내며 나를 향해 웃어 보였다. 아마도 모든 대로에서 다 벗어나 있는 이 외진 마을길로 운전해 들어오면서 그가 목격한 유일한 생명체였기 때문이리라. 크리스마스 때마다 볼 수 있는 구유 장식물에는 꼭 동방박사 세 사람이 함께였는데 그중한 명은 늘 연두색 장식이 달린 연보랏빛 망토를 걸치고 있는 흑인이었으므로, 나는 이 우중충한 한낮에 방금 나를 스치고 지나간 그 리무진의 운전기사가 정말로 동방박사인 멜키오르며, 커다란 연보랏빛 유선형 리무진 트렁크 안에는 값진 선물이, 이를테면 황금 몇 그램, 유향 혹은 몰약이 든 흑단상자가 실려 있을 것이라고 약간의 의심도 없이 믿었다. 이런 확신은 그날 오후 눈이 막 내리기 시작할 무렵 창가에 앉아 점점 더욱 평평 쏟아지는 눈발을 지켜보며 더욱 세세히 상상한 덕분이기도 하다. 허공 어딘가에서 만들어진 눈송이들은 어두워질 때까지 지칠 줄도 모르고 끊임없이 내려, 나뭇단과 헛간 지붕, 장작더미, 구스베리나무, 우물곁의 가축용 물통, 그리고 이웃 간호사들의 채마밭을 뒤덮었다.

다음날 아침, 아직 부엌에 불이 꺼지지도 않은 시간에 벌써 외출에서 돌아온 할아버지는 융홀츠에게 들은 소식이라면서, 사냥꾼 슐라크가 자신의 담당 구역에서 한 시간을 더 가야 하는 티롤 쪽 골짜기 바닥에 쓰러져 있는 것이 발견되었다는 말을 전했다. 할아버지는 어머니가 화덕 가장자리에서 일부러 따뜻하게 데워둔, 하지만 할아버지 자신은 아주 질색하는 밀크커피를 평소 습관대로 어머니가 보지 않는 틈을 타서 조금씩 개수대로 흘려버리면서, 아마도 사냥꾼은 한여름에도 위험하며 한겨울에는 통행 자체가 불가능한 목재 운반용 활로를 건너다가 추락사한 것으로 보인다고 말했다. 할아버지의 생각으로는, 자신의 구역을 누구보다도 잘 알고 있었을 사냥꾼이 길을 잘못 들어서 다른 구역으로 넘어갔을 가능성은 없다고 했다. 그런데 또 반대로 만약 사냥꾼이 의도적으로 구역을 넘어간 거라면, 무슨 이유로 하필 이런 계절에, 그것도 이런 날씨에 오스트리아 쪽으로 반드시 건너가려고 했는지, 거기에 대해서도 뾰쪽한 해답이 나오지 않기는 마찬가지라고 했다. 이유가 무엇이든 간에 정말이지 기분이 언짢아지는 수상쩍은 사건임에 틀림없다고 할아버지는 나름의 결론을 내렸다. 나 또한 그날 온종일 그 이야기를 머릿속에서 몰아낼 수 없었다. 학교에서 필기를 하는 도중에도 눈꺼풀을 살짝 내려뜨기만 하면, 계곡 밑바닥에 눈을 부릅뜬 채 죽어 있는 사냥꾼의 모습이 눈앞에 떠올랐다. 하지만 정작 그날 점심 무렵 집으로 돌아오는 길에 그를 실제로 마주쳤을 때는, 크게 놀라지 않았다. 벌써 한참 전부터 들려온 딸랑거리는 말방울 소리에 이어, 회색빛 하늘에서 천천히 회오리치며 날리는 눈발을 뚫고 방앗간 주인 소유의 얼룩무늬 백마가 끄는 목재 운반용 썰매가 모습을 드러냈다. 썰매 위 붉은 포도줏빛의 깔개 아래에 사람의 몸이 누워 있는 것이 분명했다. 썰매는 긴 골목길들이 연결되는 십자로에서 한참 동안, 그때 막 전갈을 받은 피아촐로 박사가 췬다프를 타고 무릎까지 쌓인 눈더미를 힘겹게 헤치면서, 경찰관 융홀츠의 호위 아래 방앗간 주인이 몰고 온 썰매를 향해서 다가올 때까지 그대로 있었다. 이미 그 사건의 전말에 관해서 들어 알고 있는 듯한 피아촐로 박사는 오토바이를 세운 후 썰매로 와서 깔개를 반쯤 걷었다. 그러자 정말로 그 아래에는 네카어 강변의 코스가르텐 출신 사냥꾼 한스 슐라크의 몸이, 이상하리만치 이완된 포즈로 누워 있었다. 그가 입고 있는 회녹색 의상은 거의 손상되지 않았고, 특별히 헝클어지지도 않았다. 그러니 만약 사냥꾼의 얼굴빛이 무서울 만큼 창백하지만 않았다면, 그리고 고드름이 맺힌 채 딱딱하게 얼어 있는 머리카락과 수염만 아니었다면, 그가 그냥 잠들어 있는 것이라해도 믿어버릴 정도였다. 오토바이용 검은 장갑을 벗어버린 피아촐로 박사는 추위뿐 아니라 이미 한참 전부터 시작된 사후경직 탓에 뻣뻣하게 굳은 사냥꾼의 몸 여기저기를, 평소의 그답지 않게 극도로 조심스럽게 주저하며 만져보더니, 사냥꾼에게 특별한 외상이 보이지 않는 것으로 보아 그가 활로에서 추락한 이후에도 살아 있었으리라고 추측했다. 피아촐로 박사는 이어서, 미끄러져 떨어진 순간 충격으로 의식을 잃은 사냥꾼의 몸을 계곡 밑바닥에서 자라는 어린나무숲이 받쳐주었을 가능성이 크다고 말했다. 사냥꾼은 그로부터 시간이 좀 흐른 후에 사망했으며, 직접적인 사인은 동사로 보인다고 덧붙였다. 그러자 이번에는 피아촐로 박사의 견해를 동조하면서 듣고 있던 경찰관이 나서서, 지금 사냥꾼의 발치에 누워 있는 역시 뻣뻣하게 굳은 가엾은 발트만은 사람들이 사냥꾼의 시신을 발견했을 당시만 해도 살아 있었다고 말했다. 경찰관의 생각으로는 사냥꾼이 활로를 건너가기 전에 이 닥스훈트를 배낭에 넣었는데, 추락하는 와중에 배낭이 몸에서 벗겨진 것 같다고 했다. 배낭은 사냥꾼과 약간의 거리를 두고 떨어져 있었던 것이다. 배낭이 있던 자리에서 사냥꾼의 몸이 있는 곳까지 질질 끌린 흔적이 나 있었으며, 그 끝자락인 사냥꾼의 시신 곁에서 닥스훈트가 표면만 얼어붙은 땅을 파헤쳐 구덩이를 만들어 들어가 있었다는 것이다. 사람들이 다가가자 참으로 기이하게도 거의 다 죽어가던 닥스훈트는 갑자기 미친듯이 날뛰기 시작했다고, 그래서 어쩔 수 없이 총으로 사살했다고 말했다. 피아촐로 박사는 몸을 굽히고 다시 사냥꾼을 관찰하더니, 전혀 녹지 않은 채 사냥꾼의 얼굴에 원래 모양 그대로 달라붙어 있는 눈송이의 정교한 결정체를 향해 감탄을 표시했다. 그리고 피아촐로 박사는 깔개를 끌어올려 시신을 덮었는데, 바로 그 순간, 정말이지 오직 신만이 아실 아주 미세한 건드림이라도 있었는지, 사냥꾼의 조끼 주머니인지 바지 주머니에서 그의 회중시계가 갑자기 〈항상 충성하고 성실하라〉의 멜로디 몇 소절을 연주했다. 깜짝 놀란 사람들이 서로 당황하여 얼굴을 마주보았다. 머리를 설레설레 흔들며 피아촐로 박사는 오토바이에 올라탔다. 썰매도 다시 자리를 떴으며, 누구의 주의도 끌지 않은 채 그 자리에 있었던 나도 남은 길을 재촉했다. 아마도 친척이 없었던 사냥꾼 슐라크는, 이후 내가 듣기로 지역 병원의 부검실로 넘겨졌는데, 그곳에서도 피아촐로 박사가 일차로 규명한 사인 이상의 정보를 찾아내지는 못했다고 한다. 단지 부검 과정에서 사람들이 특이하게 여긴 또다른 점은, 사망자의 왼팔 위쪽에 조그만 쪽배 문신이 있었다는 점이다.

사냥꾼 슐라크의 시신과 마주친 지 며칠 후, 크리스마스가 다가올 무렵 나는 깊은 병에 걸렸다. 피아촐로 박사와 그가 불러온 외부 의사가 진단한 병명은 디프테리아였다. 심한 통증 때문에, 그리고 나중에는 상처와 염증으로 내부가 완전히 헐어버린 인후 때문에 침대에 누워서 지내야 했으며 몇 분마다 한 번씩 가슴과 온몸을 갈기갈기 찢어놓는 지독하게 고통스러운 기침에 시달렸다. 병에 걸린 이후 내가 감당하기 어려웠던 점 중 하나는, 내 몸을, 머리나 다리 또는 팔조차, 심지어 손 하나까지 마음대로 들어올릴 수 없었다는 점이다. 내 육신의 움푹하게 팬 부분마다 엄청난 압력이 작용하는 것이, 인체기관들이 압착롤러라도 통과하는 것만 같았다. 방금 용광로에서 꺼내 아직도 이글거리고 있는, 푸르스름한 화염에 싸인 내 심장을 대장장이가 쇠집게로 잡아 차가운 얼음물에 풍덩 집어넣는 상상이 몇 번이나 나를 엄습했는지 모른다. 두통 하나만으로도 기절 직전까지 갈 만큼 고통스러웠다. 병세가 최고조에 이르러 열이 위험 수위까지 올랐고, 그렇게 혼수상태에 든 다음에야 비로소 극도의 고통에서 놓여날 수가 있었다. 열이 심해 눈앞에 별이 어른거렸고 입술은 다 터져 회색빛으로 마른 나뭇잎처럼 갈라졌다. 목구멍의 점막이 염증으로 상해가면서 혀끝에서는 마치 사막 한가운데에서 말라죽어가는 사람처럼 고약한 부패의 맛이 났다. 할아버지가 미지근한 물을 한 방울씩 내 입속에 떨어뜨려주면, 물방울이 목구멍 내부 상처투성이 인후 부위를 통과하여 천천히 안으로 흘러들어오는 것이 느껴졌다. 매번 정신이 혼미해질 때마다 잘라바 부인이 울면서 지하실 계단을 내려가는 환영이 보였다. 지하실 맨 뒤쪽 가장 어두운 구석으로 간 잘라바 부인은 그곳에 있는 상자를 연다. 상자 바닥에 있는 커다란 질그릇에 겨울 내내 달걀을 보관해두었다. 나는 석회수 겉면 아래로 손을 집어넣어 거의 그릇 바닥에 닿을 정도로 깊이 팔을 뻗는데, 경악스럽게도 질그릇 안에 담겨 있는 것은 껍질째 말끔하게 보관된 달걀보다 더욱 물컹거리는 물질, 손가락으로 잡기 어려울 정도로 미끈거리는 무엇임을, 그 정체가 다름아닌 눈동자들임을 알게 된다. 피아출로 박사는 내가 발병한 후 즉시 내 방을 격리병실로 탈바꿈시켰고 할아버지와 어머니만이 드나들 수 있게 했다. 박사는 미지근한 물에 적신 수건으로 내 몸을 머리부터 발끝까지 감싸라고 지시했는데, 그것은 처음에는 아주 기분이 좋았으나 곧 무서운 기세로 증가하는 공포심의 원인이 되어버렸다. 어머니는 하루에 두 번씩 마룻바닥을 식촛물로 닦아야 했고, 적어도 낮에는 병실의 창문을 온종일 열어두어야 했으므로 방 한가운데까지 눈보라가 들이닥치는 일도 종종 있었으며, 할아버지는 두툼한 옷을 걸치고 모자까지 쓴 채 내 침대 곁에 앉아 있곤 했다. 병은 두 주 동안, 즉 크리스마스 직후까지 지속되었고 그래서 삼왕내조축일 때조차 스푼으로 조금씩 떠주는 빵과 우유 말고는 아무것도 먹을 수 없었다. 한 번씩 격리병실의 문이 약간 열리고 문지방 너머로 이웃들의 얼굴이, 몇 번인가는 로마나의 얼굴도, 나타났다가 사라졌는데, 그들은 다 죽어가다 기적처럼 살아난 어린 환자를 놀라운 눈으로 바라보았다. 사순절 기간이 가까워졌을 때에야 나는 잠깐씩이라도 야외에 나가 앉아 있을 수 있었다. 그래도 학교에 가려면 한참 더 있어야 했다. 생각하기도 싫은 쾨니히 교장 선생이 복귀한 덕분에 교장 대리 역할에서 해방된 라우흐 선생은 해가 바뀐 이후부터 하루에 두 시간씩 나에게 밀린 진도를 따로 지도해주었다. 산림관리인의 딸인 라우흐 선생을 만나러 매일 아침 열시경 산림관리인의 집으로 갔고, 우중충한 날씨에는 상냥함이 넘치는 가정교사 곁 난롯가에 앉아, 날씨가 화창하면 바깥 수목원 한가운데에 있는 회전 정자에 앉아, 라우흐 선생을 꽁꽁 묶어 영원히 사로잡아버리고 싶은 간절한 소망을 담아 글자와 숫자의 거미줄로 공책을 정성스럽게 가득채웠다. 당시의 마음 같아서는 금방이라도 미친듯이 쑥쑥 자랄 수 있을 것만 같았고, 그래서 이듬해 여름쯤이면 선생의 손을 잡고 결혼식 제단 앞에 설 수 있으리라고 생각했다.

12월 초까지 얼추 한 달 동안 W에 머물렀다. 그동안 나는 엥겔비르트의 거의 유일한 투숙객이었다. 간혹 홀로 출장길에 나선 외판원들이 저녁때 엥겔비르트 식당에 앉아 그날의 하루 매상 수익률과 중개료를 계산하는 모습이 보였다. 나 또한 그들처럼 오랫동안 종잇더미를 펼쳐놓고 앉아 있으면서 가끔 정신이 나간 듯 멍한 시선을 들어 먼 곳을 바라보곤 했으므로, 처음에 그들은 나도 자신들과 같은 외판원으로 생각했으리라. 하지만 여러 번 나를 흘끔거리며 관찰을 해보니 무엇보다도 차림새가 적절하지 않은 점이 두드러졌을 테고, 그 결과 나를 그들과는 다른, 의심스러운 업종의 사람으로 간주하는 듯했다. 하지만 외판원들의 이런 눈길보다도 바야흐로 시즌을 눈앞에 두고 본격적인 영업 준비를 갖추는 여관의 분위기가 더욱 신경에 거슬린 나는 이곳을 떠나기로 마음먹었고, 더구나 그동안 써온 글이 어느 정도 진척되어서 이제 앞으로 남은 일은 이것을 계속 써서 완성할 것인지 아니면 이쯤에서 중단해버릴 것인지 결정을 내리는 것뿐이었다. 다음날 나는 여러 번 기차를 갈아탄 뒤, 그 사이사이에 바람 부는 시골 역 플랫폼에 서서 한참 환승을 기다리기도 하면서—그곳에서 내 기억에 남아 있는 것이라곤 오직 그로테스크하게 거대한 어떤 사람의 형상뿐이다. 그 사람은 최신 유행을 따른 흉측한 민속의상에 색색의 깃털로 장식한 넓적한 넥타이를 매고 있었는데, 바람이 깃털을 정신없이 휘젓던 것이 생각난다—W에서 한참 먼 곳, 네덜란드의 훅으로 가는 급행열차에 몸을 실었고, 그렇게 나로서는 이미 오래전부터 도무지 이해할 수 없었던 나라, 구석구석 깔끔하게 치워지고 반듯하게 정돈된 땅 독일을 떠나고 있었다. 모든 것이 어딘지 모르게 불쾌한 방식으로 평화로우면서도 마쳐된 듯이 무감각해 보였다. 그리고 그 무감각은 곧 나 자신까지 사로잡아버렸다. 방금 읽으려고 산 신문을 펼치기가 싫어졌으며, 내 앞에 놓인 광천수를 마시고 싶은 의욕도 일지 않았다. 차창 밖으로는 들판과 들판이 계속 이어지며 스쳐갔고, 겨울 씨앗들이 희미한 녹색을 띠고 규정에 들어맞게 발아한 경작지들이 보였다. 구획된 임야, 자갈 채취 구덩이, 축구장, 공장, 그리고 건설 계획에 맞추어 해마다 점점 더 늘어나고 있는 집단 거주지와 주택들, 그 앞에 설치된 격자 울타리들과 쥐똥나무 울타리들이 줄지어 나타났다. 그렇게 창밖으로 내다보고 있으니 불현듯 가슴을 파고드는 독특한 인상이 있었는데, 빗물에 젖은 시골길조차 자욱하게 물보라를 일으키는 자동차들로 가득했음에도 거리에는 그 어디에도 보행자를 보기 힘들었다는 점이다. 심지어 도심 한가운데조차 사람보다는 자동차가 훨씬 더 많았다. 이제 우리 인간 종은 다른 종에게 자리를 내주고 물러나 앉았거나, 적어도 좁은 공간에 갇혀서 살아가는 식으로 생존의 양태를 바꾸어버린 듯이 보였다. 온도조절장치가 갖추어진 급행 열차 객실에 묵묵히 앉아 있는 다른 승객들과 나 자신의 돌처럼 움직임 없는 태도 또한 그러한 추측을 가중시킬 뿐이었다. 솔직하게 밝히고 넘어가야 할 점은, 이러한 생각은 바로 그 자리에서 든 것이 아니라 한참 시간이 지난 다음에 떠올랐다는 것이다. 나는 한 치의 낭비도 없이 철저하게 경제적으로 용도에 따라 나뉘고 활용되는 대지의 풍경을 계속 내다보고 있었고 그때 내 자의식 속에는—그때 내가 자의식이라는 것을 갖고 있었다는 전제하에—오직 '남서독 지역', '남서독 지역'이라는 어휘만이 그치지 않고 반복해서 맴돌았다. 고문과도 같은 그런 상태가 몇 시간이고 지속되면서 고통도 따라서 점차 커져만 갔고, 마침내 나는 내 뇌세포가 서서히 망가지기 시작한 것이 틀림없다는 결론에 이르고 말았다.

한동안 나를 위협하던 강박적 두려움이 서서히 가라앉은 것은 기차가 하이델베르크 역으로 들어설 무렵이었다. 플랫폼에는 기차를 기다리는 수많은 사람이 모여 있었는데 그 광경을 보는 즉시 나는 그들이 지금 막 멸망해가는, 혹은 이미 멸망해버린 도시에서 탈출하려 한다는 인상을 받았다. 반쯤 찬 우리 객실로 들어선 마지막 승객은 챙 없는 갈색 벨벳모자를 쓴 곱슬머리의 젊은 여인이었다. 그녀를 보자마자 나는, 그녀가 제임스 1세의 딸이며 팔츠의 선제후와 결혼하여 하이델베르크로 왔고 역사가들의 기록대로라면 그곳에서 화려한 궁정생활을 했던 짧은 시기 동안 겨울 여왕이라는 별칭으로 알려졌다는 엘리자베스라고, 한 치의 의심도 없이 순간적으로 믿어버리고 말았다. 17세기의 영국에서 날아온 그 여인은 한구석에 자리를 잡자마자 책을 꺼내들고 주변을 완전히 잊은 채 독서에 몰입했다. 보헤미아의 바다라는 제목이 붙은 그 책은 내가 알지 못하는 밀라 슈테른이라는 작가의 작품이었다. 라인 강 유역을 따라서 기차가 달리기 시작할 무렵에야 그녀는 간혹 고개를 들고 객실의 유리창 너머로 강물과 강 저편의 가파른 벼랑을 바라보았다. 회색빛 물살을 헤치고 강을 거슬러 올라가는 화물선 선미의 깃발이 뒤쪽이 아니라 마치 아이들의 그림에서 흔히 그렇듯이 앞쪽을 향해 휘날리는—그리하여 그림 전체에 전도된 엉뚱함과 더불어 묘한 감동을 선사하게 되는—것을 보니 강한 북풍이 불고 있는 것이 틀림없었다. 햇살은 확연히 약해진 기미가 뚜렷하여, 희미한 한줄기 광채만이 강 계곡을 채우고 있었다. 나는 객실을 벗어나 통로로 나왔다. 가늘고 세밀한 바늘로 묘사된 동판화의 그림 같은 청회색과 보랏빛 포도밭은 군데군데 청록색 망으로 덮여 있었다. 어느새 눈발이 날리기 시작했고, 기차의 진행에 따라 나타났다 사라지기를 반복하고 있긴 했지만 사실상 근본적으로는 전혀 변함이 없었던 풍경 위로 거의 수평을 이루는 섬세한 음영선이 깔리기 시작하자 나는 불현듯 우리가 지금 북쪽을 향해 올라가고 있으며, 그리하여 홋카이도의 거의 최북단까지 다가가고 있다는 환각에 사로잡혔다. 라인 강변의 인상이 단숨에 낯선 이국으로 바뀐 것은 아마도 겨울 여왕 때문이라고 나는 마음속으로 남몰래 상상했는데, 그 겨울 여왕은 이미 한참 전부터 통로로 나와 숨 막히는 겨울 저녁의 정경을 바라보고 서 있었다. 그녀는 거의 감지하기 힘들 만큼 살짝 영국식 억양을 섞어서, 그리고 내 느낌으로는 완전히 혼잣말처럼, 시를 한 편 중얼거렸다.

잔디밭은 눈으로 희게 덮이고
베일은 까마귀보다 더욱 검구나
장미꽃잎처럼 부드러운 장갑으로
얼굴을 가려 바람을 막는다.

 그 시에 내가 한마디도 반응하지 못한 것, 이 겨울 시의 다음 구절을
몰랐던 것, 마음속이 격렬히 들끓었으면서도 아무 행동도 취하지 못했
던 것, 멍청하게 한마디 말도 없이 가만히 서서 희미하게 형체가 사라
져가는 창밖 세계를 내다보고만 있던 것은 그날 이후 나를 엄청난 후
회와 비탄으로 몰아넣었다. 얼마 지나지 않아 라인 계곡은 점점 넓어져
서 평원으로 바뀌었고 곧 불빛이 반짝이는 고층 주거지가 나타났으며,
기차는 본을 향해 달려갔다. 말을 걸어보고 싶다는 간절함을 행동으로
표현하지도 못했는데, 겨울 여왕은 본에서 내리고 말았다. 이후 나는
최소한 『보헤미아의 바다』라는 책만이라도 구해보려고 노력했으나 오
늘까지 그 일은 헛된 수고로 남았다. 어느덧 나에게 매우 소중한 의미
가 되어버린 그 책은 어느 도서관 서지에서도, 어느 도서 목록에서도
찾을 수 없었고, 그 어디에도 제목이 언급되어 있지 않았다.
 런던으로 돌아온 다음날 낮, 내가 처음으로 향한 곳은 내셔널갤러리
였다. 보고자 원했던 피사넬로의 그림은 공사 관계로 늘 있던 자리가
아닌, 조명 상태가 형편없는 지하에 걸려 있었는데 그곳은 아무것도 모
르겠다는 표정을 숨기지 않은 채 매일 갤러리 홀들을 가득채우며 돌아
다니는 방문객들 중 극히 소수만이 찾는 장소였다. 추측하건대 30센티
미터 폭에 50센티미터 길이 크기에 불과할 그 그림은 유감스럽게도 지

난 세기 사람들이 억지로 담아둔, 그림에 비해 너무 묵직해 보이는 금색 액자에 들어 있었다. 파란 하늘빛을 뚫고 황금빛 광채가 둥글게 원형을 이루는 가운데 성모마리아가 아기 예수를 안고 있다. 그 아래로는 그림의 한끝에서 다른 끝까지 짙은 초록빛 나무가 숲을 이루고 있고 왼편에 가축과 목동, 나환자들의 수호성인 안토니우스가 서 있다. 안토니우스는 짙은 붉은색 모자가 달린 옷 위로 품이 넉넉한 갈색 케이프를 걸쳤다. 그의 손에는 종 하나가 들려 있다. 길든 수퇘지 한 마리가 절대복종의 표시로 그의 발치에서 바닥에 몸을 납작 붙인 채 누워 있다. 은둔 성인의 눈길은 자신을 향해 위풍당당한 모습으로 다가오는, 가슴이 뭉클하도록 세속적인 영광의 광휘에 싸인 기사의 모습을 엄격한 시선으로 응시한다. 날개 달린 자그마한 용 한 마리는 똬리를 튼 채 이미 생명이 다하여 숨이 끊어진 상태다. 기사가 걸친 아름다운 백색 금속 갑옷 위로 저녁빛이 한꺼번에 쏟아진다. 단 한 점의 죄의 그늘도 보이지 않는 젊디젊은 게오르기우스의 얼굴. 그의 목덜미는 성인의 시선 아래 무방비로 노출되어 있다. 하지만 그 무엇보다도 이 그림에서 나타나는 남다른 특징은 예외적일 만큼 아름답게 묘사된, 커다란 깃털 장식이 달리고 챙이 널찍한 기사의 밀짚모자다. 어째서 피사넬로가 성 게오르기우스에게 상황에 참으로 어울리지 않을 뿐만 아니라 심지어 괴상해 보이기까지 하는 그런 모자를 착용시킬 생각을 했는지, 그 배경이 무척 궁금하다. 밀짚모자를 쓴 성 게오르기우스라니 정말 묘한 복장이구나, 하고 기사의 어깨 너머에서 지켜보는 두 마리 말도 생각할 것이 분명하다.

내셔널갤러리를 나와 리버풀 스트리트 역으로 발걸음을 옮겼다. 스트랜트 스트리트와 플릿 스트리트를 따라서 걷고 싶지 않았던 나는 미로처럼 난 조그만 뒷길들을 이용하여 그 구역을 통과했다. 챈도스 광장과 메이든 레인, 테비스톡 스트리트를 지나서 링컨스 인 필드에서 바로 홀보른 서커스와 홀보른 비아덕트를 건너 도시의 서쪽 변두리 지역에 도달했다. 그날 오후에 걸었던 그 구간은 겨우 5킬로미터 정도에 불과했는데도 마치 생애에서 가장 긴 거리를 산책한 것 같았다. 하지만 정작 육체적인 피곤을 실제로 의식한 것은 지하철 역사 입구의 지붕 아래 도달한 다음이다. 입구 옆에서 프로스페로*를 닮은 꽃 행상이 팔려고 내놓은 흰색, 자주색, 분홍, 그리고 적갈색 국화 다발에서 풍기는 희미한 향기가 지하세계로부터 솟구쳐올라오는 들척지근하면서 미지근한 먼지투성이 공기와 뒤섞인 냄새를 맡자 마치 망망대해를 노 저어가는 사람이 환각에 사로잡히듯이 피곤에 사로잡혔던 것이다. 그제야 생각이 났는데, 이 지하철역은 그동안 내가 지하철을 타고 다니면서도 단 한 번도 누군가 타고 내리는 것을 본 적이 없는 그런 역이었다. 열차가 서고, 문이 열리고, 승객들의 눈앞에 텅 빈 플랫폼의 전경이 펼쳐지고, 다른 역이라면 타고 내리는 인파로 분주한 것이 당연하지만 이 역에서는 그런 움직임이 거의 없으며, 전동차와 승강장 사이를 조심하십시오라는 경고 방송만이 유난히 크게 들리고, 다시 문이 닫히고, 열차는 출발한다. 이 역에서 열차가 정차할 때마다 매번 똑같이 그런 과정이 반복되었는데, 그 어떤 승객도, 단 한 번이라도, 눈썹 하나 까딱하지 않았다. 하지만 그것을 이상하게 여기고 불안해하는 것은 아마도 나 하나뿐인

---

* 셰익스피어의 희곡 『템페스트』의 주인공.

것 같았다. 그런데 이제 내가 바로 그 문제의 역 안으로 들어서려고 한다. 나머지 구간을 더 걸어가는 수고를 피하기 위해, 일종의 수위실처럼 생긴 창구에 앉아 있는 피부색이 아주 어두운 흑인 여자 한 명을 제외하면 살아 있는 생물체라고는 전혀 보이지 않는 어둑한 역 안으로 들어서려고 한다. 하지만 최후의 순간에 내가 그 지하의 구역으로 결국 들어서지는 않았음을 굳이 확언할 필요까지는 없을 것이다. 비록 내가 꽤 상당한 시간 동안 소위 경계선 위에 머물면서 흑인 여자와 여러 번이나 눈길을 주고받긴 했으나, 결정적인 마지막 발걸음을 내디딜 용기는 없었기 때문이다.

리버풀 스트리트 역을 출발한 열차는 시커멓게 그은 벽돌담을 따라서 달렸다. 안을 파서 벽감을 만들어 넣은 그 담장은 볼 때마다 일부가 벽 표면에 튀어나와 있는 대규모의 카타콤*을 연상하게 된다. 지난 세기에 완공된 벽돌담의, 세월이 흐르면서 이음새 부분과 갈라진 틈새마다, 척박한 환경에서도 잘 견디는 식물로 알려진 부들레아가 수없이 피어 자라나고 있었다. 내가 마지막으로 이 검은 담을 지나쳐간 것은 그해 여름 이탈리아로 향할 때, 가느다란 줄기에서 꽃망울이 막 피어나기 시작할 무렵이었다. 그런데 그때, 내 눈을 도저히 믿을 수 없게도, 열차가 신호 대기로 멈추어 있는 동안 이 꽃에서 저 꽃으로, 위로 그리고 아래로, 그런가 하면 금세 왼쪽으로, 쉼 없이 움직이는 노란 나비 한 마리를 보았다. 그러나 그것도 벌써 몇 달이나 이전의 일이 아닌가. 아마도 그 감동적인 기억은 현재의 내 소망을 반영하여 떠오른 것이리라. 반면

---

* 초기 기독교 시대의 비밀 지하묘지.

에 나와 같은 열차에 타고 있는 승객들의 현실은 암울한 것이 틀림없어 보였다. 이른 아침 산뜻하게 차려입고 말쑥하게 단장하고 집을 나섰을 그들은 지금 마치 패잔병들을 연상케 하는 몰골로 좌석에 널브러진 채, 공허한 눈동자를 들어 차창 밖으로 펼쳐지는 대도시의 외곽 풍경을 멍하니 응시하다가 이윽고 펼쳐든 신문으로 시선을 떨구곤 하는 것이었다. 밀집한 집들이 끝없이 이어지는 도시의 사막 저 멀리에는 한창 공사중인 주거용 고층 건물 세 채가 너울거리는 녹색 장막에 둘러싸인 채 솟구쳐 있다. 그리고 그 훨씬 뒤편 서쪽 지평선에는 도시 전체를 뒤덮은 검푸른 구름층 사이로 짙은 석양이 활활 타오르는 하늘이 보이고, 마치 거대한 애도의 깃발인 듯 소나기의 장막이 펼쳐져 구름 아래로 쏟아지는 중이다. 열차가 선로를 바꾸는 동안 나는 고개를 돌려 서쪽에서 비스듬하게 비쳐드는 저녁빛을 받아 최상층부가 찬란한 황금색으로 번쩍이고 있는, 모든 것이 기적처럼 드높은 대도시의 경이로운 건물들을 한번 더 돌아볼 수가 있었다. 창밖으로 교외와 교외가 빠르게 스쳐지나갔다. 아든 숲과 매릴랜드 지역이. 그리고 곧 열차는 탁 트인 지대로 나왔다. 서쪽 하늘은 빛이 꺼져가는 중이다. 이미 짙은 밤그늘이 산울타리와 들판 위로 드리웠다. 나는 그날 오후에 구입한 새뮤얼 피프스*의 『일기』─인디아페이퍼 판, 에브리맨스 라이브러리, 1913─를 몇 페이지 뒤적였다. 십 년 동안의 일기가 적힌 천오백 쪽이 넘는 분량의 책을 무작위로 펼치며 이 부분에서 몇 줄 저 부분에서 몇 줄 띄엄띄엄 읽다가, 어느덧 내용은 전혀 이해하지 못하는 채로 한 장면만을 줄

---

* 영국 해군 행정관으로, 1666년 런던 대화재를 묘사한 『일기』로 유명해졌다.

곧 반복해서 읽고 있는 나 자신을 발견했으며, 순간 잠에 빠져들었다. 꿈속에서 산맥들이 펼쳐진 어떤 장소를 걷고 있었다. 나무숲 사이로 영원히 이어질 듯 끝나지 않고 구불구불하게 뻗은 길을 한없이 걸어갔으며, 희고 고운 자갈이 덮여 있던 길이 마침내 산봉우리, 깊게 절개된 산맥의 단절면을 사이에 두고 반대편 산등성이를 마주보는 지점까지 이르렀고, 꿈속에서 나는 그 산맥이 알프스의 어느 한 장소라고 생각했다. 그 높다란 곳에 서서 내려다본 모습은 사방이 오직 석회빛으로, 세계 전체가 밝게 번득이는 회색이며, 빛을 받은 무수한 석영 조각들이 천지에서 희게 어른거렸다. 그 풍경은 기이하게도 암석이 스스로 빛을 해체하고 있다는 인상으로 다가왔다. 산 아래로 이어지는 길이 보였고, 저 먼 곳에도 최소한 내가 서 있는 곳만큼 높은 산맥 하나가 하늘로 드높이 솟아 있었는데, 꿈속에서 문득 든 생각은, 나는 앞으로 저 산을 결코 넘지 못하리라는 것이었다. 나의 왼편으로는, 그야말로 현기증이 일어날 만큼 까마득한 심연이 자리잡고 있었다. 나는 길 가장자리로 가서 아래를 내려다보았는데, 그런 엄청나게 아득한 깊이는 아직 한 번도 본 적이 없었다. 나무 한 그루, 덤불 하나, 말라빠진 나뭇가지, 심지어 조그만 풀포기 하나도 보이지 않고, 사방에는 오직 돌과 암석뿐이었다. 구름의 그림자가 가파른 벼랑과 계곡을 따라 위태롭게 흘러가고 있었다. 그 이외에는 아무것도 움직이지 않았다. 살아 있는 초목의 마지막 흔적, 바람에 우수수 휘날리던 나뭇잎, 최후의 나무껍질 한 조각조차 이미 오래전에 모두 완전히 말라버린 다음이므로, 남아 있는 것은 오직 미칠 듯이 압도적인 정적뿐이고, 황량한 암석과 바위만이 죽음같이 메마른 대지에 놓여 있었다. 숨쉬는 존재라고는 아무것도 없는 이 거대한 허공을 향해 하나의 메아리가, 아무도 듣는 이 없이 공허하게 울리다가 정처 없이 사라져버리는 메아리가 들려왔다. 단편적으로 끊어져 들리는, 런던의 대화재를 알리는 소식이었다. 나는 점점 더 거세게 치솟으며 타오르는 불길을 보았다. 불꽃은 밝게 빛나는 것이 아니라 음산하고 어두운 핏빛이었으며, 불길하게 날름거리며 바람을 타고 도시 전체로 활활 퍼져나가는 중이었다. 죽은 비둘기 수백 마리가 날개를 축 늘어뜨린 채 포도 위에 흩어져 있었다. 링컨 회관에는 약탈자 무리가 들끓었다. 교회와 주택가, 목조건물과 벽돌 담장 모두가 불길에 휩싸였다. 묘지 주변의 항상 푸르기만 하던 나무숲이 화염에 갇힌 채 절망적으로 타고 있었다. 짧은 순간 횃불처럼 확 일어나며 솟구치는 불길, 요란하게 타닥거리는 소리, 사방으로 튀어나가는 무수한 불똥들, 그리고 사그라짐. 브레이브룩 주교의 무덤 뚜껑이 열렸다. 세계의 종말이 온 것인가? 두중하고 무시무시한 충격. 거대한 소리를 내며 공기를 헤치고 밀려오는 해일처럼, 탄약 보관소가 통째로 날아가 공중에서 산산이 분해된다. 우리는 물 위로 피난을 간다. 불꽃은 우리 주변을 둘러싼 수면에 벌겋게 반사되고, 한없이 어두운 하늘 아래서 톱니 모양으로 이빨을 드러낸 화염의 테두리는 금세 언덕을 따라 둥그렇고 널따랗게 퍼져나간다. 이제 날이 밝으면 고요한 재가 천지에 비처럼 내리리라—윈저 공원 너머, 서쪽 저 먼 곳까지.

—2013*—

끝

* 이 숫자에 대해서는 저자 자신이 작품에서 명확한 대답을 내놓지 않아서 정확한 의미를 알 수는 없다. 다만 추측하건대 1813과 1913이라는 숫자가 중요한 암시로 작용하는 이 작품에서, 일종의 예언으로 2013이라는 해를 기록한 것이 아닌가 한다. 스탕달이 이탈리아 여행을 떠난 것이 1813년, 카프카가 이탈리아 여행을 떠난 것이 1913년인바, 화자가 1980년과 1987년에 이탈리아를 여행하기는 했지만 자신의 여행을 앞선 인물들의 여행과 모종의 연장선에 놓고 싶어한 듯하기 때문이다.

그렇게, 제발트를

나는 테라스의 열린 문 근처 탁자에 앉아 그간 기록한 메모들과 짧은 스케치들을 펼쳐놓았다. 그리고 멀리 떨어진 곳에서 서로 무관하게 일어난 사건들, 그렇지만 나에게는 동일한 기운의 영향 아래 일어났다고 보이는 사건들의 은밀한 교류에 대해 쓰기 시작했다. (「외국에서」)

제발트라는 이름은 이제 한국 독자들에게 더이상 낯설지 않다. 적어도 제발트를 읽을 운명의 독자에게는 분명 그렇다. 2009년 『아우스터리츠』와 『이민자들』이 소개된 이후 『토성의 고리』에 이어 그의 비문학 저서인 『공중전과 문학』까지 출간되어 한국에 상당수의 제발디언을 탄생시켰기 때문이다. 그러므로 나는, 역자로서는 그다지 바람직한 태도가 아님을 잘 알지만 깊은 편애를 품고 있는 한 명의 제발디언의 태도로, 이 책을 읽는 독자들이 이미 제발트에 대해서 대략적인 지식이 있거나, 다른 자료를 찾아볼 만큼의 충분한 관심을 갖고 있으리라고 간주하고 이 글을 시작한다. 제발트를 아예 읽지 않은 많은 사람이 있겠지만, 제발트를 한 권만 읽고 끝내는 사람은 거의 없으리라 생각하기 때문이다.

독일 바이에른 주 남부 베르타흐에서 출생한 제발트는 성인이 된 이후 영국으로 이주하여 노리치의 이스트앵글리아 대학의 독문학 교수직을 얻은 1988년 첫 문학작품이라고 할 수 있는 서사시집『자연을 따라. 기초시』를 발표한다. 그때 그의 나이는 마흔넷이었다. 그의 글을 읽다보면 대개의 작가들과는 좀 다르게 무서울 만큼 치밀한 문헌 연구자이면서 동시에 빼어난 직관을 그려내는 화가, 이 두 성격을 모두 분명하게 지니고 있음을 알아차리게 되는데, 그의 생애나 이력도 그 점을 증명한다.

『자연을 따라. 기초시』는 세 편의 장시로 이루어졌다. 각각 〈이젠하임 제단화〉를 남긴 16세기 독일 화가 그뤼네발트, 베링해협의 캄차카 반도 대탐험에 참가한 독일인 의사이자 박물학자 슈텔러, 그리고 작가 제발트 자신이 주요 인물로 다루어진다. 이런 구조는 그뒤를 이어 1990년 출간된 제발트의 두번째 문학작품『현기증. 감정들』을 강하게 연상시킨다.『현기증. 감정들』또한 각각 별개인 듯이 보이지만 하나의 우주 안에 있는 네 개의 별자리로 이루어졌으며, 그중 마지막이 작가 자신의 이야기이기 때문이다.

첫번째 이야기인 「벨, 또는 사랑에 대한 기묘한 사실」이라는 실로 기묘한 제목의 글은 우리에게 스탕달이란 필명으로 잘 알려졌으며『사랑에 대하여』의 저자인 마리 앙리 벨의 이야기다. 그가 스탕달이란 필명을 갖게 된 연유는, 독일의 미술사가이자 고고학자인 요한 요아힘 빙켈만에 대한 존경의 표시인데, 빙켈만의 고향이 현재 독일 작센안할트 주의 동명 도시 '슈텐달Stendal'이었던 것이다. 스탕달은 열여섯의 나이에 나폴레옹의 군대를 따라 알프스를 넘는 이탈리아 원정에 참가했으며, 그곳에서 그의 생애와 문학을 지배하게 될 사랑을 배웠고(그의 육체적 고통의 원천이 된 매독 또한 얻었으며), 이탈리아의 음악과 미술을 사랑하여 삶의 많은 시간을 이탈리아에서 보냈다. 스탕달은 평생 사랑을 좇고 사랑을 꿈꾸고 갈망했으나 계속해서 실패한 연인으로 머물렀고, 평생 일정한 주소나 가족 없이 살았으며 끊임없는 사랑의 추구와 모험에도 불구하고 심지어 (고전적인 의미의) 애인조차 갖지 않았다고 알려진 작가다. 이런 스탕달의 갈망으로 가득한 삶이 제발트의 시선과 문체로 재조형되고 놀랍도록 아름다운 사실적 허구로 탄생한다. 여기서 스탕달의 연애론인『사랑에 대하여』가 중요한 모티프로 작용하는데, 그 작품에서 스탕달은 미지의 한 여인과 함께 북이탈리아 가르다 호수로 여행을 떠난다. 여행중 리바에서 그들은 배 한 척이 정박해 있고 거기서 (아마도) 죽은 사람의 시신이 들것에 실려 배 밖으로 나오는 광경을 목격하는데, 이것은 이 책『현기증. 감정들』에서 여러 번이나 반복해서 변주되는 카프카의 단편 「사냥꾼 그라쿠스」의 한 장면이다. 실제로 스탕달은 1813년 매독 증상이 재발하는 바람에 북이탈리아 호수지방에서 요양을 했으며, 그 여행 후 고향에 돌아와 자신이 유일하게 존경한 인물인 영웅 나폴레옹의 몰락 소식을 듣는다.

두번째 이야기는 「외국에서All'estero」다. 제목의 이탈리아어에서 짐작할 수 있듯이 여기서의 외국은 이탈리아다. 1980년 베로나에서 갑작스럽게 엄습한 공포로 여행을 중단할 수밖에 없었던 제발트는 1987년 다시 베로나를 찾는다. 제발트의 여행은 1913년 요양차 이탈리아로 여행한 카프카의 행적을 소리 없이 반영하는 것이기도 하다. 심지어 이 책 『현기증. 감정들』은 카프카의 이탈리아 여행과 단편 「사냥꾼 그라쿠스」에 관한 제발트식 변용과 확장이라고 부르고 싶을 만큼 곳곳에 그 흔적이 있으며, 바로 그 흔적으로 인해서 네 편의 이야기가 서로 연결되며 하나의 작품 『현기증. 감정들』로 통일되는 식인데, 독자는 이것을 거의 마지막에 가서야 알아차리게 되는 아주 묘한 수수께끼 같은 분위기가 있다. 첫번째 이야기에서 1813년으로 시작한 모종의 암시가, 이제 1913년으로 한 단계 올라오며 독자들은 제발트가 그려내는 키프카의 그림자를 향해, 카사노바와 그릴파르처, 루트비히 2세 등 이탈리아 여행과 연관된 인물들의 돌연하고도 신비로운 등장과 더불어, 더 가까이 다가간다.

그리고 그런 특징은 세번째 이야기인 「K 박사의 리바 온천 여행」에서 본론에 다다른 것처럼 보인다. 두번째 이야기에서 제발트가 막연하게 추적하던 그 누군가의 발자국이 돌연 안개가 걷히듯 짧게 자신을 드러내면서 첫번째 이야기인 스탕달과의 연관성—카프카가 리바 온천지에서 알게 된, 자살한 퇴역 장군은 스탕달의 연구자였다—이 언급되고, 결국 이 책은 네 개의 페르소나를 가진 하나의 작품임이 밝혀진다.

네번째 이야기인 「귀향」은 제발트의 작품 중에서 드물게 자전적인 내용이 담겨 있다. 『자연을 따라. 기초시』의 세번째 시에서도 작가 자신의 이야기가 나오지만 이 글에서처럼 구체적인 형태로는 아니다. 그는 이탈리아 여행을 마치고 영국으로 돌아가는 길에 삼십여 년 동안 찾지 않았던 어린 시절의 고향인 남독일 알고이 지방 베르타흐를 방문할 결심을 한다. 이탈리아의 베로나를 출발하여 오스트리아의 인스브루크를 거쳐 버스로 독일의 오버요흐 국경 검문소에 도착한 그는 그곳에서 자신의 고향 마을인 베르타흐까지 걸어서 간다. 그곳은 바이에른 알프스의 아름다운 풍광이 펼쳐지는 지역이긴 하지만 그가 걸었던 날은 11월의 음산하고 인적 없는 오후, 어둡고 눈이 내리는 날씨였다. 오버요흐에서 제발트의 생가까지 이어지는 약 11킬로미터의 경로는 현재 '제발트의 길'이라고 명명되어 전 세계 제발디언들의 발길을 기다리고 있다. 물론 오늘날 국경 검문소는 없어졌다.

고향을 찾은 그는 부모와 함께 살았던 바로 그 여관에 투숙한다. 더구나 공교롭게도 바로 그의 가족이 살던 집 거실에 해당하는 방에서 묵게 된다. 그리고 그곳에서 어린 시절의 기억을 하나하나 떠올리는데, 나는 이 부분이 제발트식 '기억의 기술'을 음미할 수 있는 정수라고 생각한다. 그리고 「귀향」에서 독자들은 마침내 이 책의 신화와 같은 '사냥꾼 그라쿠스'를 실제로, 현존하는 인물로 목격하게 된다. 마지막에 영국으로 돌아온 제발트는 새뮤얼 피프스의 『일기』를 펼치고 1666년의 런던 대화재 장면을 읽으며 잠에 빠져들고, 꿈속에서 스스로 묵시록적 재앙의 한가운데로 걸어들어간다.

제발트의 산문은 서술의 특징과 미학적인 장치가 매우 오묘하여 독자를 끝없이 파생되는 미로로 이끈다. 그중에서도 『현기증. 감정들』에서는 '제발트적'이라고 부를 수 있는 이 특징이 유난히 두드러진다. 이 글은 시종 의식과 상상이 한 장면에서 다른 장면으로 너울거리며 이어지는데, 그 이동은 허공에 살짝 들린 움직임처럼 중력의 영향이 희박하여 독자는 마치 중세 이탈리아 회화에 묘사된 천사들이 이 그림에서 저 그림으로 그 어떤 저항에도 부딪히지 않은 채 날고 있다는 인상을 받는다. 제발트 자신이 작품 내내 스스로의 목소리로 말하고 있듯이, 그는 길 위에서 떠오른 감정과 인상을 단편적인 기록과 메모의 형식으로 정리했고 자유로운 직관을 발휘해 그것들을 묘사하고 배치했는데, 그것은 나중에 하나의 거대한 그림을 완성시키는 몽타주를 이룬다는 느낌이다. 작품 속에도 드물지 않게 나오지만, 제발트는 글을 쓰기 위해서 엄청난 독서와 자료조사를 선행하는 작가다. 하지만 그의 글은 유럽문학의 오래 전통인 '지식인 작가'의 전형적인 톤에서 많이 벗어나 있다. 제발트의 문장이 갖는 독일어의 밀도는, 역자로서의 경험이 참으로 빈약하긴 하지만 그래도 내가 생각하기에, 문학 텍스트 중에서도 가장 치밀한 종류이며 그것이 갖고 있는 텍스처texture의 성질은 그 무엇과도 비교할 수 없다. 그의 글을 읽을 때 독자들은 '제발트를 읽는다'는 그 아득한 느낌에서 단 한 순간도 놓여날 수가 없다. 그의 어느 문장 하나 제발트적이지 않은 것이 없으며, 그가 사용한 단 하나의 표현도 관습적인 언어에서 그대로 빌려오지 않았다. 사람들이 그의 글을 말할 때 독일문학의 최고 문장가 토마스 만이나 토마스 베른하르트, 로베르트 발저와 비교하는 것은 전혀 이상하지 않다. 하지만 제발트의 문장에는 전자들이 갖는 엄정하고 균형잡힌 아름다움 이상의 것이 들어 있다. 그것은 바로 제발트식 '현기증이며, 감정'이라고 표현해도 무방하리라. 그의 글은 전체가 그 자체로 하나의 제발트 세계다.

나는 이 책을 작업하면서, 번역 자체의 특성상 어쩔 수 없이, 그리고 때로는 한국어 표현에서 가독성을 고려해야만 할 때, 그리고 적지 않은 경우 역자 자신의 부족함으로, 인간이 글로 감각할 수 있는 아름다움 중에서 그 무엇과도 구별되는 아름다움인 '제발트적 울림'이 줄어들게 되는 것이 무엇보다도 두려울 정도였다.

우리가 '제발트적'이라고 말할 때 빼놓을 수 없는 것은 텍스트와 동행하는 사진의 효과다. 제발트는 이 책『현기증. 감정들』에서 처음으로 사진을 텍스트의 한 부분으로 활용했다. 그것은 그의 마지막 작품인 『아우스터리츠』까지 이어졌으며 사후 출간된 산문집『캄포 산토』에서도 마찬가지였다. 그가 사진을 활용하는 방법은 기존의 책들이 텍스트의 보충자료로 사진을 사용하던 것과는 확연히 구별된다.『현기증. 감정들』에서 사진은 텍스트를 보충하는 것도 아니며, 텍스트가 사진을 설명하는 것도 아니다. 여기서 사진은『아우스터리츠』에서와 마찬가지로 텍스트의 몸, 텍스트의 일부분을 이룬다. 사진들은 문장의 중간중간에 하나의 어휘나 철자, 혹은 쉼표나 공백처럼 자리잡는다. 예를 들면 76쪽 펠레그리니 예배당의 프레스코화, 용을 물리치러 나가는 기사 게오르기우스와 공주의 눈매를 묘사하는 부분이 있다. 제발트는 이 그림의 부분 부분을 상세하게 묘사하지만, 독자들에게는 오직 게오르기우스와 공주의 눈매만을 잘라내서 보여줄 뿐이다. 실제 이 그림의 원본은 매우 다양한 디테일을 포함하고 있고 두 남녀는 서로 약간 떨어진 곳에 그려졌기 때문에 제발트의 글을 읽지 않고 그림을 먼저 보게 되면 그림이 전달하는 많은 정보 중에서 이들의 눈매에만 집중하기란 쉽지 않다. 제발트의 글은 피사넬로의 전체 프레스코화를 설명하는 내용이지만, 두 남녀의 응시는 활자와 마찬가지로 문장의 일부를 이루며 독자의 주의를 온전히 사로잡는다. 이 부분은 그림이라는 객관적인 자료를 토대로 하여 독자들을 자신의 주관적 진술 안으로 이끌 줄 아는 작가 제발트의 탁월함을 보여준다.

그러나 단순한 보조물이 아닌 텍스트의 일부로 기존의 사진을 활용한 작가는 제발트가 처음은 아니다. 이미 1970년대부터 페터 한트케, 알렉산더 클루게 등이 시도해왔으며 전후 베르톨트 브레히트도 『전쟁교본』이란 책으로 유사한 작업을 했다. 특히 독일의 시인 롤프 디터 브링크만은 이 방법을 적극 사용하여 신문이나 광고지, 엽서 등의 사진자료들과 인쇄된 활자로 자신이 원하는 이야기를 효과적으로 구성했다. 실험적인 문학을 시도했던 브링크만의 방식이 날것 그대로 다소 거칠었다면 제발트의 방식은 훨씬 더 정교하고 우아하다.

나는 제발트의 작품을 읽을 때마다, 다른 무엇보다도 그가 기억을 불러내오는 독특한 기술에 매혹되곤 했다. 기억하지 못하는 과거의 시간을 기억하고(『아우스터리츠』), 자료와 문헌을 통해서 기억하고, 타인의 기억을 통해서 기억하고, 아무런 설명이 없는 사진과 사물을 통해서 기억하고, 수백 년 전의 일기를 통해서 기억하고, 스스로 영원히 방랑하는 사냥꾼 그라쿠스가 되어 기억하고(『현기증. 감정들』), 그리고 때로는 아무런 기억이 없는 한 장의 사진에서, 기억을 창조해내기도 한다. 제발트식 허구화fictionalization의 좋은 예가 되는 마지막 방식은 『캄포 산토』에 한 장의 사진과 함께 실린 짧은 산문에서 엿볼 수 있다. 나는 이 산문을 아주 좋아하는데 아래는 그 첫번째 문장이다.

지난해 12월, 이것에 어울리는 적당한 이야기를 하나 떠올려달라는 예의바른 요청과 함께 나에게 배달된 한 장의 그림은 몇 주일 동안이나 내 책상 위에 그대로 놓여 있었는데, 시간이 흐르고 내가 그 그림을 더 많이 들여다볼수록, 더더욱 그림은 스스로 문을 걸어잠그는 듯이 느껴졌고, 나에게 부과된, 원래는 극히 사소하여 별다른 의미가 없었던 그 과제는 어느새 점점 자라나 도저히 넘어설 수 없게 내 앞을 가로막는 거대한 장벽처럼 느껴졌다. _「오래된 학교의 교정」 중에서

2014년 여름, 나는 석 달간 영국 노리치에 있었다. 제발트는 그곳의 이스트앵글리아 대학에서 독일문학을 가르쳤다. 2001년 교통사고로 급작스러운 죽음을 맞기 전까지 말이다. 내가 제발트를 처음으로 읽었을 때 그는 이미 죽은 작가에 속하는 사람이었다. 어느 날 집 근처를 산책하다가 나는 한 남자를 보았다. 그는 머리가 백발이었으며, 무릎까지 오는 반바지에 납작한 천 배낭, 목까지 잠근 갈색 여행자용 셔츠, 트래킹화에 선명한 노랑과 보라색이 섞인 두툼한 트래킹 양말을 신고 있었다. 전체적으로 매우 균형잡힌 체격인 그는 여행자가 분명했으며, 야외로 트래킹을 나가는 차림으로 벽면을 모자이크로 장식한 세인트앤드루홀 건물을 살펴보고 있었다.

그 남자의 얼굴은 내가 사진을 통해서 알고 있는 제발트와 정말로 너무도 흡사했을 뿐 아니라, 그가 메고 있는 두꺼운 천 배낭은 『아우스터리츠』나 『현기증. 감정들』에서 묘사된 그 모습 그대로였다. 아우스터리츠의 외모를 비트겐슈타인과 유사하게 만들어주던 또하나의 상징물인 그의 "옴니아 메아 메쿰 포르토"*인 배낭. 나는 가슴이 두근거렸고, 감히 똑바로 바라볼 엄두도 내지 못하며 그를 스쳐지나갔다. 그는 그 자리에 가만히 서 있었다. 그는 얼굴 표정뿐만 아니라 건물을 바라보는 특유의 시선조차 제발트와 같았다. 내가 카메라를 갖고 있었다면 분명 그에게 사진을 찍고 싶다고 말했을 것이다. 그러나 나는 빈손이었다.

그날은 6월 16일, 노리치에서 열리는 세계 작가 페스티벌의 첫날이었다. 나는 번역자로서 제발트에 관한 노스탤지어 산문을 한 편 써달라는 요청을 받았고, 그것은 바로 한 시간 뒤에 시작될 그날의 첫 만찬 자리에서 낭독될 예정이었다. 내가 처음 제발트의 글을 읽은 이후, 언젠가 내가 정말로 그의 도시로 와서 지내게 될 줄은 상상하지 못했으며, 더구나 그의 글을 번역할 수 있을 거라고는 더더욱 꿈꾸지 못했노라고 썼다. 그런데 내가 정말로 노리치의 거리에서 제발트를 만나게 된다면, 그것은 과연 무엇일까. 환각일까, 아니면 어떤 징후일까. 제발트가 빈에서 단테를 보았다고 믿었던 것처럼, 그리하여 자신도 모르는 사이 두 건을 쓴 단테를 하염없이 뒤쫓아갔던 것처럼.

지금까지 그 백발의 남자는 내 뇌리에서 사라지지 않고 있다. 그는 정말로 제발트였을까. 홀로 여행하는 백발의 말없는 사람, 건축물에 유

---

* Omnia mea mecum porto. 고대 그리스 현인 비아스의 격언. '나의 모든 것이 나와 함께 있다.' 즉 '자신의 몸 이외에는 가진 것이 없다'라는 의미다.

심하게 시선을 주는 사람, 여행하면서 글을 쓰는 사람, 글쓰는 사람임이 온몸으로 말해지는 사람, 제발트의 글이 그대로 그의 얼굴이 되고 그의 걸음이 되고 그의 백발이 되고 그의 눈빛이 되는 제발트 남자. 그렇게 등에 배낭을 메고, 이민자Ausgewanderter이며 방랑자Wanderer로, 제발트의 표정을 하고, 걸어서 홀로 여행하는 백발의 글쓰는 남자를 마주친 내 발길은, 제발트라고 불리는 외국에서all'estero 길을 잃은 채, 제발트라고 불리는 현기증 속에서 나를 잃은 채, 여전히 계속해서 따라가는 중이다.

그렇게

제발트를.

배수아

1944년   5월 18일 독일 바이에른 주 베르타흐에서 태어남. 베르타흐는 어
        린 제발트에게 큰 영향을 끼친 외조부가 마흔 해 동안 지방 경찰
        관으로 근무한 곳이다.
1947년   프랑스에서 전쟁포로로 억류되어 있던 부친이 귀환함.
1952년   바이에른 주의 존트호펜으로 이주함.
1956년   외조부가 세상을 떠남.
1963년   심장병 때문에 병역을 면제받고, 프라이부르크에서 독일문학을
        전공함.
1965년   스위스 프리부르(프랑스어권)로 옮겨 공부를 계속함.
1966년   학사학위 취득. 같은 해, 연구생 자격으로 영국 맨체스터 대학에
        진학함.
1967년   오스트리아 출신 여성과 결혼.
1968년   카를 슈테른하임에 관한 논문으로 석사학위를 취득하고, 1969년
        까지 스위스 장크트갈렌에 있는 기숙학교에서 한 해 동안 교사
        생활을 함.
1969년   『카를 슈테른하임: 빌헬름 시대의 비평가이자 희생자 Carl Sternheim:
        Kritiker und Opfer der Wilhelminischen Ära』 출간.
1970년   영국 노리치의 이스트앵글리아 대학에서 강의.
1973년   알프레트 되블린에 관한 논문으로 박사학위 취득.
1975년   뮌헨의 괴테인스티투트에서 근무.
1976년   아내, 딸과 함께 다시 영국으로 이주하여 노퍽 주 포링랜드에 있
        는 사제관에서 근무.
1980년   『되블린 작품에 나타난 파괴의 신화 Der Mythus der Zerstörung im

Werk Döblins』 발표.

1985년 에세이집 『불행에 관한 기술. 슈티프터에서 한트케까지 오스트리아문학에 관하여*Die Beschreibung des Unglücks. Zur österreichischen Literatur von Stifter bis Handke*』 출판.

1986년 함부르크 대학에 교수자격논문 제출.

1988년 이스트앵글리아 대학 현대독일문학 교수직으로 임명됨. 『급진적인 무대: 1970년대와 1980년대 독일 연극*A Radical Stage: Theatre in Germany in the 1970s and 1980s*』 편집. 첫 산문시집 『자연을 따라. 기초시*Nach der Natur. Ein Elementargedicht*』 출간.

1989년 이스트앵글리아 대학에 영국문학번역센터 창립.

1990년 『현기증. 감정들*Schwindel. Gefühle*』 출간.

1991년 『섬뜩한 고향. 오스트리아문학에 관한 에세이*Unheimliche Heimat. Essays zur österreichischen Literatur*』 출간.

1992년 『이민자들*Die Ausgewanderten. Vier lange Erzählungen*』 출간.

1994년 베를린 문학상, 요하네스 보브로프스키 메달, 노르트 문학상 수상.

1995년 『토성의 고리. 영국 순례*Die Ringe des Saturn. Eine englische Wallfahrt*』 출간.

1997년 뫼리케 상, 윈게이트 픽션 상, 하인리히 뵐 상 수상.

1998년 『시골 여관. 고트프리트 켈러, 요한 페터 헤벨, 로베르트 발저 등의 작가 초상*Logis in einem Landhaus. Autorenportraits über Gottfried Keller, Johann Peter Hebbel, Robert Walser u.a.*』 출간.

1999년 『공중전과 문학*Luftkrieg und Literatur. Mit einem Essay zu Alfred Andersch*』 출간.

2000년 하이네 상, 요제프 브라이트바흐 상 수상.

2001년 영문 시집 『벌써 몇 년*For years now*』 출간. 『아우스터리츠*Austerlitz*』 출간. 국제적인 호평을 받음. 12월 14일 노리치 부근에서 교통사고로 사망.

2002년   브레멘 문학상 수상. 『아우스터리츠』로 전미비평가협회상, 윈게
          이트 픽션 상 수상.

2003년   『못다 이야기한 것, 서른세 개의 텍스트 *Unerzählt, 33 Texte*』, 산문
          과 비평 『캄포 산토 *Campo Santo, Prosa, Essays*』 출간.

2008년   시선집 『대지와 물을 지나서 *Über das Land und das Wasser.*
          Ausgewählte Gedichte 1964-2001』 출간.

문학동네 세계문학전집 발간에 부쳐

세계문학은 국민문학 혹은 지역문학을 떠나 존재하는 문학이 아니지만 그것들의 총합도 아니다. 세계문학이라는 용어에는 그 나름의 언어와 전통을 갖고 있는 국민문학이나 지역문학의 존재를 인정하면서 그것을 넘어서는 문학의 보편적 질서에 대한 관념이 새겨져 있다. 그 용어를 처음 고안한 19세기 유럽인들은 유럽문학을 중심으로 그 질서를 구축했지만 풍부한 국민문학의 전통을 가지고 있는 현대의 문학 강국들은 나름의 방식으로 세계문학을 이해하면서 정전(正典)의 목록을 작성하고 또 수정한다.

한국에서도 세계문학 관념은 우리 사회와 문화의 변화 속에서 거듭 수정돼왔다. 어느 시기에는 제국 일본의 교양주의를 반영한 세계문학 관념이, 어느 시기에는 제3세계 민족주의에 동조한 세계문학 관념이 출현했고, 그러한 관념을 실천한 전집물이 출판됐다. 21세기 한국에 새로운 세계문학전집이 필요하다는 것은 명백하다. 우리의 지성과 감성의 기준에 부합하는 세계문학을 다시 구상할 때가 되었다.

문학동네 세계문학전집은 범세계적으로 통용되는 고전에 대한 상식을 존중하면서도 지난 반세기 동안 해외 주요 언어권에서 창작과 연구의 진전에 따라 일어난 정전의 변동을 고려하여 편성되었다. 그래서 불멸의 명작은 물론 동시대 세계의 중요한 정치·문화적 실천에 영감을 준 새로운 작품들을 두루 포함시켰다.

창립 이후 지금까지 한국문학 및 번역문학 출판에서 가장 전문적이고 생산적인 그룹을 대표해온 문학동네가 그간 축적한 문학 출판 경험을 바탕으로 새로운 세계문학전집을 펴낸다. 인류가 무지와 몽매의 어둠 속을 방황하면서도 끝내 길을 잃지 않은 것은 세계문학사의 하늘에 떠 있는 빛나는 별들이 길잡이가 되어주었기 때문이다. 우리가 자부심과 사명감 속에서 그리게 될 이 새로운 별자리가 독자들의 관심과 애정에 힘입어 우리 모두의 뿌듯한 자산이 되기를 소망한다.

문학동네 세계문학전집 편집위원
민은경, 박유하, 변현태, 송병선, 이재룡, 홍길표, 남진우, 황종연

지은이 **W. G. 제발트**
1944년 5월 독일 바이에른 주의 베르타흐에서 태어났다. 프라이부르크 대학, 스위스 프리부르
대학, 영국 맨체스터 대학, 독일 함부르크 대학에서 독일문학을 전공했다. 1988년 이스트앵글
리아 대학의 독일문학 교수로 취임했다. 첫 시집 『자연을 따라. 기초시』(1988)를 발표하며 문단
에 등장한 뒤, 『현기증. 감정들』(1990), 『이민자들』(1992), 『토성의 고리』(1995) 등을 펴내며 영
미권과 독일어권 문단에 큰 반향을 일으켰다. 1999년에는 『공중전과 문학』을 출간해 독일 사
회의 민감한 반응을 불러일으키기도 했다. 2001년 『아우스터리츠』를 발표하며 다시 한번 열렬
한 지지를 받았으나, 그해 12월 노리치 근처에서 불의의 교통사고로 세상을 떠났다.

옮긴이 **배수아**
작가, 번역가. 주요 작품으로 『푸른 사과가 있는 국도』『철수』『이바나』『당나귀들』『에세이스트
의 책상』『독학자』『서울의 낮은 언덕들』『알려지지 않은 밤과 하루』 등이 있으며, 옮긴 책으로
『불안의 꽃』『전쟁교본』『눈먼 부엉이』『인간과 말』『꿈』『불안의 서』 등이 있다.

세계문학전집 123
현기증. 감정들

1판 1쇄 2014년 10월 24일
1판 8쇄 2023년 1월 9일

지은이 W. G. 제발트 | 옮긴이 배수아

책임편집 허정은 | 편집 송지선 김영옥 고원효 | 모니터링 이희연 | 독자모니터 박하연
디자인 고은이 이주영 | 저작권 김지영 이영은
마케팅 정민호 이숙재 박치우 한민아 이민경 안남영 왕지경 김수현 정경주 김혜원
브랜딩 함유지 함근아 김희숙 고보미 박민재 박진희 정승민
제작 강신은 김동욱 임현식 | 제작처 영신사

펴낸곳 (주)문학동네 | 펴낸이 김소영
출판등록 1993년 10월 22일 제406-2003-000045호
주소 10881 경기도 파주시 회동길 210
전자우편 editor@munhak.com | 대표전화 031) 955-8888 | 팩스 031) 955-8855
문의전화 031) 955-1930(마케팅), 031) 955-7973(편집)
문학동네카페 http://cafe.naver.com/mhdn
인스타그램 @munhakdongne | 트위터 @munhakdongne
북클럽문학동네 http://bookclubmunhak.com

ISBN 978-89-546-2612-5 04850
      978-89-546-0901-2 (세트)

www.munhak.com

● 문학동네 세계문학전집은 계속 출간됩니다